빛 과
영원의
시계방

김희선 소설집

빛과 영원의 시계방

허블

차례

공간 서점

"

세상에 길은

한 갈래뿐이라고 생각하십니까?

"

공간 서점 《크로스로드》 2020

기차역을 나섰을 땐 이미 어두웠다. 도시 외곽으로 새로 개통될 복선전철 때문에 곧 폐쇄될 예정인 역의 운명만큼이나, 주변 거리도 음울하기 짝이 없었다. 낡고 오래된 건물들. 간판은 군데군데 떨어져 나갔고 네온사인은 빛이 바랬다. 이미 영업을 끝내고 문을 닫은 가게들 속에서 여전히 불을 밝히고 있는 헌책방을 찾는 것은 그리 어렵지 않았다. 작은 나무 간판에 돋을새김으로 새겨진 가게 이름이 흔들리고 있었다. 〈공간 서점〉. 뿌연 유리문을 통해 안쪽을 보니 사면 벽 전체가 천장까지 닿을 듯한 책의 탑으로 뒤덮여 있었다. 문을 밀고 들어가자 위에 달아둔 종이 땡그랑 울렸다. 그러나 주인은 어디 갔는지 보이지 않고 서점 안엔 적막만이 감돌았다. 카운터 바로 앞에 쌓아둔 책을 조심스레 들춰봤다. *The Fabric of the Cosmos*. 브라이언 그린이란 사람의 원서가 맨 위에 놓여 있었다. 몇 장 넘겨보니 아마도 물리학과 관련된 책인 듯싶었다. 빙글빙글 돌아가는 물통 그림 아래 영어로 뭔가가 잔뜩 적혀 있는 것을 흥미롭게 보고 있는데, 누군가 뒤에서 말을 걸었다.

"찾는 책이라도 있습니까?"

돌아보니 작업용 앞치마를 두른 남자가 한 손에 열쇠를 든 채 서 있었다. 그는 자기가 이 책방의 주인이라고 했다. 잠깐, 이럴 땐 뭐라고 둘러대지? 어쨌거나 그는 현재 자신이 서 있는 이 땅 바로 아래 무엇이 있는지 전혀 알지 못한다. 나는 방금 들고 있던 그 책을 내밀며 물었다.

"혹시 이 책, 번역본으로도 구할 수 있을까요?"

헌책방 주인은 의아한 듯 나를 위아래로 훑어봤다. 아마도 이런 타입의 책을 읽을 것 같지 않다고 여긴 탓일까? 만약 그렇다면, 그는 정말로 눈치가 빠른 사람이다. 마침내 그가 고개를 끄덕였다.

"아마 어디 있을 것 같은데, 잠깐만 기다리세요."

그는 앞치마에 손을 쓱 닦더니, 겹겹이 쌓인 책의 미로 속으로 성큼 들어가 버렸다.

제겐 정말로 중요한 문제입니다. 그 모든 게 사실인지, 그 아래에 과연 무엇이 있는지를 알아내는 것. 〈천금당〉, 아니 지금은 〈공간 서점〉으로 바뀌었지요. 그래요, 그 가게 아래의 땅속에서 일어나는, 혹은 일어났던 일들 말입니다.

의뢰인은, 자신이 왜 그리도 간절히 진실을 알고 싶어 하는지 설명하는 것으로 편지의 서두를 시작하고 있었다.

그런데 그 괴상한 장소에 대하여 말씀드리기 전에 먼저 당신에게 한 남자에 대한 이야기를 들려드리고 싶군요. 왜냐하면 어떤 사건의 배후를 캐내려면, 먼저 그 중심에 있는 한 사람의 실체에 대해 잘 알아야 할 테니까요

그 뒤로 이어진 편지의 내용이 하도 기괴해서, 처음엔 의뢰를 거절할 생각이었다. 아무리 경기가 안 좋다고는 해도 이런 미치광이와 잘못 얽히면 하나도 좋을 게 없으니까.
벌써 오래전 조사 업무를 관두었다는 답장을 써서 그

가 보낸 편지와 함께 봉투에 넣고 풀로 붙이는데, 문득 마음이 바뀌었다. 그 가게, 전엔 〈천금당〉이란 간판을 내건 시계방이었고 어느 날부턴가 〈공간 서점〉이라는 헌책방으로 바뀐, 바로 그곳 땅 밑에 정말로 무엇이 있는지 알고 싶어졌다고나 할까. 잠시 생각한 끝에, 나는 의뢰인에게 보낼 답장을 새로 타이핑했다. 그런 다음 W시로 가는 기차표를 예매했던 것이다.

편지 속에선 이야기가 계속되고 있었다.

아버지가 어떻게 그 길을 찾아냈는지는, 사실 아무도 모릅니다. 그분이 들려준 얘기가 있긴 하지만, 그게 진짜인지 혹은 내가 정말로 듣기나 했던 건지, 이제 와선 모든 것이 헷갈릴 뿐이니까요. 그렇습니다. 이쯤 되면 당신은 짐작할 수 있겠지요. 제가 지금부터 하려는 이야기의 주인공이 바로 나의 아버지라는 것을 말입니다. 아버지는 평생 시계수리공으로 살았고 단 한 번도 그분의 조그만 시계방을 떠나본 적이 없는 분입니다. 아니, 잠깐만요. 이 말엔 좀 어폐가 있군요. 다시 수정해서 말씀드리겠습니다. 아버지는 사라질 때까지 단 한 번도 그 작고 어두컴컴한 시계방을 떠나지 않았습니다. 사실 비슷한 나이대의 사람들이 흔히 말하듯, 제 아버지 역시 어릴 때는 무척이나 머리가 영민했다고 합니다. 하지만 또한 그 당시 노인들이 어쩔 수 없이 그러했듯, 아버지도 전쟁통에 부모를 잃었고 그리하여 학교에 다니는 대신 시계 고치는 기술을 배우게 되었던 것입니다. 남쪽 지방의 어느 도시에서 견습 수리공으로 일하며 부지런히 돈을 모은 아버지는, 마침내 고향인 W시로 와서 시계방을 차렸습니다. 워낙에 성실한 데다 타고난 손재주까지 좋았던 아버지의 가게는, 입소문을 타고 하루가 다르게 번창하였지요. 뭐, 번창이라고는 해도 대단한 부를 축적할 만큼은 아니었고 그저 먹을 것과 입을 것을 부족하지 않게 누릴 수 있던 정도였다고만 알아두시면 될 테지만 말입니다.

어릴 때, 저는 아버지의 작업장에 자주 가보지 못했습니다. 아버지는 우리가 그런 곳에 얼씬도 하지 않길 원했으니까요. 그분은 스스로에 대하여 지나치게 겸손한 태도를 보이셨고, 자식인 우리가 당신보다 더 나은 직업에 종사하게 될 것을 믿어 의심치 않았습니다. 그래서 각종 자잘한 공구들이 사방에 널려 있고 톱니바퀴에 치는 매캐한 기름 냄새가 가득한 비좁은 가게에 최대한 드나들지 않도록 하는 게 좋으리라 판단하셨던 겁니다. 그렇다고 제가 지금 아버지보다 더 나은 삶을 살고 있느냐 묻는다면, 글쎄요… 뭐라고 대답해야 할지 알 수 없지만 말입니다.

여하튼 간에 아버지는 거기서 온종일 시계를 고치고 닦고 기름칠했습니다. 시계만이 아니라 사람들이 가져온 온갖 자질구레한 기계들을 손보고 수리하셨지요. 그래서 아버지의 가게 안엔 전축, 일본산 밥솥, 트랜지스터라디오, 양쪽으로 문이 달린 브라운관 티브이 같은 것들이 항상 잔뜩 쌓여 있었습니다. 그렇게 일에 빠져 사느라, 아버지는 계절이 변하는 것도, 해가 바뀌는 것도, 날이 가고 달이 가는 것도, 전혀 알지 못하셨어요. 사실 그분은 저와 동생들이 자라나는 것도 알지 못했습니다. 어느 정도였는가 하면, 하루는 오랜만에 집에서 늦은 저녁을 드시던 아버지가 문득 고개를 들더니 이렇게 말씀하신 적도 있으니 말입니다. 그러니까 그날 아버지는 작은 양철 소반에 고봉밥과 된장찌개 하나만을 놓고 후루룩 소릴 내며 급한 식사를 하고 계셨습니다. 그러다가 학교에서 돌아온 제가 신발을 벗고 가방을 내려놓는 걸 보더니 어리둥절한 얼굴로 묻지 뭡니까.

"누구냐, 넌?"

"저예요, 아버지."

그러자 아버지는 별로 대수롭지 않다는 듯 "으음, 그렇구나. 벌써 이렇게 컸다니"라고 중얼대며 하던 식사를 계속할 뿐이었습니다.

혹시 서운하진 않았냐고요? 아니, 전혀 그렇지 않습니다. 그건 어쩔 수 없는 일이고, 무엇보다도 원래 누구나 다 그렇게 살아가지 않나요? 아, 이런 죄송합니다. 이야기가 곁가지로 흘러가고 말았군요. 이제 정말 본론으로 들어가겠습니다. 그래요, 아버지가 처음 그 책을 읽기 시작하던 1980년(내가 초등학교 2학년 때의 일이니 아마 그 해가 맞을 겁니다)의 어느 봄날에 대한 얘기로 돌아가겠다, 이 말입니다.

그의 아버지는 평생 책에 대해선 말을 아꼈다고, 의뢰인은 편지에 썼다. 그러다 나중에(즉 사라지기 직전에서야) 트랜지스터라디오 수리비 대신 책 한 권을 두고 간 젊은 이에 대해 들려줬다는 거다.

아버지는 그것이 그해 5월 어느 날 일어난 일이라고 했습니다. 점심 도시락을 다 먹고 상을 정리하고 있는데, 누군가가 시계방으로 불쑥 뛰어 들어오더라는 겁니다. 처음엔 너무 어두워서(왜냐하면 당시 아버지는 전기요금을 절약하기 위해 낮에는 결코 가게 안에 불을 켜지 않았으니까요) 들어온 이가 누군지 알 수 없었지만, 곧 알아보실 수 있었다고 합니다. 머리를 산발하고 뭔가에 쫓기듯 숨을 헐떡이던 그 청년은, 두 달여 전 안테나가 흔들거리는 트랜지스터라디오의 수리를 맡기고 간 대학생이었지요. 어쨌든 청년은 그렇게 갑자기 나타나서는, 한동안 아무 말도 못 하고 숨만 몰아쉬며 서 있었다는군요. 아버지는 그 청년에게 물었다고 합니다.

"밖에 무슨 일 있소?"

아버지가 그런 질문을 한 이유는, 그날따라 가게 밖이 이상하게 소란스러웠기 때문이라고 합니다. 그러자 청년은 아버지를 힐끗 쳐다보더니 대답 대신 오히려 되묻더라는 겁니다.

"아저씨, 뉴스도 안 들으세요?"

그때 아버지는 좀 기분이 상했다고 합니다. 라디오를 맡겨두고 찾으러 오지 않던 젊은 놈이 갑자기 나타나서는 뉴스도 안 듣느냐고 훈수를 두었으니 말입니다. 그런데 저도 나중에야 알게 된 사실이지만, 아버지는 라디오와 티브이를 그렇게 많이 고쳤음에도 정작 본인 것은 한 번도 가져본 적이 없었습니다. 전쟁 통에 고아가 된 뒤 나름 자수성가한 분답게 뭐든 아끼고 보는 사람이었으니까요. 아버지는 세상 돌아가는 소식은 신문만 읽어도 충분히 챙길 수 있다고 믿었는데, 그마저도 사서 보기보다는, 주로 옆집 이발소에서 다 읽고 내놓은 걸 다음날 주워다 보는 편이었지요.

그러나 의뢰인에 의하면, 그의 아버지는 곧 마음이 풀렸다고 한다. 청년이 곧바로 사과했기 때문이다. 그는 가게를 한번 둘러보더니, 헝클어진 머리를 긁적이며 밖엔 별일 없으니 걱정하지 않아도 된다고 말해줬다. 그런 다음 물 한 잔을 청하더니 단숨에 들이켜더라는 것이다. 하지만 물을 다 마시고 나서도 왠지 불안한 듯 문밖을 기웃대는 청년에게, 시계방 주인은 다시 물었다.

"지난번 맡긴 라디오를 찾으러 온 거구려?"

그러자 청년은, 마치 그동안은 라디오 같은 건 까맣게 잊고 있었던 듯 어리둥절한 표정을 짓더니, 곧 고개를 끄덕였다고 한다.

아버지는 가게 안쪽 금고에 보관해 뒀던 트랜지스터라디오를 꺼내 왔습니다. 그걸 건네받더니 청년은 마치 새롭고 진귀한 물건을 만나기라도 한 듯 이리저리 돌려보더랍니다. 하도 요리조리 꼼꼼히 살펴보기에, 아버지는 좀 긴장하셨다고 합니다. 어디 수리가 잘못되기라도 했나 싶어, 그런 청년의 모습을 한참 동안 지켜보셨지요.

편지에 적힌 바에 의하면, 시계방 주인은 결국 이렇게 물었다.

"뭐, 잘못된 거라도 있소?"

그 말에 청년은 황급히 손사래를 쳤다.

"아니요, 정말 말끔하게 수리하셨네요."

그러나 문제는 그다음이었다.

그 이상한 젊은이에겐 돈이 한 푼도 없었다는 겁니다. 아버지는 누구에게도 절대 외상 같은 건 주지 않는 분이었고요. 하지만 청년이 주머니를 뒤지며 우물쭈물하는 것을 보고, 아버지는 어쩔 수 없이 다른 물건이라도 맡겨두고 가라고 제안하셨지요.

이것이 바로, 의뢰인의 아버지가 문제의 그 책을 입수하게 된 경위라는 것이었다.

청년은 한동안 망설이며 서 있었다고 합니다. 옆구리에 끼고 있던 책을 만지작대며 괴로워하는 게 하도 보기 딱해서, 하마터면 아버지는 생전 처음으로 외상을 줄 뻔했다고도 하셨습니다. 그러나 마침내 청년은 그 책을 내밀었고, 사흘 뒤에 찾으러 오겠다며 문을 열고 밖으로 뛰어나갔다는 겁니다. 그 시끄럽고 소란스러운 길로, 의문의 사람들로 뒤덮이고 어디선가 메아리처럼 구호가 들려오는 거리로 말입니다. 그런데 말이에요, 그때, 문이 열릴 때 아버지가 무엇을 보았는지 아십니까? 사실, 전 아버지의 말을 다 믿진 않아서… 왜냐하면 그분은 어느 날 밤 뭔가에 홀린 듯 몽환적인 눈초리를 하고 나타나서는, 소주를 두 병이나 마시며 이 모든 이야기를 들려주셨기 때문입니다.

남자의 편지는 여기서 잠시 멈춰 있었다. 아마도 이야기를 계속해야 할지 말아야 할지 망설였던 듯했다. 그러다가 모든 걸 다 털어놓기로 결심했는지, 편지는 다음 장으로 이어지고 있었다. 그러나 어조는 그새 많이 바뀌었고(그런 걸로 보아 어쩌면 그는 편지를 쓰다가 잠시 접어둔 채 며칠을 흘려보냈는지도 모른다) 서둘러 마무리 지을 생각인지 초조해하는 기색마저 보였다.

좋습니다. 기왕 시작한 이야기니 최대한 빨리 끝내도록 하겠습니다. 그러니까 문이 열리는 순간 아버지가 본 건, 그렇게 뛰어나간 청년이 어디선가 날아온 총탄 쪼가리 같은 것에 맞아 쓰러지는 장면이었다고 합니다. 그것은 (아버지의 기억에 의하면) 길이가 약 15센티미터 정도 되고 폭이 3센티미터쯤 되는 길쭉한 모양이었고, 문을 열었을 땐 눈과 코를 찌르는 듯한 매운 연기가 골목에 가득 차 있더라는 거지요. 아버지 말씀으로, 그 매운 연기는 청년을 쓰러뜨린 총탄처럼 생긴 통에서 터져 나오는 것 같았다는 겁니다. 네, 저도 압니다. 이게 좀 이상한 얘기라는 사실을 말입니다. 백주 대낮에 밖으로 뛰어나간 청년이 어디서 날아온 건지도 모르는 총탄에 맞아 쓰러지다니요. 그런데도 아무도 도와주지 않고 도리어 어디선가 외계인 복장 같은 걸 한 이들이 나타나(아버지의 묘사를 종합해 보면 그들은 마치 다스베이더가 이끌고 다니는 하얀 헬멧의 스톰트루퍼들과 비슷한 모습을 하고 있었습니다) 그 쓰러진 청년을 다짜고짜 끌고 가다니요. 만약 요즘 그런 일이 벌어진다면, 곧바로 경찰과 구급차가 올 테고 범인을 잡기 위한 수사가 진행되겠지요. 하지만 아버지는 그날 저의 자취방에서 소주에 오징어를 씹으며 끝까지 자신이 본 광경이 옳았다고 고집을 피웠습니다. 저는 그런 아버지를 동정 어린 눈길로 바라보며 고개를 끄덕여 드리는 수밖에 없었고요.

어쨌거나, 아버지가 그때 본 것에 대해 좀 더 자세히 이야기하도록 하겠습니다. 청년이 그 이상하게 생긴 총탄에 맞아 쓰러지는 걸 보고 아버지는 너무 놀라 쾅, 소리가 나게 문을 닫고 숨을 죽인 채 앉아 있었다고 합니다. 일순 문이 열렸을 때 새어 들어온 매운 연기 때문에 연신 기침이 나고 눈물이 흘러내렸지만, 아버지는 그저 멍하니 앉아 있을 뿐이었습니다. 사람이 총탄에 맞고 쓰러지는 광경은 어린 시절 전쟁 통에서나 봤던 것이니만큼 더더욱 혼란과 공포에 빠져들었을 것은 자명한 일이지요. 얼마나 시간이 흘렀을까, 아버지는 시계방이 완전히 어둠에 잠겼음을 깨닫고 자리에서 벌떡 일어섰습니다. 그제야 아까 쓰러진 젊은이가 걱정되었던 거죠. 긴 망설임 끝에 아버지는 시계방 천장에 매달린 전구에 불을 밝히고 가게 문을 빼꼼히 연 뒤 밖을 내다봤습니다. 그러나 골목은 텅 비어 있고 청년은 온데간데없었으며 그저 세상은 아무 일도 일어나지 않은 듯 평온해 보일 뿐이었다는 겁니다. 아버지는 옆 이발소에 가서 창문을 똑똑 두드렸습니다. 의자에 앉아 졸고 있던 이발사가 무슨 일이냐고 물으며 기지개를 켜는 걸 보고, 그는 문득 질문해 봤자 소용이 없으리란 생각을 하게 되었지요.

"아니, 그냥 한번 와봤어. 잘 들어가게나."

아버지는 다시 가게로 돌아와 어수선한 시계방을 정리하기 시작했습니다. 그때 바닥에 떨어져 있던 바로 그 책을 발견하게 된 거지요. 젊은이가 라디오 수리비 대신 맡기고 간 책 말입니다. 그는 허리를 굽히고 책을 집어 들었습니다. 그것은 얇은 복사본이었는데 스프링으로 제본되어 있었고 겉표지엔 그림이나 사진도 없이 그저 『공기를 이용하여 우편물과 화물을 빠르고 확실하게 전달하는 방법』이라고만 적혀 있었습니다. 표지 맨 아래엔 저자로 보이는 '조지 메더스트'라는 이름이 적혀 있었고요. 아버지는 그 책을 도시락 가방 앞에 달린 주머니에 넣었습니다. 그런 다음 문을 닫고 자물쇠를 건 뒤 터벅터벅 걸어서 집으로 왔지요.

아버지가 독서를 하기 시작한 건 그때부터였습니다. 초등학교조차 제대로 졸업하지 못한 아버지가 책을 읽다니, 그건 우리 형제들에겐 참으로 낯설고도 생소한 광경이었던 것 같습니다. 게다가 어찌나 몰두해서 읽는지, 아시안컵 준결승에 진출한 우리나라 축구팀이 북한과 싸우고 있는데도 전혀 관심이 없을 정도였습니다.

당시 아버지는 밤마다 도시락이 든 가방을 현관 앞에 내려놓고 대충 씻은 뒤 방 한쪽 구석에서 책을 읽었습니다. 그러다가 하품을 한 번 길게 하고는 책을 덮어 도로 가방에 넣어둔 다음 잠자리에 들곤 하셨지요.

그러고 보니, 어느 날인가, 공을 차며 놀다가 아버지의 시계방에 들렀던 때가 기억나는군요. 그날도 여전히 어둠침침했던 가게 문을 열고 들어서자, 뭔가를 열심히 작업하고 있는 아버지의 뒷모습이 보였습니다. 멀찍이서 발돋움을 하고 보니, 그동안 익히 보아오던 작은 톱니바퀴나 끊어진 시곗줄 대신, 함석으로 만든 길고 둥근 판이 여러 장 여기저기 놓여 있었지요.

"지금 뭐 만들고 계시는 거예요?"

제가 묻자 아버지는 화들짝 놀라며 뒤를 돌아봤습니다. 신기하게도 얼굴엔 처음 보는 기괴한 안경 같은 걸 쓰고 있었는데, 나중에야 그게 용접할 때 눈을 보호하는 고글이라는 걸 알게 되었습니다. 아버지는 저를 보더니 허둥지둥 안경을 벗었고 흩어져 있던 함석판을 그러모아 가게 한구석에 쌓았습니다. 그러고는 짐짓 화난 표정으로 이렇게 외치는 것이었습니다.

"네가 신경 쓸 일 아니야. 그리고, 여기 오지 말라고 했지?"

그날 밤, 저는 잠을 자지 않고 이불을 얼굴까지 뒤집어쓴 채 마루에서 나는 소리에 귀를 기울이고 있었습니다. 아버지가 잠자리에 들 때까지 기다렸던 거지요. 안방 문이 닫히는 소릴 듣고도 한참이 지나서야 살그머니 일어나 마루로 나갔습니다. 현관문 앞에 놓인 가방을 열자, 그 책이 보였습니다. 『공기를 이용하여 우편물과 화물을 빠르고 확실하게 전달하는 방법』이라는 기묘한 제목의 책 말입니다. 그걸 방으로 갖고 들어와서 이불 속에서 손전등을 켠 채 읽어보았습니다. 아무래도 아버지가 만들고 있던 함석판들이 이 책과 관련 있을 것 같단 생각에서였지요.

책은 이상한 내용으로 가득했습니다. 첫 페이지엔 아버지가 작업하던 것과 비슷한 둥근 반원 형태의 함석판을 죽 이어붙인 듯한 구불구불한 관이 도시의 땅속을 누비는 삽화가 그려져 있었지요. 다음 장을 넘기자 (제 기억에 의하면) 아래와 같은 내용이 자잘한 글씨로 인쇄되어 있었습니다.

"기압 운송선 건설 추진을 위한 투쟁위원회: 금속으로 만든 관, 운반차, 바람을 일으키는 송풍기만 있다면 어떤 것도 운송이 가능하다. 우리는 현재의 암울한 상황을 타개하고 언론과 통신의 자유를 지키기 위하여 전국의 모든 주요 포인트를 연결하는 기압 운송선을 건설할 것임을 천명한다."

물론 어렸던 제가 그 내용을 다 이해했을 리는 없습니다. 그럼에도 왼쪽 페이지는 글씨로, 오른쪽 페이지는 그림으로 가득한 그 책은 재밌기 그지없었지요. 저는 이불 속에 숨어 손전등을 비춰가며 열심히 읽느라, 어느 틈에 아버지가 문 앞에 와서 서 계신다는 사실도 눈치채지 못 했습니다. 아버지는 불같이 화를 내며 제게서 책을 뺏었어요.
"지금 뭐 하는 짓이냐? 왜 남의 책을 몰래 가져가는 거야?"
결국 저는 그날 두 손을 들고 벌을 섰습니다. 보다 못한 어머니가 "이젠 좀 재우세요"라고 말릴 때까지 꿇어앉아 있다 보니, 나중에 일어섰을 땐 다리가 저려서 비틀대며 방으로 걸어 들어가야만 했고요.

의뢰인은 그 후 책의 실물을 다시는 보지 못했다고 쓰고 있었다. 동시에 아버지의 행동도 점점 기이하게 변해 갔다는 것이, 그의 기억이었다.

언젠가부터 아버지는 저녁에 집에 오지 않고 가게에서 주무시기 시작했습니다. 라꾸라꾸인가 하는, 접었다 펼 수 있는 간이침대를 시계방 구석에 두고, 일주일에 한두 번 정도만 집에 들러 씻고 갈아입을 옷을 챙겨갈 뿐이었지요. 가족들은 그런 아버지의 부재에 대하여 별다른 감정을 느끼진 않았습니다. 도리어 편했다고나 할까요. 본래 스스로 자수성가했다고 믿는 이들은 대부분 한도 끝도 없이 잔소리를 늘어놓기 일쑤입니다. 그런 이들의 눈엔 타인의 모든 것이 결코 성에 차지 않으니까요. 아버지 역시 마찬가지였습니다. 집에 오면 우리가 공부하는 광경을 물끄러미 지켜보다가 꼭 이런 말을 한마디씩 덧붙이곤 하셨으니 말입니다.

"연필 좀 아껴 써라. 몽당연필을 볼펜대에 끼워서 쓰란 말이다."

그런 고리타분한 훈계나 늘어놓던 아버지가 시계방에서 숙식을 해결하게 되니, 우린 오히려 기뻤습니다. 그래서 (이제 와선 후회하고 있지만) 더더욱 아버지의 나날에 무관심해졌고, 그 좁고 어두컴컴한 가게에서 무엇을 하며 지내는지 도통 모르게 되었던 것입니다.

시간이 흐르면서, 아버지는 점점 더 말수가 적어졌고 때론 뭔지 모를 이야기를 혼자 중얼거리기도 했습니다. 그러면서도 한편으론 무엇이 그리 기쁜지 허공을 향해 씩 웃고 있는 모습이 목격되기도 했지요. 그땐 저도 고등학생이 되어 있었는데, 하루는 오랜만에 집에 온 아버지가 제 어깨에 손을 얹고 이렇게 말씀하시더군요.

"너 학교에서 과학을 배우지?"

저는 숙제를 하다 말고 건성으로 고개를 끄덕였습니다. 마침 펼쳐놓고 있던 책이 물리 교과서이긴 했지만, 아버지가 눈치채지 못하게 노트로 쓱 가리면서 말입니다.

"네, 배워요. 근데 왜요?"

제 대답에, 아버지는 이상하게 반짝이는 눈으로 주절주절 이야기를 늘어놓기 시작했습니다.

"실은, 내가 뭘 만들다가 아주 신기한 걸 발견했거든. 그 뭐냐, 세상 어디든 다 갈 수 있는 방법이라고 해야 할까. 그런게 네가 배우는 책에도 나오나 궁금해서."

"어디든 다 갈 수 있다고요?"

무심하게 되물었지만, 아버지는 더욱 진지해졌습니다.

"그래, 어디든 아니, 어느 시간으로든 다 갈 수 있는 방법. 그나저나 뭐라고 설명해야 네가 알아듣기 쉬울까. 실은 이게 처음엔 기압 운송선이라는 걸 만들려고 시작한 일이거든. 땅속에 함석판을 둥글게 휘어 이어붙인 긴 굴을 파고, 그 안에 꼭 맞는 운반차를 제작해 집어넣는 건데… 그런 다음 그 뒤에서 아주 센 바람을 송풍기로 불어넣으면, 공기의 압력으로 운반차가 쑥, 하고 앞으로 나아가는 원리지. 그것만 있다면 아주 멀리 있는 사람들과 실시간으로 소식을 주고받을 수 있어. 힘들게 우편함에 편지를 넣을 필요도 없지. 그 운반차 안에다 뭐든 다 넣어서 원하는 장소로 쏘아 보내면 되는 거니까. 네가 몰라서 그렇지, 벌써 세상엔 엄청나게 많은 사람들이 기압 운송선을 이용해서 비밀리에 통신을 주고받고 있다는구나. 그런데 난 말이다, 거기서 한발 더 나아가, 아예 그걸 타고 세상 여기저길 돌아다니면 어떨까, 생각한 거야."

그때 아버지는 저의 표정을 잘못 읽었습니다. 속으로 딴생각을 하며 심드렁하게 듣고 있었는데, 그걸 열심히 듣고 있다고 착각한 거지요. 그분은 더더욱 열정적으로 이야기를 이어갔습니다.

"한데, 놀랍게도 그런 생각을 한 건 나뿐만이 아니었어. 하긴, 나에게 이 책을 주고 간 대학생도 종국엔 그것을 목표로 했던 것 같지만 말이다. 그 젊은이는 검열을 받지 않고 편지와 통문을 주고받으려 했어. 그리고 신분증 검사 따위 받지 않고 전국 어디든 마음대로 돌아다니고 싶어 했지. 그래서 그 '기운투'인가 뭔가에 가입했던 걸 테지만 말이야. 음… 따라서 지금 내가 하는 일은 그 청년이 못다 이룬 꿈을 대신 이뤄주려는 목적도 있다는 걸 네가 알아줬으면 좋겠구나."

그러다가 아버지가 갑자기 목소리를 낮췄습니다. 대단한 비밀이라도 얘기해 주려는 듯 잔뜩 긴장한 얼굴이었지요. 그분은 자기가 그동안 시계방 지하에 아무도 모르게 기압 운송선을 만들어 왔다고 털어놨습니다.

"난 청년이 남기고 간 책을 열심히 읽었고 어떻게 해야 땅 밑에 공기의 힘으로 움직이는 운송선을 설치할 수 있을지 알게 되었다. 그다음으론(전에 너도 시계방에 왔다가 얼핏 봤을 테지만) 운송선이 다닐 통로 내부에 둘러칠 함석판을 제작했고, 밤이면 가게 바닥을 열고 들어가 미친 듯이 흙을 파냈지. 그렇게 파낸 땅굴 안엔 특수제작한 함석판을 덧대어 비나 눈이 와도 무너지거나 새지 않도록 보강작업을 했고 말이야. 마지막으로, 길이 여섯 자에 높이가 두어 자 정도 되는 운반차를 만들었다. 그 안에 들어간 다음 내부에 설치된 버튼을 누르면, 통로 끝에 있는 거대 송풍기가 돌아가면서 바람을 만들어 내고, 그 공기의 힘으로 운반차는 앞으로 달려 나가게 되는 이치거든. 너도 이젠 눈치챘겠지만, 그간 밤에 집에 오지 못한 건 바로 그런 이유에서였다. 낮엔 시계방에서 각종 시계와 온갖 기계를 수리하고, 밤엔 전등이 달린 광부용 헬멧을 쓰고 땅을 파거나 운반차를 만들어야 했으니까. 게다가 그 모든 걸 이웃에 들키지 않도록 해야만 했어. 생각해 보렴. 만약 가게 앞에 매일 아침 엄청난 양의 흙이 쌓인다면 사람들이 뭐라고 의심할지. 그래서 난 새벽마다 밤에 파낸 흙을 자루에 담아 질질 끌고는 멀리 떨어진 공터까지 가서 쏟아놓고 돌아왔단다. 그렇게 하여, 기압 운송선을 위한 작업은 더디긴 해도 착착 진행됐다. 솔직히 마음 같아선 전쟁 때 생사도 모르고 헤어진 어머니가 살고 계신 곳까지 굴을 파고 싶었지만, 그러려면 여러 가지 장애물이 아직은 너무 많잖니. 그래서 일단은 시계방 뒤쪽 복개천 앞 비디오 가게까지만 운송선을 연결하기로 한 거지. 당연히 비디오 가게 김씨 할아버지에겐 비밀로 하고 말이다. 그 수다쟁이 영감이 내가 하는 일에 대해 알게 되면 사방팔방에 소문을 내서 결국 모든 게 허사가 되고 말 테니까. 여하튼, 그런 천신만고 끝에 드디어 통로와 운반차를 완성했고 송풍기의 설치도 완벽히 끝낼 수 있었단다. 시운전을 해보기로 한 날은, 새벽부터 눈이 말똥말똥해져서 한숨도 잘 수 없더구나. 가게 문에 '오늘은 영업을 일찍 끝냅니다'라고 써 붙인 다음, 난 운반차 안에 내 몸을 구겨 넣었다. 그런 다음 눈을 꽉 감고 출발 버튼을 눌렀는데… 바로 그때 그 일이 일어난 거야."

이 부분부터 편지의 어조는 눈에 띄게 허물어져 있었다. 의뢰인은 자신이 들려주는 사연이 말이 되는지 알 수 없어 초조해 보였다. 동시에 그 이야기를 상대방이 믿어주길 바라는 듯한 간절함이 엿보이기도 했다.

왠지 모르게 횡설수설한 느낌이 풍기는 편지의 구구절절한 사연을 대충이나마 간략히 정리하자면 다음과 같았다. 즉, 버튼을 누른 순간 그의 아버지가 탄 운반차는 함석판으로 만들어진 통로 속에서 로켓포처럼 앞으로 튀어 나갔다. 예상보다 너무 빠른 속도에 그는 덜덜 떨며 온몸에 힘을 준 채 눈을 감고 있었다. 이러다 죽는 건 아닌가 하는 공포에 휩싸이기도 했지만, 시계방 주인은 호랑이굴에 들어가도 정신만 차리면 산다는 속담을 떠올리며 혼미해지는 의식의 끝자락을 붙들고 놓지 않았다는 것이다. 눈앞에선 함석판의 휘어진 호들이 빛의 속도로 빠르게 지나갔고, 마침내 나사 모양으로 소용돌이를 그리며 빙빙 돌기 시작했다. 동시에 아버지의 몸을 실은 운반차도 빙글빙글 회전했고, 꼭 감은 눈앞으로 수백만 개의 별과 은하, 행성, 별똥별 같은 것들이 휙휙 지나갔다. 귀에선 윙윙대는 소리가 끝없이 울렸고 갑자기 토할 것처럼 속이 울렁거리는 걸 느끼며 마침내 시계방 주인은 정신을 잃고 말았다고 한다.

그렇게 정신을 잃었다가 눈을 떴을 때, 아버지는 놀라서 벌린 입을 다물지 못했다고 합니다. 자기가 있는 곳이 출발할 때와 너무 달랐기 때문입니다. 원래 있던 곳이 총천연색이었다면 기압 운송선을 타고 도착한 곳은 뿌연 흑백이었습니다. 그리고 어디선가 쾅, 쾅, 하는 소리가 끊임없이 들려왔는데, 암만 들어봐도 그건 오래전 전쟁 통에 들었던 박격포 터지는 소리였다는 거지요. 아버지는 두 손으로 자신의 몸을 여기저기 더듬어 봤습니다. 확실히 죽은 건 아니었습니다. 몸은 따뜻했고 부드러운 데다 심장은 여전히 규칙적으로 뛰고 있었으니까요. 아직 살아 있음을 확인한 아버지는 운반차 위쪽에 달린 뚜껑을 밀어서 열고 밖으로 나왔습니다. 그러고는 세상을 휘 둘러봤는데, 그분 말씀으로는 그때 거의 기절할 뻔하셨다지요. 왜냐하면 아버지가 도달한 장소(이럴 땐 '도달한 시간'이라고 하는 게 더 나을지도 모르지만)가 바로 '과거'였기 때문입니다.

"하지만 이상한 건, 내가 완전히 과거에 속해 있지도 않고 그렇다고 오롯이 현재에 속해 있지도 않은 채, 물리적으론 과거, 의식적으론 현재를 헤매고 있었다는 사실이란다. 마치 관찰자처럼 과거의 나 자신과 사건을 바라보는 느낌이었고, 그건 폐허가 된 흑백의 땅을 돌아다닐 때도 마찬가지였어. 혹시 꿈을 꾸는 건 아닌가 싶어 손등을 여러 번 꼬집어 봤지만, 확실히 꿈은 아니었어. 그러나 장담컨대 그건 현실도 아니었다. 그 이상야릇한 기분을 네게 설명하고 싶은데, 도무지 뭐라고 말해야 할지 알 수가 없구나. 그래, 만약 어디선가

'여기, 〈빽 투 더 퓨쳐〉 들어왔어요?' 등등의 말소리가 들려오지 않았다면, 아마 난 지금까지도 그곳을 떠나지 못한 채 헤매고 있을지도 몰라. 그만큼 운반차를 타고 도착한 시공간은 괴이했으니까. 다행히 김씨 할아버지네로 비디오를 빌리러 온 손님의 목소리에 정신을 차린 나는 (머리 위로 들리는 그 소릴 듣고서야 거기가 어딘지 알 수 있었으니까) 서둘러 땅속 운반차에 다시 올라탔단다. 그런 다음 있는 힘을 다해 되돌아가는 버튼을 누를 수 있었던 거지.

다시 시계방으로, 현재의 시간으로 되돌아온 나는, 더욱더 연구에 박차를 가했어. 도대체 무슨 조화로 시간을 뛰어넘어 과거로 돌아갔던 건지 알아내고 싶었으니까. 하지만 나 같은 사람이 그 해답을 찾는 건 너무나 어려운 일이더구나. 그저, 특수제작한 그 거대한 송풍기, 그게 만들어 내는 엄청나게 빠른 공기의 속도와 어떤 연관이 있을 거라는 추측만 해 봤을 따름이지. 난 너희들 몰래 시립도서관에 대출증까지 만들어서 틈날 때마다 자료를 찾아보았다. 그런 끝에 이런 결론에 도달하게 되었고 말이다. 그러니까 만약 운반차가 일정한 속도 이상으로 움직일 수만 있다면 과거나 미래 어디로든 갈 수 있는 것 아닌가 하는… 결국 문제는 이거야. 어떻게 하면 매번 그 속도를 낼 수 있는가, 또 어떻게 정교하게 조절해서 원하는 시간대로 이동할 수 있는가. 그래, 그것만 알아낼 수 있다면 우린…"

사실대로 말씀드리자면, 그때 저는 좀 짜증이 났습니다. 아버지가 아무래도 술을 마시고 헛소리를 하는 거라고 확신했지요. 그럴 수밖에 없는 게, 땅속에 함석판으로 벽면을 만들어 붙인 긴 통로를 팠다는 것부터가 말이 되지 않는 얘기였으니까요. 그런데 이젠 그 안에 들어가 뜻하지 않게 과거에 갔다 왔다고까지 하니, 도대체 그런 걸 누가 믿겠습니까, 그렇지 않나요? 그래서 저는 자리에서 벌떡 일어서며 외쳤습니다.

"아버지, 실은 내일 중간고사라서요. 나중에 마저 들려주시면 안 될까요?"

그러자 아버지는 갑자기 풀이 죽더니 알았다고 했습니다. 그러고는 조용히 문을 닫고 안방으로 가버리는 것이었습니다. 그 후로 아버지는 별다른 이야기를 더 하지 않았습니다. 여전히 시계방에서 숙식을 해결하는 것 같았지만, 대입학력고사 준비를 하느라 저 역시 신경 쓸 겨를 따윈 없었고 말입니다.

그 후 저는 대학에 입학했고, 아르바이트를 하며 바삐 지내느라 공기의 힘으로 움직이는 운반차나 시간의 통로 등에 대해선 아예 잊고 말았습니다. 여자친구도 사귀었고 동아리 활동까지 했기에 점점 바빠졌고, 그래서 아버지의 얼굴이 날이 갈수록 수척해진다는 사실도 깨닫지 못했습니다. 게다가 당시엔 집에서 지내고 있지도 않았어요. 학교 가까운 곳에 자취방을 얻어 살고 있었으니까요.

그러던 어느 날 아버지가 저를 찾아온 겁니다. 소주 두 병에 마른안주 두어 점이 담긴 검은 비닐봉지를 들고 말입니다.

"들어가도 되니?"

문밖에서 아버지가 물었습니다. 저는 안으로 들어오시라고 했고, 얼른 방을 정리했지요. 종이컵에 소주를 따라 마시던 아버지가 처음으로 그 대학생에 얽힌 이야길 들려주던 게 생각나는군요. 아버지는 회한 어린 눈빛으로, 어떻게 그 책을 손에 넣었는지, 청년이 총탄 같은 것을 머리에 맞고 쓰러졌을 때 닫힌 가게 문 뒤에서 얼마나 벌벌 떨었는지에 대해 이야기하고 또 이야기했습니다. 그러던 아버지가 문득 고개를 들었는데, 얼굴은 불그죽죽하고 눈빛은 이글이글 타오르는 게 아무래도 정상은 아닌 듯싶었습니다. 술을 너무 드신 건가 걱정이 되어 찬물이라도 갖다 드리려고 일어섰을 때, 아버지는 갑자기 주먹을 불끈 쥐며 외쳤습니다.

"그래서 하는 얘긴데, 이제 때가 된 것 같다. 돌아가서 할 일을 해야 할 때 말이야. 기계는 완벽히 작동하고 시운전도 여러 번 해보았으니, 더는 망설일 필요가 없지."

지금은 후회하고 있지만, 그때 저는 계속 건성으로 대답했습니다.

"뭔지는 모르겠지만, 꼭 돌아가야겠다면 그렇게 하세요. 그나저나 얘기는 다 끝난 건가요? 과제가 있어서 좀 바쁘네요."

그러자 아버지가 쓸쓸히 웃었습니다. 생각해 보면 거의 웃음이라곤 없던 분인데, 처음으로 그런 표정을 보여준 거지요. 그는 따라 나가며 인사하려는 저를 말렸습니다. 바쁠 테니 신경 쓰지 말라고 했지요. 신발을 신다 말고 아버지는 퍼뜩 멈추더니 저를 돌아봤습니다.

"참, 오랜 후의 넌 잘 지내고 있더구나. 좀 피곤해 보이긴 했지만, 그런대로 잘 살고 있었어. 이제 안심이야. 그래, 안심이고말고."

이런 수수께끼 같은 말을 남기고 아버지는 자취방 계단을 내려갔습니다. 그게 그분의 마지막 모습이었지요.

그들은 아버지가 사라진 것을 이틀이 지나도록 알지 못했다. 문을 열지 않는 것을 걱정한 이발사가 전화를 걸어왔을 때야 아버지가 없어졌다는 사실을 알았고, 부랴부랴 경찰에 신고하고 벽보를 만들어 붙이며 수선을 떨었다는 것이다. 그러나 아버지는 나타나지 않았다. 처음 그가 사라졌을 땐 모두 난리를 쳤지만, 날이 가고 달이 흐르면서 애달픈 감정은 서서히 옅어졌다. 시계방은 빈 채로 문이 닫혀 있었고, 건물주인 노파는 그 앞에 **임대**라고 매직으로 쓴 종이를 붙여두었다.

의뢰인이 대학을 졸업하고 취업을 하였을 때, 남은 가족은 모두 그의 직장이 있는 도시로 이사했다. 어쩌면 아버지가 사라진 장소에서 최대한 멀리 떨어지고 싶었는지도 모른다. 그들은 서로 아버지에 대해 함구했고 〈천금당〉이란 이름을 입에 올리지 않으려 노력했다.

"만약 엊그제 그 일을 겪지 않았다면, 이런 의뢰를 하지도 않았을 겁니다"라고 그는 적었는데, 그 일이란 건 다음과 같다. 지방도시의 의약품 도매상에서 영업부장으로 일하는 그가 오후 업무를 마치고 차 안에서 잠깐 눈을 붙이고 있을 때였다. 전날 거래처 병원 원장과 술을 마신 숙취가 풀리지 않아 운전석에서 곯아떨어져 있던 그는, 누군가가 차 유리를 똑똑 두드리는 소리에 잠을 깼다.

눈을 떠보니, 짙게 선팅된 차창 너머에서 어떤 얼굴이 안을 들여다보고 있었습니다.

"아버지!"

잠결인데도 제 입에선 이런 외침이 절로 흘러나왔습니다. 그렇습니다, 그분은 정말로 아버지였으니까요. 그렇지만 그간 세월이 흘러 나이 들고 노쇠한 아버지가 아니라, 사라지기 직전의 아버지, 아직 장년으로 보이는 상대적으로 젊은 아버지였습니다.

저는 서둘러 몸을 일으키고 창문을 내리려 했어요. 그런데 마치 가위에 눌리기라도 한 듯 그저 마음속으로만 허둥댈 뿐, 손가락 하나 움직일 수 없었습니다. 목소리도 마찬가지였어요. "아버지, 그동안 대체 어디서 뭘 하고 계셨어요?"라고 끊임없이 외쳤지만, 그저 입만 뻥긋댈 뿐이었으니까요. 그러는 동안에도 아버지는 유리창을 통해 물끄러미 저를 보고 있었습니다. 그러더니 안도했다는 듯 두어 번 고개를 끄덕이고는 뒤를 돌아 어디론가 바삐 걸어가 버리는 것이었습니다. 그 뒷모습이 시야에서 완전히 사라졌을 즈음에야, 저는 목소리를 내어 외칠 수 있었습니다.

"아버지, 잠깐 기다리세요! 잠깐 거기 서라고요!"

그러면서 미친 듯이 차 문을 열고 밖으로 나왔지만, 아버지는 이미 어디에도 보이지 않았습니다.

그날 밤 저는 생각하고 또 생각했습니다. 어쩌면 오래전 아버지가 했던 말은 모두 사실이 아니었을까. 왜 나는, 시계방 어딘가에 있을 비밀의 문을 한 번도 찾아보지 않았단 말인가. 그렇게 뜬눈으로 밤을 지새우고 아침을 맞았을 때, 저는 오래전의 그 시계방으로 되돌아가 아버지가 말했던 기압 운송선이나 시간의 길 같은 것들의 실체를 확인하고 싶다는 열망에 사로잡혀 있었습니다. 회사에 말해서 하루 휴가를 낸 뒤, W시로 가는 기차표를 사서 예전 시계방이 있던 골목에 가보았습니다. 다행히 건물은 그대로 남아 있더군요. 달라진 거라면, 이발소 대신 편의점이 생겼고 아버지가 시계방을 하던 자리엔 〈공간 서점〉이라는 헌책방이 영업을 하고 있더라는 것 정도? 저는 건너편 가게 기둥 뒤에 숨어서 책방 안을 엿보았습니다. 주인은 저보다 열댓 살쯤 많아 보이는 남자였는데, 카운터에 앉아 뭔가를 열심히 읽고 있었어요. 그런데 그때 제 눈에 뭐가 띄었는지 아십니까? 그 얇은 책. 스프링 제본. 표지의 낯익은 글자들. 그렇습니다, 헌책방 주인이 읽던 책의 제목은 바로 『공기를 이용하여 우편물과 화물을 빠르고 확실하게 전달하는 방법』이었습니다.

한참을 지켜본 끝에, 저는 다시 기차역으로 돌아왔습니다. 책방 주인에게 가게 바닥에 혹시 어떤 문이나 뚜껑이 있는지 살펴보겠다고 할 용기는 없었으니까요. 하긴, 그럴 용기가 충분했다 한들, 과연 그가 부탁을 들어주기나 할까요? 그는 분명 별 미친놈을 다 보겠다며 나를 쫓아낼 게 뻔했습니다.

고심 끝에, 저는 당신 같은 이들을 떠올렸습니다. 민간조사관. 다른 나라에선 사립탐정이라고들 한다지요. 현상을 추적

하고 캐내어 그 뒤에 감춰진 진실을 알아내는 사람들. 당신이라면, 그 가게에 숨은 비밀을 파헤칠 수 있지 않을까요? 아버지의 이야기가 어디까지 진실이고 어디까지 상상인지도 알아낼 수 있을 테고요. 만약 운이 좋다면 책방 아래 땅속으로 직접 내려가 볼 수 있을지도 모릅니다.

자, 이제 아시겠습니까? 이렇게 긴 편지를 쓰면서까지 사건을 의뢰한 이유 말이에요. 그러니 부탁드립니다. 〈공간 서점〉의 진실을 알아내 주십시오. 그리고 빨리 저에게 결과를 알려주십시오. 기다리고 있겠습니다.

●《《《《

출발하기 전에, 〈공간 서점〉 주인을 간단히 조사했다. 그는 이 도시에서 대학을 졸업했고 한때 서울에서 시민단체 활동을 했으며 수년 전 이곳으로 돌아와 중고 서적을 취급하는 가게를 냈다. 홈페이지엔 주로 인문학, 사회과학 관련 서적을 매입하고 판매한다고 되어 있었지만, 지금 대충 훑어본 바로는 별다른 구분 없이 닥치는 대로 사고파는 것 같았다.

한참 뒤 남자가 책 한 권을 들고 돌아왔다. 창고를 뒤졌는지 머리에 먼지가 살짝 묻어 있었다. 그는 미안해하며 책을 내밀었다.

"죄송합니다. 책을 제대로 정리를 못 하다 보니, 이런 거 한 권 찾는 데도 이렇게 오래 걸리네요."

하드커버로 된 책을 받고 돈을 치른 뒤 나는 넌지시 물었다.

"혹시, 『공기를 이용하여 우편물과 화물을 빠르고 확실하게 전달하는 방법』이라는 책도 구할 수 있을까요?"

그러자 카운터 안쪽에서 장부에 뭔가를 적던 주인이 흠칫하며 손을 멈추는 게 보였다. 그는 잠깐 생각에 잠긴 듯하더니 미소를 지으며 말했다.

"글쎄요, 그런 이상한 제목의 책은 처음 들어보는데요. 뭐라고 하셨지요? 다시 한번 말씀해 주시면 적어뒀다가 구해보도록 하겠습니다."

나는 책 제목을 다시 말해줬다.

"만약 구하면 전화 좀 주십시오. 부탁드립니다."

메모지에 전화번호를 적어준 다음 문을 닫고 나오는데 주인이 갑자기 소리쳐 불렀다. 돌아봤더니 앞치마 주머니에 손을 찌른 그가 뜬금없이 묻는 것이었다.

"혹시 세상에 길은 한 갈래뿐이라고 생각하십니까?"

질문의 의미가 뭔지, 어떤 대답을 해야 할지 망설이는

데, 남자가 먼저 말했다.

"저는 그렇지 않다고 생각합니다. 길은 여러 갈래로 뻗어 나가고 지금 이곳도 그중 하나일 뿐이지요. 그렇게 믿게 된 계기가 있는데, 한번 들어보시겠습니까?"

고개를 끄덕이자, 책방 주인은 앉으라며 의자를 권했다.

"…모든 건 오래전, 내가 대학생이던 시절의 어느 봄날로 되돌아갑니다. 그때 난 바로 이 자리에서 시계방을 하던 아저씨 덕분에 목숨을 건졌지요. 그날 내게로 날아오던 최루탄 파편을 그분이 몸으로 막아줬으니까요. 지금도 생생한 기억이지만… 나를 향해 똑바로 날아오던 파편을 보며 순간적으로 이런 생각을 했던 것 같습니다. 아, 이제 끝이구나. 여기서 모든 게 끝나는 거야. (하긴, 정말로 끝났던 걸지도 모릅니다. 때로 찾아오는 악몽 속에선, 언제나 나는 가게 앞에 피를 흘린 채 쓰러져 있고 시계방 주인은 닫힌 문 뒤에서 덜덜 떨며 나오지 못하니까요.) 여하간, 그렇게 완전히 굳어버린 채 날아오는 파편을 보며 속수무책으로 서 있는데, 갑자기 가게 문이 열리더니 시계방 주인 아저씨가 뛰어나왔습니다. 그는 나를 확 밀어내며 외쳤지요. 어서 도망쳐, 라고요. 순간 나는 달렸습니다. 망설이고 말고 할 겨를 따윈 아예 없었죠. 그저 그가 시킨 대로 달리고 또 달릴 뿐이었으니까요. 당연히 뒤를 돌아보지도 못했고 오죽하면 옆을 쳐다볼 용기마저 내지 못했습니다. 그분 덕분에 목숨을 건졌지만, 그래도 난 멈추지 않고 달리기만 했습니다. 그러는 동안 내 곁으론 시간이 흐르고 공간이 지나갔어요. 계절이 바뀌고 해도 바뀌었지요. 그러다가 어느 날 정신을 차려보니, 내가 있는 곳이 어딘지 도무지 알 수 없었습니다. 오래전 내가 꿈꿨던 것에서 너무 멀어지고 말았음을 깨달았고, 그제야 받아들이게 된 겁니다. 이제 돌아가야 한다는 것을요.

시계방이 있던 곳으로 돌아오니 가게엔 셔터가 내려져 있고 임대라고 써 붙인 종이는 바람에 찢겨 너덜너덜 흔들리고 있더군요. 여기가 내가 있을 곳이라는 생각이 든 것도 그때였습니다. 그래요, 그렇게 해서 난 이 작은 책방을 열게 된 거지요.

시계방 주인이 어떻게 됐는지 알고 있느냐고 했습니까? 글쎄요, 솔직히 그분에 대해 알아보지 않은 건 아닙니다. 나름 수소문해 보았고 인근에서 장사를 했던 이들에게 이것저것 물어보며 다니기도 했지요. 하지만 사람마다 이야기하는 게 다 달라서… 어떤 이들은 그가 죽었다고 했고, 어떤 이들은 그가 다른 도시에서 시계방을 차렸다고 했습니다. 누군가는 그가 자연인이 되어 산속에 홀로 살고 있다고 했고 또 다른 누군가는 그가 그저 홀연히 사라져 버린 거라고 했습니다. 결국 나는 그 모든 버전이 각각의 진실을 품고 있다고 생각하기로 했습니다. 길이 반드시 한 갈래로만 뻗어 있다고 믿어야 할 이유는 어디에도 없으니까요. 길은 여러 갈래일 수 있고 한 사람이 동시에 그 길을 모두 걸을 수도 있는 거지요. 그렇지 않습니까?"

말을 마친 헌책방 주인은 대답을 기다리는 듯 나를 쳐다봤다. 그 얘길 왜 들려준 거냐고 물으려다 말고, 나는 말없이 고개를 끄덕였다. 나오면서 인사를 하려고 보니, 남자는 벌써 안쪽 어딘가로 사라지고 없었다.

역 앞 24시간 해장국집에서 밥을 먹으며, 의뢰인에게 전화를 걸었다. 기다리고 있었는지 재빨리 전화를 받는 그에게 난 간단하게 설명했다.

"아버지의 말이 사실인지 아닌지 확인하긴 어려울 듯 싶습니다. 길은 여러 갈래고 아버지는 여기에 있을 수도 있고 저기에 있을 수도 있으니까요. 네, 서점 안에 별다른 건 없었어요. 주인도 수상한 점이라곤 없었고요. 제대로 된 결과물이 없으니, 수수료는 경비만 받기로 하겠습니다. 내일 사무실에 돌아가면 영수증을 팩스로 보내드리지요."

전화를 끊고 식당 자판기에서 커피를 뽑아 마신 다음 다시 〈공간 서점〉으로 갔다. 주인은 퇴근했는지 보이지 않고 가게는 불이 꺼져서 어두웠다. 책방의 잠긴 문을 여는 일은 쉬웠다. 아무도 보고 있지 않음을 확인한 뒤 발소리를 죽여 안으로 들어섰다. 바닥을 더듬으며 어떤 문 혹은 뚜껑을 찾는 사이, 내 심장 소리는 점점 커져만 가고 있었다.

빛과 영원의 시계방

오리진

"

저 광대한 책의 미로 안에
그들이 말하는 그런 불경한
물건 따위 없다고 당당히 증언할
수 있느냐, 이겁니다.

"

오리진《문장 웹진》2019

교황청의 깊고 어두운 지하에 둥글고 오래된 나무 탁자가 놓여 있는 비밀스러운 회의실이 있다는 걸 아는 사람은 얼마 없다. 아마 아무리 많아봤자 열댓 명 정도? 그들은 모두 바티칸에서 중요한 직책을 수십 년째 맡아온 '몬시뇰'이라 불리는 최고위 성직자들이며, 교회의 중요한 일에 대하여 교황과 마주 앉아 이런저런 의견을 내놓을 수 있는 대단한 권한을 가진 추기경들이다. 탁자는 투박하고 아무 꾸밈없는 디자인에 손때가 묻어 반들반들해진 표면을 가지고 있는데, 전해오는 전설에 의하면 오래전 베드로가 여기 엎드려 눈물을 흘리며 신에게 기도를 올린 적이 있다는 것이다. 물론 그때만 해도 그것은 탁자라기보다는 그저 커다란 떡갈나무 둥치에 불과했고, 베드로가 천국으로 떠나버린 후에는 카타콤의 어두운 구석에서 곰팡이와 함께 서서히 썩어가는 신세에 놓이고 말았다. 나중에 로마 시내 뒷골목에서 가구를 제작하는 일을 하던 어느 목수가 그 음습한 장소에서 떡갈나무 밑동을 발견할 때까지 말이다. 그는, 12사도들이 남긴 기록을 정리하고 새로 옮겨 쓰는 일을 하고 있던 한 필사가에게서 탁자 하나를 새로 제작해 달라는 주문을 받았다. "세상에서 가장 성스러운 나무를 사용해 주시오. 돈은 얼마가 들어도 상관없소." 목수는 기꺼이 그의 부탁을 받아들였고, 그래서 공방의 제자들이 모두 잠든 밤 작은 촛불을 하나 들고 지하묘지로 향했다. 그곳엔 박해받는 신도들이 쓰던 물건이 꽤 남아 있다는 소문이 돌았는데, 그들의 자취가 남아 있는 것들이야말로 세상에서 가장 성스러울 거라는 게 목수의 생각이었다. 그가 무덤의 돌문을 옆으로 민 다음 약간은 두려움에 떨며 조심조심 안으로 걸어 들어갔을 때 가장 먼저 찾아낸 것이 바로 그 썩어가는 떡갈나무 둥치였다. 하긴 그게 정말로 베드로가 쓰던 나무 밑동이 맞느냐고 묻는다면, 아무도 대답할 말을 찾지 못할 것이다. 단지 한 가지 증거라고 내밀 수 있는 것은, 목수도 그날 밤 양초를 가까이 했을 때에야 겨우 발견한 거지만, 한구석에 주머니칼 같은 걸로 새긴 '베드로'라는 이름 세 글자가 적혀 있었다는 사실뿐. 그럼에도 불구하고, 그 필사가는 뛸 듯이 기뻐했다. 그는 당장 그것을 잘 다듬어 탁자를 만들어 오라고 지시했다. 목수는 긴 세월 동안 방치된 나무에 수북이 돋아 있던 버섯을 모두 따서 버리고, 끌과 대패 등을 이용해 겉면을 매끄럽게 다듬었다. 땅에 박혀 있던 뿌리 부분은 이미 썩을 대로 썩어 있어서 별로 힘도 주지 않았는데 그냥 쑥 뽑을 수 있을 정도였다. 그렇게 만들어져 고가에 팔린 떡갈나무 탁자는, 밀라노 칙령이 선포되고 나서 얼마 뒤 아우구스투스 황제에게 바쳐졌다. 그가, 지금까지도 두고두고 인구에 회자되는 유명한 책 『고백록』을 그 떡갈나무 탁자에서 썼다는 것은 널리 알려진 사실이기도 하다. 탁자는, 제1차 니케아 공의회가 열렸을 때 마지막으로 모습을 드러냈다. 대리석으로 만들어진 회의실 한가운데 놓인 탁자를 둘러싸고 교부들은 열띤 논쟁을 벌였다. 그들은 주먹으로 탁자를 쾅쾅 치며 소리쳤고 서로 한 치도 물러서지 않으려 눈을 부릅떴다. 마침내 삼위일체 교리가 만방에 선포됐을 때, 이단으로 몰린 아리우스는 한동안 그 떡갈나무 테이블에 팔을 짚은 채 멍하니 앉아 있었다. 그러다가 옆에 있던 아타나시우스가 "뭐 하십니까? 이제 떠나셔야지요"라고 말하자 퍼뜩 정신을 차리고는 일어나서 터덜터덜 걸어 어디론가 사라져 버렸다는 것이다.

아리우스가 떠나고 문이 쾅 소리를 내며 닫히자, 가장 나이가 많고 유별나게 등이 구부정한 교부가 앞으로 나서며 말했다. "앞으로, 타락한 세상에 맞서 신의 말씀을 지키는 선택받은 자들만이 이 탁자에 둘러앉을 수 있는 영광을 누리도록 합시다." 모두가 박수를 쳐서 동의했고, 곧 탁자는 아무도 모르는 깊고 깊은 지하로 옮겨졌다. 방의 사방 벽은 튼튼한 돌로 메웠고 문은 두꺼운 강철로 특수제작되었는데, 교부들은 거기에 거대한 자물쇠를 단 다음 총 열두 개의 열쇠를 만들어 서로 나누어 가졌다. 모두가 한꺼번에 열쇠를 넣고 동시에 돌려야만 열리도록 제작된 자물쇠였기에, 그중 한 사람이라도 빠진다면 베드로의 성스러운 탁자엔 아예 접근조차 할 수 없게 되었다.

이렇게 유서 깊은 탁자에 둘러앉아 열리는 '회의'(여기엔 어떤 수식어도 붙이지 않는 게 관례였는데, 이것만 보아도 이 모임의 성격이 얼마나 절대적인지 알 수 있었다.)를 주관하는 교황청의 부서는 '신앙교리성'인데, 이는 오래전 악명 높았던 '종교재판소'에 부여된 새로운 이름이었으니, 지금 저 어두컴컴한 지하에서 음울한 얼굴로 둘러앉아 있는 현대판 교부들이 나누는 이야기가 어느 정도로 심각한 것인지 짐작 가능한 일이라 하겠다. 사실, 『버튼』이라는 이름을 가진 얄팍한 소설책이 아마존에서 베스트셀러 목록에 올랐을 때 교황청은 꽤나 동요했다. 그리고 반나절이나 걸리는 긴 회의를 마친 다음 신앙교리성 장관은 문서담당관인 베르톨리니의 사무실로 황급히 달려갔던 것이다.

마침 매일 발행되는 교황청 홍보지 《로세르바토레 로마노》에 매주 금요일마다 〈비밀은 없다, 오직 진리뿐〉이라는 칼럼을 연재하고 있던 베르톨리니는, 원고를 쓰다 말고 고개를 들었다. 누군가가 노크도 하지 않고 문을 열고 들어왔기 때문이다. 사과의 말도 없이 성큼성큼 걸어 들어온 이는, 신앙교리성 장관인 카사롤리 추기경이었다. 매부리코에 금테 안경을 걸친 카사롤리 추기경은, 원고를 쓰고 있던 문서담당관이 깃털 펜(베르톨리니는 아직까지도 고풍스러운 방식으로 글을 쓰는 몇 안 되는 사람들에 속했다. 컴퓨터 자판을 누르면 왠지 생각이 기계적으로 흘러가는 것 같다는 게, 매일 크리스털로 된 잉크병에 새 잉크를 채우고 깃털 펜으로 그걸 찍어서 한 글자씩 꾹꾹 눌러쓰는 그의 변명이었다. 그가 굳이 그런 걸 변명하는 이유는, 매주 원고를 보낼 때마다 《로세르바토레 로마노》의 교정 직원이 공손하지만 어딘지 모르게 짜증 난다는 듯한 태도로 이렇게 물었기 때문이다. "저어, 추기경님, 이젠 세상이 바뀌었는데… 언제까지 이렇게 힘든 글쓰기를 계속하실 생각인지요? 저라면 컴퓨터를 이용해 좀 더 수월하게 글을 쓸 것 같습니다만")을 천천히 내려놓는 걸 보고 날카로운 목소리로 외쳤다. "정말 마음도 편하십니다그려. 세상엔 불경한 책이 득시글대고 어린 양들은 혼돈에 빠져 우왕좌왕하는데 혼자서만 그렇게 여유 만만한 이유를 알 수가 없군요." 그 말에 베르톨리니가 빙긋 웃었다. "이런, 미안합니다. 지금 칼럼 원고를 쓰고 있어서요. 아무리 급하고 촌각을 다투는 일이 일어나더라도, 음, 그러니까 예를 들자면 내일 당장 신이 내려와 우리 모두를 심판할지라도, 나는 원고 마감일은 꼭 지킨다는, 그런 신념으로 살아왔습니다. 잘 아실 텐데요?" 그 말에 카사롤리는 울컥했지만, 어금니를 지그시 깨물며 참았다. 하급 수사들도 지켜보고 있는데 최고위 성직자들끼리 말싸움이나 벌인다면 체통이 서지 않을 게 틀림없었다. 그는 짜증과 분노, 불안을 가라앉히기 위해 깊이 숨을 들이마신 다음 억지웃음을 지으며 베르톨리니에게 말했다. "역시 대단하십니다. 그 책임감! 모든 일에 최선을 다하는 그 모습. 바로 신께서 우리에게 몸소 보여주신 올바른 삶의 길이지요. 헌데 미안하게도, 원고를 마감하셔야 하는 이 바쁜 시기에, 제가 이렇게 급한 일이 있어 결례를 무릅쓰고 이 방의 문을 벌컥 열었습니다. 잘 아시겠지만, 최근 들어 교회는 신의 말씀과 진리에 반하는 자들로부터 그 어느 때보다도 거센 도전을 받고 있으며, 신앙교리성은 그런 자들을 찾아내어 바른길로 이끌기 위해 불철주야 부단히 노력해 왔어요. 그런데 말입니다, 얼마 전 도저히 있을 수도 없고 이해할 수도 없는 책 한 권이 보란 듯이 순위에 올라…" 그러나 신앙교리성 장관의 말은 여기서 끊겼다. 문서담당관이 다 알고 있다는 듯 손을 내저었기 때문이다. "아, 알고 있습니다. 그 소설책을 말씀하시는 것 아닙니까? '버튼'인가 뭔가 하는 제목을 가진." 카사롤리의 얼굴은 순식간에 벌겋게 변했다. 그는 어려서부터 누군가가 중간에 끼어들어 자기 말을 자르는 걸 가장 싫어하는 사람이었다. 하지만 카사롤리는 이번에도 또 한 번, 어금니를 꽉 깨물며 마음을 가다듬었다. 시국이 시국이니만큼 사소한 일로 분열을 초래할 필요는 없는 것이다. 게다가 문서담당관에게 밉보여 봤자 좋을 건 하나도 없었다. 그는 교황청이 비밀리에 소장하고 있는 엄청나게 많은 문서들의 목록을 가진 유일한 인물이었다. 바티칸의 사정을 잘 모르는 이들은, 도대체 그런 목록을 왜 단 한 사람의 성직자가 혼자서 간직하고 있는지 의문을 가질지도 모른다. 실제로 그런 방식은 무척이나 전근대적이고도 비효율적인 방식이기도 했다. 그러나 원래 오래되고 변화가 없는 조직엔 이런 일이 비일비재한 법이다. 즉, 그저 예로부터의 전통이라는 이유 하나만으로 갖가지 불필요한 규칙을 꿋꿋이 지키고 있는 것 말이다. 단 한 사람의 성직자만이 문서 목록을 가지고 있는 것은, 오래전 (하긴 생각해보면 그리 오래된 일도 아니지만) 종교재판소가 툭하면 사람을 화형에 처하고 마음에 들지 않는 책은 모두 불살라버리던 시절에 만들어진 구시대적 법률이었다. 하지만 세상이 변하고 종교재판소가 신앙교리성으로 이름을 바꾼 뒤에도, 또 책이라는 것이 부와 지위와 비밀스러운 지혜의 상징이던 시절이 다 지나가고 컴퓨터만 켜면 세상에서 가장 큰 도서관에 소장된 희귀문서까지 다 읽을 수 있는 시대가 왔어도, 이상하게 그 규칙만은 변하지 않았다. 즉, 오직 한 명의 담당자만이 이 거대한 석조건물 어딘가에 보관된 비밀문서들의 위치와 목록을 알 수 있는 것이다. 하여간 카사롤리 추기경은 왠지 기분이 나빠져서 좀 어두운 목소리로 물었다. "역시 이미 모든 걸 알고 계시는군요. 그렇습니다. 그 이상한 책은 어느 미치광이 작가의 헛소리에 불과합니다. 신 따윈 없고 당연히 절대

적 진리도 없으며 세계란 신기루와 같아서 언제든 마음만 먹는다면 새로 만들어 낼 수 있다고 떠들어 대니까요. 다만 걱정인 것은, 그 책이 많이 팔리면 팔릴수록 세상은 어둡고 기묘한 생각에 좀먹혀 들어갈 테고 사람들 내면의 불신은 점점 더 커질 거란 사실입니다. 방금 전만 해도 한 무리의 시위대가 광장 앞에서 구호를 외치지 않았습니까? 당장 전원을 끄라고요."

얘기가 길어질 듯한 기미를 보이자, 베르톨리니가 의자를 권했다. "그러지 마시고 앉아서 말씀하시지요." 그런 다음 그는 밖에 있던 비서에게 차 두 잔을 부탁했다. 마음에 들진 않지만 어쨌든 신앙교리성 장관은 고령자였다. 저렇게 오래 서서 저 정도로 흥분한 상태로 이야기를 계속하면, 결국엔 제 분을 이기지 못하여 풀썩 쓰러질지도 모른다. 그러면 또 그건 얼마나 큰 문제가 되겠는가. 무엇보다도 만에 하나 그런 일이 생긴다면, 이곳은 아수라장이 될 것이고 그의 원고마감은 점점 더 늦어지게 될 터였다. 의자에 앉은 카사롤리 추기경이 숨을 돌리는 사이, 베르톨리니는 방금 전까지 적던 문장("따라서 이곳에 그 어떤 종류든 비밀스러운 뭔가가 존재한다는 생각이야말로 구시대적 발상인 것이다"라는)에 마침표를 찍고, 원고를 가지런히 정리하여 한곳으로 밀어뒀다. 아무래도 마무리는 나중에 조용할 때 하는 편이 나을 듯했기 때문이다. (그런데 원고를 밀어두면서 그가 재빨리 한구석에 펼쳐져 있던 책을 접어서 표지가 보이지 않게 뒤집어 두는 광경을, 카사롤리는 보지 못했다. 따라서 그 위에 인쇄된 제목이 『버튼』이라는 것도 당연히 눈치채지 못했고 말이다.) 그러고 나서 문서담당관은 접견용 소파에 앉아 국화차를 마시고 있는 신앙교리성 장관에게 말했다. "하지만 추기경님, 그 책에 대하여는 그리 걱정할 일이 없다고 봅니다. 어차피 지금은 다들 이런저런 의견을 내며 흥분해 있지만, 사람들은 곧 더 흥미롭고 재미난 뭔가에 빠져들 테니까요. 아마 대부분은 한 달도 지나지 않아 자기들이 그런 책을 읽었다는 사실조차 잊고 말걸요?" 그러자 티스푼으로 건져낸 말린 국화 꽃잎을 들여다보고 있던 카사롤리 추기경이 잔을 내려놓고는 자세를 바로 하고 앉았다. 옷깃까지 잘 여미는 것을 보니 뭔가 아주 중요한 말을 꺼낼 예정인 듯 보여, 베르톨리니는 자기도 모르게 긴장했다. "그렇다면 당신은, 저들, 그러니까 『버튼』이라는 책을 쓴 작자 놈 말입니다, 그가 주장하는 내용이 100퍼센트 옳지 않다고 자신 있게 말할 수 있습니까? 즉 당신이 관리하고 있으며 그렇기에 속속들이 알고 있는 저 광대한 책의 미로 안에 그들이 말하는 그런 불경한 물건 따윈 없

빛과 영원의 시계방

다고 당당히 증언할 수 있느냐, 이겁니다." 잠깐 동안 아무 말도 하지 않던 베르톨리니는 차를 한 입 마신 다음에야 천천히 고개를 끄덕였다. 그 괴이한 물건에 대해서라면, 그는 어차피 할 말이 없었다. 왜냐하면 본질적으로는 그 역시 거기에 대해 아는 바가 하나도 없었기 때문이다. 아니, 어쩌면 너무 잘 알고 있어서 아무 말도 하지 못하는 걸지도 모르지만.

● ● ((((

처음 이 중차대한 직책을 맡았을 때 전임 문서담당관은 그에게 거대한 열쇠꾸러미를 건네주며 말했다. "자, 이게 과거로부터 지금까지 작성된 모든 문서들이 담긴 방으로 들어갈 수 있는 열쇠들이에요. 얼마나 대단한 것들이 많은지, 아마 직접 보면 거의 기절할 지경에 이를지도 모릅니다. 인류 역사에 단 한 번도 공개된 적 없는 엄청난 비밀문서부터 별 쓸모없는 종이쪼가리에 이르기까지, 없는 게 없는, 그야말로 세상 모든 기록의 보고니까요." 베르톨리니가 두 손으로 열쇠꾸러미를 받아들자, 잠시 주위를 둘러보던 전 담당관이 잽싸게 주머니에서 뭔가를 꺼내 그의 손에 꼭 쥐여줬다. "이게 무엇인지요?"

당황하여 묻는 베르톨리니에게 전임자는 아무 대답도 하지 않고 그저 오른손 검지를 입에 대며 "쉿"이라고만 대답했다. "모든 건 그 안에 다 적혀 있습니다. 나중에 아무도 없을 때 혼자서만 읽어보시고, 열쇠는 잘 보관하되 종이는 찢어버리십시오, 아니, 찢어서 아예 삼켜버리세요. 아무도 알 수 없도록 말입니다. 그럼, 이제 당신에게 다 넘겼으니 나는 돌아가겠습니다." 베르톨리니는 그가 건네준 게 뭔지 주먹을 아주 조금만 펴고 조심스레 살펴봤다. 붉은색 비단 주머니 안에 뭔가가 들어 있었다. "아, 알겠습니다. 그럼… 이제 어디로 가실 건지요?" 전임 문서담당관은 환히 웃었다. "고향으로 돌아갈 생각입니다. 거기서 여생을 보내고 싶어요. 그곳은 푸른 바다가 넘실대는 조용하고 정겨운 해변마을입니다." 그러나 그는 바다가 보이는 고향마을로 돌아가지 못했다. 공항으로 가는 길에 그가 탄 승용차가 맞은편에서 오던 트럭과 충돌했기 때문이다.

베르톨리니가 비단 주머니를 다시 떠올린 것은 장례식을 끝낸 뒤 처음으로 집무실에 마음 편히 앉아 있을 때였다. 며칠간의 장례식과 업무 인수인계 때문에 온몸이 뻐근해진 나머지 길게 기지개를 켠 다음 주머니에 손을 넣은 순간, 안에 있던 매끄러운 천 주머니가 손가락

끝에 닿았다. "이게 뭐지?" 그걸 꺼내자마자, 그는 별로 긴 대화는 나눠보지 못했지만 그래도 꽤 사람 좋게 느껴졌던 전임 문서담당관의 얼굴이 떠올라 코끝이 찡해졌다. 그가 천국으로 올라가 영원한 복락을 누릴 거라는 사실을 믿어 의심치는 않았지만, 그럼에도 불구하고 베르톨리니는 '이승의 개가 저승의 재상보다 낫다'라는 어느 나라의 속담에 마음이 끌리는 편이었다. 그가 알기론, 천국엔 오직 빛뿐이고 인간은 모두 똑같은 얼굴로 미소 짓고 있다고 했다. 예전에 핀란드에서 여름을 나면서 낮만 계속되는 지긋지긋한 백야에 질린 그로서는, 빛이 가득하다는 천국이 왠지 마음에 들지 않았다. 차라리 온통 어둠뿐이라면 등불이라도 켜면 된다. 그러나 오직 환하기만 하다면, 도대체 무엇으로 그 거대한 빛의 압박에서 벗어날 수 있단 말인가. 그는 그런 자신의 생각이 불경하다는 것을 알고 가슴에 성호를 그었다. 그러고는 조용히 비단 주머니의 끈을 풀었다. 안에는 돌돌 말린 두루마리 같은 게 하나 들어 있었고, 그걸 펴자 은빛 열쇠가 툭 떨어졌다. 두루마리엔 아무것도 적혀 있지 않았다. "뭘 읽고 씹어 삼키라는 거였지?"라고 중얼거리며, 베르톨리니는 두루마리를 앞뒤로 살펴봤다. 혹시 뭔가 비칠까 싶어 빛이 들어오는 창문 쪽에 대고 눈을 가늘게 떠봤지만, 역시 아무것도 보이지 않았다. 그때였다. 아주 오래전, 소년 시절 읽었던 추리소설의 한 페이지를 떠올린 것은. 그는 책상 위에 있던 양초에 불을 붙이고는 그 타오르는 불꽃 위에 조심스럽게 두루마리 종이를 갖다 댔다. 그러자 서서히 글씨가 나타나기 시작했다. '재미있는 분 같으니라고. 이런 구식 트릭을 쓰다니!' 이상하게 즐거워져서 베르톨리니는 빙긋 웃었다. 레몬즙으로 글자를 적은 뒤 말리면 종이엔 아무 흔적도 남지 않는다. 그러나 그걸 불 가까이 가져가면 즙이 묻었던 부분만 갈색으로 변하면서 원래 적었던 글자가 나타나는데, 사실 그건 아주 쉽고도 단순한 속임수였다. 레몬에 들어 있던 구연산이라는 성분이 열에 의해 빠르게 종이 속 수분을 방출시키면서 나타나는 현상이었기 때문이다. 하여튼, 베르톨리니는 불꽃 위에서 나타나는 글자를 하나씩 차례로 읽었다. "이것은 비밀문서 보관실 가장 안쪽 구석에 있는 금고의 열쇠입니다. 거기엔 당신이, 아니, 우리가 결코 알아서는 안 될 물건이 하나 들어 있지요. 그게 무엇이냐하면… 휴, 내 입으로는 도저히 말 못 하겠습니다. 어쨌든, 그런 줄 아시고, 절대 그 금고를 열지 마십시오. 그 안에 있는 물건에 손을 대서도 안 됩니다. 아마 아무 생각 없이 서명을 하셨겠지만, 당신이 문서담당관으로 임명된 뒤 받은 두툼한 각서엔 다음과 같은 조항이 있어요. '본인은 결코 무슨 일이 있어도 "그것"을 만지지 않을 것이다. 만약 이를 어길 시에는 내 생명으로 죄를 갚을 것이며 나의 영혼은 영원한 지옥에 떨어지리라.' 하지만 나는, 그 맹세를 어겼습니다. 아마 당신이 이 두루마리를 읽을 때쯤엔 이미 이 세상 사람이 아니겠지요. 그럼, 지옥의 유황불에 활활 타고 있을 나를 위해 기도해주시길 바라며, 이만." 두루마리를 다 읽어갈 즈음, 베르톨리니의 손은 덜덜 떨리고 있었다. 평소 안전하기로 유명한 그 도로에서 전임자가 타고 있던 승용차가 박살 나버린 이유를, 그제야 알게 됐기 때문이다. 두루마리를 읽고 또 읽은 다음, 그는 얼굴을 찡그린 채 그걸 천천히 씹어 삼켰다. 사실 베르톨리니는 지금까지 꽤 많은 종이를 먹어왔다. 원래 어느 조직에서든, 이 정도의 지위에 오르려면 엄청나게 많은 종이를 씹어서 삼켜야 하는 법이다. 그럼에도 불구하고, 이번엔 이상하게 뒷맛이 썼다. 입안에 남아 있던 종이쪼가리들을 삼키기 위해 물을 한 모금 물고 우물우물 양치질까지 했지만, 그 기이하리만치 기분 나쁜 뒷맛은 그 후로도 한동안 없어지지 않았다. 아니, 도리어 그 찝찝하고 음침한 종이의 맛은 그의 입속에서 점점 더 심해져만 갔다. 나중엔 입 냄새가 나는 게 아닌가, 하는 망상에 시달릴 정도까지 되었다. 중요한 회의가 열리거나 혹은 기자들과 인터뷰라도 있는 날이면, 문서담당관은 몇 번이고 이를 닦고 가글을 한 뒤, 그러고도 성에 차지 않아 손으로 입을 막고 숨을 쉬어봤다. 그래봤자 맡아지는 것은 청량하기 이를 데 없는 박하향뿐이었지만, 그의 머릿속 후각은 그 씁쓰름하고 텁텁한 구연산 두루마리의 뒷맛에서 영원히 놓여나지 못했다. 아마도 믿음이 깊은 수도자라면 그 정도의 환각은 기도만으로도 충분히 물리칠 수 있었겠지만(이라고 그는 믿었지만) 베르톨리니는 이미 '신'이라는 존재에 대하여 환멸까지 느끼고 있는 처지였다. 아이러니하게도 신과의 물리적 거리가 가까워지면 가까워질수록 그의 내면은 신에게서 멀어져만 갔다. 신과 멀리 떨어져 지내던 시절, 그러니까 평범한 교구 신부로 지내며 신자들의 이런저런 고해성사를 들어주고 평일이면 텃밭에서 직접 가꾼 당근이나 감자를 캐던 그런 시절에 그는 신과 꽤나 가까웠다(라고 여겼다). 하지만 베드로의 후계자이자 신의 사도가 거하는 바로 이곳, 바티칸으로 점점 가까이 다가오면서 그의 마음속에 있던 믿음은 완전히 사라져 버렸다. 처음엔 신이 그를 떠났다고 생각했고, 그래서 울며 기도하기도 했지만, 나중엔 이해하게 됐다. 신이 그를 떠난 것이 아니라 원래부터 아예 없었다는 사실을. 그렇기에 그는 입에서 불에 태운 종이 냄새가 난다는 망상에 시달리면서도 기도도 하지 않은 채 속수무책으로 하루하루를 보냈다. 그러던 어느 날, 사제복 위에 오리털 잠바를 껴입은 다음 몰래 교황청을 빠져나와 시내 뒷골목에 있는 다 쓰러져 가는 신경정신과 의원에서 상담을 마칠 때까지는.

의사에게 문서담당관은 일부러 사투리를 써가며 말했다. "입에서 냄새가 난다는 환각에 시달립니다. 굳이 무슨 내용이 있었다고 밝힐 순 없지만, 어떤 중요한 비밀이 적혀 있던 종이를 씹어 먹은 뒤부터 그래요. 그것 때문에 대인기피증까지 생겼고, 식욕이 떨어져 체중마저 5킬로그램이나 줄고 말았으니 이 일을 어쩌면 좋습니까?" 그의 말에 의사가 빙긋 웃었다. "신체화증후군이군요." "네? 뭐라고요? 신체화증후군… 이라뇨?" "이뤄지지 못하는 무의식적 욕구가 몸에 이상을 일으키는 걸 말합니다. 당신은 그 종이에 적혀 있던 어떤 금기(그게 뭔지는 나도 모르지만)를 깨고 싶어 하고 있어요. 그런데 그걸 인정하고 싶지도 않고, 또 그럴 용기도 없는 거지요. 아마 냄새에 대한 환각은 계속될 겁니다. 금기를 깨지 않는 한 말입니다." 진료비를 지불한 뒤, 베르톨리니는 터덜터덜

병원의 계단을 내려왔다. 이제 그가 해야 할 일이 뭔지 분명히 알 수 있었다. 앞으로 무슨 일이 일어나든, 일단 그는 그 금고를 열어야 하는 것이다. 그런 다음 그 안에 들어 있다는 '물건'을 봐야만 하는 것이다. 그렇게 하지 않는다면, 아마도 그는 끊임없이 뇌리를 맴도는 종이 냄새에 시달리다 쇠꼬챙이처럼 말라 쓰러지리라.

"난 살기 위해 맹세를 어기는 거야. 아마 신이 있다면, 이해해 주시겠지. 그분은 자비롭다고들 하니까." 알 수 없는 말을 중얼중얼하며 평소와 달리 오리털 잠바를 입은 채 집무실로 들어가는 문서담당관을, 비서는 의아한 얼굴로 오래도록 쳐다봤다. 생각 같아서는 마음을 편안하게 해주는 라벤더 차라도 가져다주고 싶었지만 눈빛이 워낙에 번들거려서 차마 그럴 수도 없었다. 옷을 갈아입은 뒤, 베르톨리니는 서랍 가장 깊숙한 곳에 넣어둔 은빛 열쇠를 꺼냈다. 그걸 사제복 안주머니에 감춘 뒤 집무실 문을 열고 나와, 복도 끝으로 아무렇지도 않은 듯 걸어갔다. 아까 오리털 잠바를 입고 있을 때와는 완전히 분위기가 달라진 베르톨리니를 보며, 비서는 다시 한번 고개를 갸웃했다. 확실히 문서담당관들은 모두 제정신이 아니다. 툭하면 이랬다저랬다 하고 기분이 하루에도 여남은 번은 바뀌는 것 같다. 하긴, 매일매일, 하루도 쉬지 않고 오래된 문서들을 읽고 정리하다 보면 여간 스트레스를 많이 받는 게 아닐 거야. 비서는 혼자 고개를 끄덕였다. 게다가 그런 일에 빠져들다 보면, 현실 세계와는 점점 더 멀어질 수밖에 없다. 2000년 전에 신의 사도들이 직접 썼다는 천국의 문서를 읽는 자가 어찌 비루하고 혼돈에 가득 찬 진짜 세상의 돌아가는 일에 관심이 생기겠는가. 붉은 카펫이 깔린 복도 저 끝으로 멀어져 가는 문서담당관의 뒷모습을 보며 이런저런 생각을 하던 비서는, 곧 원래 읽고 있던 소설책으로 눈길을 돌렸다.

복도 맨 끝에 다다른 문서담당관은 벽에 기대 세워둔 르네상스 양식의 책장을 조용히 손으로 쓰다듬었다. 유리문이 달려 있는 그 책장 안엔 갖가지 희귀한 책들이 빼곡하게 꽂혀 있었다. 하긴 따로 도서관에 보관하지 않은 걸로 보아 여기선 그리 값나가는 도서들이 아닐지도 모른다. 비록 세속의 고문서 전문점에 들고 가면 엄청난 값을 쳐줄지언정 말이다. 그런데 그중 위에서부터 다섯 번째 칸 중간 즈음에 유별나게 눈에 띄지 않는 작은 문고본 하나가 꽂혀 있다는 것을 아는 사람은 별로 없었다. 이곳을 방문하는 이들은 수세기 전부터 전해 내려오는 희귀한 보물과 예술품 들이 즐비한 내부를 둘러보느라, 아무도 이런 조그만 책장 앞에 오래 서 있지 않았다.

어쩌다 한 명쯤(그러니까 특별히 책에 관심이 많은 사람들)은 이 고풍스러운 책장 앞에 잠깐 서 있기도 했다. 그렇다고는 해도 시중에서 흔히 볼 수 없는 귀한 초판본이라든가 가죽으로 장정이 되어 있고 금박으로 글씨를 새겨넣은 한정판 책들을 바라보느라, 어느 누구도 『브라운 신부의 비밀』이라는 제목의 문고본에 눈길을 주진 않았던 것이다. 베르톨리니는, 그런 면에서 전임자가 무척 현명하다고 생각했다. 전임 문서담당관은, 사람들이 흔해 빠진 사물엔 별 관심을 두지 않는다는 것, 즉 중요한 물건일수록 깊숙하고 특별한 장소에 숨길 거라 지레짐작한다는 사실을 역으로 이용했다. 그리고 그게 바로 지금 눈앞에 보이는 이 작은 문고본이었다.

베르톨리니는 유리문을 조심스레 열고 문고본을 잡아당겼다. 그러자 놀랍게도 책장 전체가 빙그르르 돌며 지하로 내려가는 좁은 나선형 계단이 나타나는 것 아닌가. 책이 눈에 띄지 않도록 잘 꽂아둔 다음, 문서담당관은 안으로 들어갔다. 돌쩌귀 사이에 있는 작은 단추를 누르자 책장은 다시 한번 빙그르르 돌아 원래의 자리로 돌아갔다. 극비문서 보관실로 내려가는 계단은 가팔랐다. 땅 밑으로부터는 오래된 공기에 서린 축축한 습기, 낡은 종이와 양피지들이 뒤섞여 내는 독특한 향기 같은 것들이 물씬 풍겼다. 계단을 다 내려가자 책장들이 미로처럼 펼쳐져 있는 거대한 지하 서고가 한눈에 들어왔다. 이곳에서 길을 잃고 헤매다 죽은 신부도 있었다는 전설이 전해올 만큼 크고 복잡한 공간이었다. 그러나 문서담당관은 빠르게 걸었다. 이 직책을 맡고 나서, 그는 가장 먼저 미로 같은 책장들의 위치부터 정확히 외워뒀다. 상급자들이 아주 중요한 문서를 찾을 때 몇 시간씩이고 이런 데서 돌아다닐 순 없는 법이니 말이다. 구불구불한 미로를 이리저리 돌아 어느 구석에 도달하자, 문서담당관은 벽을 조심조심 만져봤다. '찾았다!' 그는 속으로 외치며 아주 미세하게 튀어나와 있는 벽돌 하나를 천천히 빼냈다. 벽돌이 빠진 자리엔 조그만 열쇠 구멍 같은 게 있었는데, 그게 바로 '그것'을 따로 보관해 두는 금고의 문이었던 것이다. 떨리는 손으로 열쇠를 넣어 돌리자, 끼이익 소리를 내며 문이 열렸다. 아니, 정확히는 벽이 열렸다고 하는 편이 옳으리라. 열린 벽 안엔 작은 상자 하나가 덩그러니 놓여 있었다. 검은색으로 칠해져 있고 아무런 표식이나 장식도 없는 그야말로 단순하고 깔끔한 나무 상자였다. '저기에 보기만 해도 목숨을 잃을 수 있는 두렵기 그지없는 물건이 존재한다고?' 문서담당관은 속으로 중얼거렸다. 그렇게나 무서운 뭔가가 들어 있다면 분명 상자의 형태도 엄청나게 끔찍하리라 상상했는데, 이건 그 냥 길에 떨어져 있어도 아무도 주워가지 않을 정도로 볼품없지 않은가. 뚜껑을 열자 안에 검은색 가죽 장정이 되어 있는 얇은 수첩이 한 권 놓여 있는 게 보였다. 그러나 자세히 보니 그것은 수첩이 아니라, 수첩처럼 생긴 케이스 안에 들어 있는 검고 납작하고 반짝이는 물건이었다. "이럴 수가!" 베르톨리니는 자기도 모르게 탄식을 내뱉었다. 비밀의 상자 안에 들어 있던 건 그저 한 개의 스마트폰이었다.

한동안 망연히 서 있던 문서담당관은, 재빨리 주위를 둘러본 다음 가죽 케이스 안에 든 폰을 가져온 보자기에 잘 싸서 법복 안에 숨겼다. 그러고는 검은 상자의 뚜껑을 닫아 제자리에 두고 열쇠 구멍에 다시 열쇠를 넣고 돌리자, 벽이 스르르 닫히더니 마치 원래부터 아무것도 없었던 것처럼 바꾸어 버렸다. 옆에 놔두었던 벽돌로 열쇠 구멍이 있던 자리마저 막은 다음, 그는 빠르게 원래의 길을 돌아 나선형 계단이 있는 곳에 도착했다. 거의 뛰다시피 계단을 올라서 단추를 누르자 아까의 그 입구가 나타났다. 책장 너머 문틈으로 살며시 내다보니, 복도엔 아무도 없었다. 그는 빠르게 밖으로 나와 『브라운 신부의 비밀』을 잡아당겼다. 그야말로 소리도 없이 벽이 사라지고 책장이 원래의 모습으로 돌아간 뒤, 베르톨리니는 천천히 걸어서 집무실로 향했다. '너무 빨리 걷거나 서두르는 것처럼 보이는 건 금물이지.' 그는 속으로 생각했다. '아무래도 의심받을 수 있으니까.' 이 넓고 넓은 교황청 안에 아직 CCTV가 없다는 사실이 그때만큼 고마운 적은 없었다. 만약 그런 게 있다면, 이런 모험은 꿈도 꾸지 못했으리라. 집무실 문을 열고 들어갈 땐 너무나 기분이 좋아져 자기도 모르게 성가를 흥얼거리기까지 했다. 비서는, 아까까지만 해도 세상의 모든 걱정을 다 짊어진 듯 우울한 표정으로 돌아다니던 문서담당관이 이번엔 밝고 활기찬 얼굴로 콧노래까지 흥얼대며 들어오는 모습을 의아하다는 듯 쳐다봤다. '역시 이상한 분이라니까.' 책상 앞을 지나는 문서담당관의 몸에선 오래된 문서와 습기, 곰팡이, 이끼가 뒤섞인 냄새가 풍기고 있었다.

얼마 후, 문을 닫고 들어갔던 베르톨리니가 구내 회선으로 전화를 걸어왔다. "네, 추기경님." 비서가 대답하자, 문서담당관이 흥분한 듯 떨리는 목소리로 말했다. "당분간은 아무도 들이지 말아주십시오. 아주 중요한 문서를 정리하는 중이라 작업을 방해받고 싶지 않아서 그럽니다."

그로부터 몇 시간이나 지났을까, 저녁 해가 뉘엿뉘엿

지고 있을 때쯤, 닫혀 있던 문이 열리고 문서담당관이 걸어 나왔다. 퇴근 준비를 하던 비서는 너무 놀라 한동안 가만히 서 있었다. 그의 얼굴에 핏기가 하나도 없었기 때문이다. "저어, 어디 아프신지요? 서랍에 아스피린이 있는데, 그걸 좀 꺼내드릴까요?" 그가 묻자, 유령처럼 창백한 낯빛의 베르톨리니가 힘없이 고개를 저었다. "아니, 괜찮습니다. 너무 무리해서 문서를 정리했더니 좀 지친 것 같습니다. 걱정 마시고 들어가 보십시오." 비서는 옷걸이에 걸어둔 코트를 꺼내 어깨에 걸치며 다시 한번 문서담당관을 바라봤다. 그는 여전히 얼빠진 모습으로 멍하니 창 쪽을 보고 있었다. '하여튼 진짜 이상하다니까.' 인사를 하고 나오면서, 비서는 조용히 고개를 저었다.

● ⟨ ⟨ ⟨ ⟨

2018년 9월 13일, 라스베이거스 뒷골목에서 자말은 자기 머리에 총을 쐈다. 얼굴 전체가 거대한 구멍으로 변해버린 채 곧바로 병원에 실려 갔지만, 목숨을 건질 순 없었다. 누군가는 그가 시립병원에 실려 가는 대신 좀 더 좋은 병원(보험료를 두둑이 내는 부자들이 다니는 그런 크고 깨끗한 병원 말이다)에 갔더라면 살았을지도 모른다고 하지만, 나는 그렇게 생각하지 않는다. 솔직히 아무리 뛰어난 의료진이라 할지라도 얼굴이 있어야 할 자리에 아무것도 없는 사람을 살려내기란 쉽지 않을 것이다.

그런데 지금 와서 생각해 보면 자말은 정말 운도 없는 놈이었다. 왜냐하면 이 모든 비극은 그야말로 어이없는 일로부터 시작됐기 때문이다. 그러니까 그날 밤, 클럽에서 공연을 마치고 돌아오던 길에 폰을 하나 주웠던 일 말이다. (참, 내가 얘기 안 했던가. 자말이 래퍼였다고. 뭐, 당연한 거지만, 이름 없는 래퍼였고, 그래서 밤새도록 공연을 해도 받는 돈은 쥐꼬리에 불과하긴 했다.)

좋아서 어쩔 줄 몰라 하며 문을 밀고 들어오던 자말의 얼굴이 떠오른다. "이봐, 티미, 이걸 팔면 얼마나 받을 수 있을까?" 그러니까 놈은 그렇게나 쪼잔한 인간이었던 거다. 길에서 주운 스마트폰을 팔아 술을 사 마실 생각에 히죽이기나 하는. 목에는 스무 돈이나 나가는 가짜 금목걸이를 걸고 팔에는 온갖 문신을 한 채 "다 죽여버리겠어." 어쩌고 하는 거친 랩을 읊어대며 으스댔지만, 알고 보면 겨우 그 정도였다는 뜻이다. "한심한 놈." 나는 다 떨어진 소파에 기댄 채 메신저를 하며 툭 내뱉었다.

하긴 이건 내 생각인데, 그 저주받은 폰을 줍는 대신 그냥 지나쳐서 집으로 걸어왔다면, 언젠가 자말은 (나이가 좀 더 들어

오리진

개과천선도 하고 자기에겐 래퍼의 소질 따윈 없다는 걸 깨달을 즈음에) 작가가 되었을지도 모른다. 예전에 난 그가 노트에 끼적여 둔 글을 정말 흥미진진하게 읽은 적이 있기 때문이다. 잘 기억나진 않지만, 그건 어느 추기경에 대한 얘기였다. 시커먼 옷에 목엔 하얀 칼라를 두르고 사는 이상한 독신남에게 세계 전체의 운명이 달려 있다는, 그런 말도 안 되는 이야기. "뭐 이런 걸 썼지?" 녀석 몰래 공책을 훔쳐보며 처음엔 욕을 했지만, 어느덧 정신을 차리고 보니 끝까지 다 읽은 뒤였다. 흐지부지한 자말의 성격에 걸맞게 소설은 끝을 맺지 않은 상태였고, 그래서 난 몇 번이고 뒷얘기를 마저 써달라고 부탁했다. 하지만 그때마다 자말은 알았다고 귀찮은 듯 대답하며 소파에 드러누운 채 야구 중계만 볼 뿐이었다. 그러던 어느 날 밤, 세계에 갑자기 암전이 찾아오더니 모든 것이 무無로 변하는 꿈을 꿨다. 식은땀을 흘리며 벌떡 일어나서 나도 모르게 자말의 목을 눌렀다. 곤히 자다가 번쩍 눈을 뜬 자말은 "대체 왜 이러는 거야? 미쳤어?"라고 소리쳤다. 그제야 난 마룻바닥에 털썩 주저앉았다. 그 일에 대해선 그 후 서로 단 한 마디도 나누지 않았지만, 우린 둘 다 알고 있었다. 이 모든 게 다 자말의 미완성 소설 때문이라는 것을.

어쨌든, 자말은 컴퓨터나 타자기를 사용하지 않고 그냥 볼펜으로 소설을 썼다. (특별한 이유가 있어서는 아니고, 그저 컴퓨터나 타자기가 없기 때문이었다. 그는 그런 걸 살 돈이 없었고 설령 있다 해도 대부분은 마약을 하거나 가짜 금목걸이를 사는 데다 써버리곤 했다.) 처음으로 읽었던 것 빼고는 다 길이가 짧았는데, 주로 시궁창 같은 빈민가에 살던 애들이 어느 날 출세하여 과거에 자길 배신했던 옛 여자를 찾아가 허세를 부리는 얘기들이었다. 다 읽고 나서 "오, 이거 멋진데?"라고 예의상 말하자, 자말이 깊은 한숨을 내쉬며 고개를 저었다. 그의 말에 의하면, 예전에 잠시 다녔던 무료 작문 교실에서 그는 동료들의 혹독한 비판에 직면했다. "왜? 누가 뭐랬는데?" 내가 묻자, 자말이 욕설을 섞어가며 들려준 이야기는 대충 이랬다. 즉 작문 교실의 어떤 잘난 척하는 인간이 (그러면서 자말은 그에 대해 이렇게 덧붙였었다. "매일 말도 안 되는, 그야말로 앞뒤가 전혀 맞지 않는 거지 같은 글을 써 오는데, 그 자식 말로는 자기가 의식의 흐름 기법인가 뭔가를 따르고 있다는 거야, 젠장.") 자말의 소설은 피츠제럴드라는 사람의 작품을 할렘가 버전으로 바꾼 것에 지나지 않는다고 비난을 퍼부었다는 것이다. 심지어 그는 자말이 피츠, 뭔가 하는 작가의 글을 표절했을 가능성까지 제기했다. 그게 누군지도 모른다고 항변했지만, 그 잘난 척하는 인간은 자기주장을 거둬들이지 않았다. "게다가 그놈은 맞춤법이 틀린 곳과 문장의 호응이 맞지 않는 부분을 다 찾아내서 온통 빨간 펜으로 고친 뒤 내게 돌려주기까지 했다고!" 사실 그때 자말은 허리춤에 권총을 꽂고 있었는데, 순간적으로 욱한 나머지 벌떡 일어서서 놈의 머리에 총구를 겨누려고까지 했다. (다행히 그러지는 않았다. 오른손이 허리띠 근처까지 가긴 했지만, 무슨 이유에선지 막판에 마음을 고쳐먹은 덕분이다. 그는, 저런 샌님 같은 새끼는 쏴봤자 총알만 아깝다고 생각했고, 그래서 놈을 쏴 죽이고 내친 김에 작문반 전체에 총을 난사함으로써 희대의 살인마가 되는 대신, 온통 빨간색으로 여기저기 표시되어 있는 원고 뭉치를 집어던지고 쿨하게 교실을 걸어 나오는 길을 선택했다는 거다. 덧붙이자면, 자말에게 혹평을 퍼부어 작가로서의 싹을 무참히 꺾어버린 그 남자는, 아마도 본인은 자신이 구사일생으로 살아남았다는 사실을 영원히 모르겠지만… 나중에 진짜 소설가가 되었다는데, 그가 누구인지 아무리 물어도 녀석은 이름을 알려주지 않았다.)

어쨌거나, 자말은 그 사건 이후 매주 출석하던 작문 교실에 더 이상 나가지 않았고, 당연히 소설도 다시는 쓰지 않았다. 그렇지만 내 생각에, 만약 그때 그 미친놈이 (의식의 흐름인가 뭐 그런 기법을 쓴다는) 이상한 헛소리만 하지 않았다면, '자말'이라는 이름은 무명의 래퍼 대신 작가로 알려졌을지도 모를 일이다. 그리고 만약 정말로 작가가 됐다면, 자말은 길거리에서 폰을 주운 뒤 어이없게 죽는 대신, 콜로라도의 어느 조용한 통나무집에서 시가를 입에 문 채 타이프라이터나 치는, 꽤나 조용한 삶을 살 수도 있었을 거다. 뭐, 그렇다고 해서, 그가 정말로 늙어서 완전 노인네가 될 때까지 천수를 누렸을 거라곤 장담할 수 없지만 말이다. 사실, 알고 보면 작가들도 은근히 괴상한 죽음을 많이 맞이한다. 주로 글쓰기에 집중하겠다는 핑계로 오지를 찾아 들어간 소설가들에게 자주 일어나는 일인데, 그들은 사방에 아무도 없고 들리는 소리라곤 오직 바람 소리, 까마귀 우짖는 소리뿐인 적막한 장소에서 기괴한 환상에 사로잡힌다. 게다가 시시각각으로 숨통을 죄어오는 마감에 대한 고통, 베스트셀러나 하다못해 세기의 명작이라도 써보고 싶다는 욕망 등에 압도당한 끝에 완전히 돌아버린 그들은, 스스로 도끼살인마가 되어 온 가족을 몰살시키고 자기도 목숨을 끊어버린다. 아니면 영감을 얻겠다며 홀로 떠난 여행길에서 [그럴 때 그들은 반드시 듣도 보도 못한 낯선 길로 접어든다. 뻔히 보이는 이정표와 제대로 된 지도책을 무시하고 말이다.] 광적인 팬에게 사로잡혀 두 다리에 망치질을 당해가며 그녀(또는 그)가 원하는 대로 소설을 마무리 지어야 하는 끔찍한 상황에 맞닥뜨리기도 하고 말이다. 하긴 그것뿐인가. 헤밍웨이라던가, 하여튼 그 비슷한 이름의 어떤 유명한 소설가는, 그냥 자기가 알아서 자기에게 직접 총을 쐈다. 그것도 기다란 엽총을 입에 물고 방아쇠를 당겼다 하니, 누군지는 모르겠지만 머리가 좀 이상했던 사람임에는 틀림없다. 왜냐하면 나였더라면 장총 대신 입에 물기 쉽고 총신도 짧은 권총을 사용했을 테니까. 그런데 여기까지 쓰고 보니, 아까 내가 했던 말을 약간 수정해야 할 것 같단 생각이 든다. 자말이 그때 작문 교실에서 열렸던 합평회에서 심한 모욕을 당한 채 뛰쳐나오지 않았더라면, 라스베이거스 뒷골목에 있는 허름한 여관에서 자기 머리에 총을 쏘지는 않았겠지만, 그보다 좀 더 괴상한 방식으로 죽었을지도 모른다고. 그리고 그 둘 중 어떤 게 더 나은 건지는 나도 잘 모르겠다고.

하여간, 자말이 자는 나를 흔들어 깨운 건 그로부터 며칠 후였다. 길에서 스마트폰을 줍고는 좋아하던 날로부터 사나흘 정도 지났을까, "일어나 봐, 티미. 이게 무슨 뜻인지 알겠어?"라며, 자말은 소란을 피웠다. 숙취 때문에 깨질 듯 아픈 머리를 겨우 가누며 눈을 뜨자, 녀석이 평소와 달리 약간 겁먹은 얼굴로 나를 내려다보고 있었다. "야, 대체 왜 그러는 거야? 잠 좀 자자." 하지만 자말이 스마트폰을 내밀었을 땐, 나도 모르게 화면에 떠 있는 글에 빠져들고 말았다.

긴 얘기를 하기 싫지만, 그래서 간단히 줄여서 말하는 거지만, 폰 화면엔 다음과 같은 내용의 글이 끊임없이 줄줄줄 흘러갔다. 태초에 폰이 있었다. 아니, 이건 너무 불친절한 말인가? 그래, 그렇다면 다시 말해주겠다. 처음에 세상을 만들었을 때, 그들은 실수를 했다. '폰'이라는 버그가 '세계'라는 프로그램에 숨어 있게 되었으니 말이다. 잘 알겠지만 (혹은 모르는 사람이 더 많겠지만. 왜냐하면 나도 그 폰에 뜬 글을 읽고서야 처음 알았으니까. 듣기론, 더글러스 애덤스라는 선지자가 언젠가 무슨 책에서 귀띔해 준 적이 있다지만, 역시나 나에겐 금시초문이었다.) 지구는 원래 하나의 시뮬레이션이다. 우리보다 훨씬 뛰어난 지능을 가진 존재들이 '삶, 우주, 그 밖의 모든 것'에 대한 해답을 얻기 위해 만든 가상의 실험 공간. 하여간 그들, 뛰어난 존재들은 이곳에서 벌어지는 인간, 동물, 식물 군상이 어우러져 엮어내는 기기묘묘하고 방대한 삶의 여정을 추적하며 '삶, 우주 등등'에 대한 해답을 찾기 위해 애썼다. 그러나 실험을 시작한 지 수십억 년이 지나도록 여전히 아무런 답도 얻지 못하고 있는데, 그 이유가 바로 '폰' 때문이라는 것이다. 그것도 바로 지금 자말이 손에 쥔 채 부들부들 떨고 있는 바로 그 폰 말이다. 폰은 버그였고 세계 속에서 일종의 '둠스데이 머신'으로 작동했다. 누구나 (말 그대로 그게 누구든지 간에) 그 폰을 손에 넣은 자는, 언제든 우주를 다시 시작할 수 있었으니까. 겨우 '전원 꺼짐' 버튼 하나를 누르는 것만으로.

그리고 그놈의 버그 때문에, 세계는, 만들어진 뒤로 지금까지 거의 일주일 간격으로 다시 시작되어 왔다. 때론 15일이나 한 달을 넘기는 적도 있었지만 평균을 내보면 결국 일주

일이었다. 고작 일주일. 쉽게 말해서 요점은 다음과 같다. 지금 우리가 살고 있는 이 시공간은 일주일 전쯤 어느 변덕스러운 인간의 오른손 검지 끝에서 재탄생된 것이라는 거. "말도 안 돼. 그럼 역사는? 인류가 가진 이 유구한 기억들은?" 내가 중얼거리려는 순간 폰에 이런 글자들이 떠올랐다. "조용히 하고 계속 읽으시오." 그 이후 이어진 글도 흥미롭긴 하지만 너무 길었다. 그래서 이번에도 짧게 줄여서 알려주겠는데, 우리의 모든 과거(우주까지 통틀어서 말이다)는 다 허구였다. 쉽게 말해서, 그들, 뛰어난 존재들이 머릿속에 심어준 치밀하고도 복잡한 메모리에 불과했다는 뜻.

세계가 다시 시작될 때마다 버그인 폰은 무작위적으로 누군가에게 발견되고, 그 누군가가 '전원 꺼짐' 버튼을 이용해 모든 걸 끝낼 때마다 우주는 내부에 품은 인간, 동물, 식물과 함께 새로이 탄생한다. 그래서 하는 말인데 이 폰을 주운 즉시 절대 손대지 말고 가까운 경찰서에 반납해 주길 바란다는 게, 화면에 떠 있는 기나긴 글의 결론이었다.

"그걸 믿냐?" 여전히 부들부들 떨고 있는 자말을 비웃으며 내가 말했다. 누군가가 폰을 잃어버린 뒤 다시 찾기 위해 깔아둔 글치고는 꽤 재밌었지만 사실 말이 안 되는 내용이었다. 대체 어떤 한심한 겁쟁이가 그런 말을 실제로 믿고 이걸 순순히 경찰서로 가져다주겠는가 말이다. 그런데 내 앞에 서 있는 자말은 믿는 것 같았다. 그는 새빨갛게 충혈된 눈으로 폰을 노려보고 있었다. "티미, 이 폰의 전원을 끄기만 하면 우린 새로 시작할 수 있어. 난 지긋지긋한 약에서 벗어나 작가가 되고 (그래, 만약 작문 교실로 다시 돌아간다면, 이번엔 모든 수모를 참고 열심히 습작을 할 거야. 그래서 반드시 내 이름으로 된 책을 낼 거라고!) 너 역시 지금과는 다른 뭔가가 될 수 있을 거야. 안 그래?"

그런데 지금 생각해도 모르겠는 게, 그때 난 왜 그를 쏜 걸까? 바보같이 히죽 웃으며 폰을 끄고 세상을 다시 시작하려는 자말이 그때만큼 멍청해 보인 적은 없었다. 그렇지만 겨우 그런 이유 때문에 누군가의 얼굴을 완전히 날려버린다는 것은 왠지 말이 안 된다. 하지만 그럼에도 불구하고 난 갑자기 소파에서 벌떡 일어나 전광석화 같은 빠른 동작으로 자말의 허리춤에서 권총을 낚아챘다. 그러고는 한순간의 망설임도 없이 그의 얼굴을 쏴버렸던 것이다.

망연히 서 있던 나는, 문득 정신을 차리고는 권총 손잡이를 천으로 대충 닦은 뒤 자말의 손에 쥐여줬다. 욕실에 가서 대충 피를 닦아내고 옷을 갈아입은 다음, 후드를 푹 눌러쓰고 밖으로 나와서는 거의 몇 시간을 하염없이 돌아다녔다. 주머니엔 그 폰이 있었다. 버그. 일주일 간격으로 다시 시작하기. 완전하게 모든 것을.

마침내 막다른 길 끝에서 걸음을 멈췄을 때, 나는 내가 왜 친구를 쐈는지 알게 됐다.

그러니까 난 그저 전원을 직접 끄고 싶었을 뿐이야.

다른 누구의 손도 빌리지 않고.

적어도 그 녀석이 소설의 결말을 써주지 않아서 그런 짓을 했던 건 아니라고.

멀리서 들려오는 앰뷸런스의 사이렌 소리를 들으며 주머니에서 폰을 꺼냈다. 사이드에 있는 버튼을 꾹 누르자 '전원 꺼짐'이라는 글자가 나타났다. 거기에 오른손 검지를 얹은 채, 나는 주위를 다시 한번 둘러봤다. 어느새 어두워져 한 치 앞도 보이지 않는 세상 전체를.

자말 파사드, 『버튼』에서

● ❮ ❮ ❮ ❮

　며칠 뒤 베르톨리니는 혼자 집무실에 앉아 라디오 뉴스를 듣고 있었다. 마침 아나운서가 이런 말을 하고 있는 중이었다. "이번 주 베스트셀러 순위를 알려드리겠습니다. 부동의 1위를 지키던 『버튼』이 순위권에서 사라지고, 『그레이의 100가지 그림자』를 썼던…" 문서담당관은 고개를 끄덕였다. 이렇게 될 줄은 이미 알고 있었다. 한 달도 채 지나지 않아, 그런 책이 있다는 사실조차 모두 잊고 말 거라고, 신앙교리성 장관에게 호언장담하지 않았던가.

그런데, 그게 정말일까?

그는 주머니에서 폰을 꺼냈다.

깊고 깊은 지하의 미로에 숨겨뒀어야 할 만큼, 이게 거대한 힘을 지녔단 말인가?

만약 '전원 꺼짐' 버튼을 누른다면, 그렇다면 세상은 다시 시작되고, 나 역시 다른 삶으로, 이 흰색 칼라가 달린 검은 법복 대신 오리털 잠바나 트렌치코트 같은 걸 입고 선술집에서 노닥대며 시간을 보내는, 그런 인간으로 재생될 수 있다는 것인가?

그러다가 추기경은 고개를 저었다. 그건 말도 안 되는 일이었다. 세상은 그렇게 호락호락하지 않고, 그 어느 누구도 (설령 신일지라도) 모든 걸 새로 시작할 순 없다. 세계는 오래전부터 여기 있었고, 기억은 시간 속에서 차곡차곡 쌓여 만들어지는 것이며, 그것들은 모두 너무나 견고하여 마치 화강암으로 지은 성처럼 단단하고 명확하다.

'하지만 그래도…'

베르톨리니는 다시 한번 폰을 만지작거렸다.

'전원 꺼짐'이라는 글자가 선명하게 빛나고 있었다.

한 번쯤 터치해도 상관없다는 듯 부드럽게 반짝이며.

달을 멈추다

"

그는 갓 딴 사과에 볼을 대봤고
양파와 바질의 향긋한 냄새를
맡으며 망설였다.

"

『삼국유사』 권5 '월명사 도솔가'조엔 다음과 같은 기록
이 있다.

景德王 十九年庚子四月朔 二日竝現 挾旬不滅.
　(경덕왕 19년인 경자년 4월 초하루에 두 개의 해가 나타나
열흘 동안 사라지지 않았다.)

　경덕왕 19년인 경자년은 서기 760년에 해당한다. 그러
니 지금으로부터 정확히 1299년 전엔 하늘에 두 개의 해
가 떠 있었다는 것이다. 기록을 따르자면, 그래서 왕은
심하게 불안해했다. 당연한 일이었다. 땅에 두 임금이 설
수 없듯이 하늘엔 결코 두 해가 떠서는 안 되는 것이었

다. 왕은 일관日官*의 의견을 따라 인연이 있는 승려를 청하여 산화공덕을 지어 이 끔찍한 재앙을 물리치기로 하였다. 그리하여 조원전 앞 청양루에 단을 짓고 기다렸던 바, 한 스님이 밭둑에 난 길을 따라 남쪽으로 걸어가는 것을 발견하였는데 그가 바로 월명사였다. 그는 왕의 명을 받아 도솔가를 지었다. 그 노래는 대략 아래와 같은데, 솔직히 우린 왜 한 송이의 꽃이 그런 기묘한 현상을 일으키는지 이해하지 못했다.

"오늘 이에 산화散花 불러 솟아나게 한 꽃이여, 곧은 마음의 명을 받들어 미륵좌주를 모셔라."

여하튼 중요한 것은, 월명사가 이 노랠 지어 부르니 하늘의 괴변이 사라졌다는 사실이다. 세계는 원래대로 돌아갔고 되찾은 일상에 사람들은 안도했다.

월명사는 또 피리를 잘 불었다고 한다. (이 페이지를 읽을 때 우리는 '피리'라는 물건을 검색해 보았다. 그것은 긴 대나무 통 같은 것에 여러 개의 구멍이 뚫려 있는 악기였다. 그리고 그 소리는 구슬프기 그지없었다.) 이상한 이야기는 여기서도 계속되는데, 그가 피리를 불었더니 지나던 달이 멈추더라는 거다. "어쩌면 그건 바람이 불기를 그쳤단 의

*삼국시대 천문관측과 점성을 담당한 관원.

미가 아닐까?" 영주는 책장을 이리저리 넘기며 중얼거렸다. 그의 의견은 이랬다. 즉, 바람이 불어 구름이 빠르게 흘러가면 달이 움직이는 것처럼 보인다. 그러다 바람이 멎으면 일순 구름의 움직임도 멈출 터이니, 달이 운행을 정지한 듯 보일 수도 있지 않을까. 하지만 우린 이에 대해 별다른 결론을 내리지 않았다. 그때만 해도, 앞으로 남은 시간이 거의 무한하다고 생각했으니까. 언제까지나 우리는 한가로이 책을 읽으며 온갖 이야기를 나눌 수 있으리라. 그러므로 뭐든 굳이 서둘러 결론을 내릴 필요가 없는 거였다. 지구를 서서히 덮쳐오는 그림자는 우리와 전혀 무관해 보였고, 무엇보다도 그 바보 같은 광풍은 곧 제풀에 꺾여 언제 그랬냐는 듯 해결될 거라 믿었다. 그러나 이젠 그 모든 판단이 옳지 않았음을 안다. 시간은 (만약 그런 것이 실제로 존재한다면) 쏜살같이 빠르게 흘러 가버렸고 영주는 사라졌다. 다른 이들처럼, 그렇게. 오직 '하나'가 되기 위하여. 그리고 나는 지금 이 낯선 시공간에 와 있다. 서기 760년의 어느 봄밤, 부드러운 미풍이 불고 어디선가 개천물 흐르는 소리가 졸졸 들려오는 이곳에.

도착할 곳의 좌표를 정할 땐 전적으로 삼국유사의 이 기록에 의존했다. 경자년 4월 초하루 두 개의 해가 나타나더니 장장 열흘간 하늘에 떠 있었다는 이야기. (물론 우리는 그 두 개의 해가 무엇일지에 대해서도 오래도록 논의했다. 아마도 76년마다 지구 곁을 지나가는 핼리 혜성임이 분명하다는 의견이 주를 이뤘지만(어떤 혜성은 너무 밝아서 낮에도 그 빛나는 꼬리를 볼 수 있으니까, 그리고 당의 천문지인 『신당서』엔 당시 근일점을 지났던 혜성에 대한 자세한 기록이 있으니까) 이것 역시 딱히 결론을 내리진 않았다. 어차피 중요한 것은 두 개의 해가 뭘 의미하는지가 아니라, 월명사라는 승려를 만날 수 있는 시간과 장소를 특정하는 거였으니 말이다.) 날짜를 계산해 보면, 왕이 밭길을 걷던 승려를 조원전 앞으로 데려온 것은 서기 760년 음력 4월 10일에서 11일 사이에 해당했다. 아쉽지만 그들이 마주친 정확한 시각은 어디에도 나와 있지 않았다. 다만 여러 가지 상황을 고려할 때, 그 일이 낮에 일어났을 것으로 추측할 뿐이었다. "여기 봐, 남쪽으로 가고 있는 승려를 보고 데려왔다며? 설마 그 옛날에 길마다 가로등이 즐비해서 한밤중에도 멀리서 걷고 있는 사람이 보일 만큼 밝았으리라고 생각하는 건 아니겠지? 그래서 하는 말인데, 만약 우리가 간다면(하긴 그때만 해도 이 프로젝트를 정말 실행하게 되리라곤 상상조차 하지 않았지만) 의식을 마치고 사찰로 돌아가는 그를 기다렸다가 만

나는 것이 가장 좋지 않을까?" 영주는 창고를 뒤져 찾아
냈는지, 먼지가 뽀얗게 쌓인 두꺼운 책을 펼치며 신나게
떠들었다. 그리고 우린 그 의견이 옳다고 대충 인정했다.
그 시공간으로 갈 수 있느냐 없느냐의 기술적 문제가 중
요했지, 그때 실제로 무슨 일이 일어났던 건지는 관심 밖
이었기 때문이다.

아니 어쩌면 나는 그저 영주와 그런 이야기를 나눌 수
있다는 사실 자체에만 온통 정신이 팔려 있던 거였을까?
인정하고 싶진 않지만, 과연 그런 게 가능한지는 이곳으
로 오기 직전까지도 여전히 답을 찾지 못했다. 한 인간
이 다른 인간을 끊임없이 생각한다는 것. 과거엔 그런 감
정이 존재했다는 사실을 알고 있긴 했다. 하지만 우리가
'휴먼 3.0' 버전으로 다시 태어난 뒤, 그런 비효율적 감정
은 깔끔하게 정리됐다. 그러니까 예를 들자면 슬픔, 분
노, 격정, 사랑 같은 것들. 대뇌변연계에서 제멋대로 생
성되어 사람의 내부를 온통 휘젓고 종국에는 인류를 파
멸로 몰고 갈 뻔했던 끔찍한 본능의 흔적들. 때로 나는
대화를 하다가 영주를 힐끗 쳐다보곤 했다. 혹시 그도
나와 같은 혼란을 느끼는 걸까? 하지만 영주의 표정엔
변화가 없었고 손목 위 바이털사인은 규칙적이기 이루
말할 데 없었다. 그럴 때마다 나는 두 손을 조용히 뒤로

감췄다. 내 스마트센서에서 숫자와 그래프가 미친 듯이 번쩍이는 걸 들키지 않으려고.

우리가 마지막으로 나눈 대화는 '꽃'에 관한 거였다. 왜 꽃을 하늘로 날려 보내는 것이 그리도 큰 의미를 지니는 걸까. 즉석에서 시뮬레이션을 하자, 바람에 날리는 붉은 꽃잎들이 연구소 내부를 가득 채웠다. 다른 연구원들도 지나가다가 그 멋진 장관을 보고는 안으로 들어왔다. 우린 홀로그램 사이를 이리저리 돌아다녔고, 그때 영주는 마치 진짜 꽃잎이 손에 닿기라도 한 듯 소리 내어 웃었다. 그러고는 그날 밤 그 일이 일어났던 것이다. 그는 갑자기 사라졌고(아니, 정확히는 아직 여기에 있긴 하다. 보존실 한구석에 놓인 차가운 스테인리스 베드 위에, 생명 유지 장치를 주렁주렁 달고서. 그러니까 그날 영주는 자기 머리에 스스로 전극을 연결한 뒤 '업로딩' 버튼을 눌렀고, 그렇게 '저쪽 세계'로 가버렸다. 따라서 사라진 것은 영주의 '의식'(듣기론, 지금도 어떤 이들은 이걸 '영혼'이라 부르며 인간 삶의 정수로 보고 있다고 하지만, 인류가 그런 케케묵은 단어를 쓰지 않은 지는 이미 오래였다)뿐이었다. 육체는 전과 다름없이, 어떻게 보면 더 생생하게, 이곳에 남아 있는 거다) 우리는 어쩔 수 없이 이 프로젝트를 실행하기로 결정했던 것이다.

이번 여행에 자원했을 때, 소장은 조심스럽게 충고했다. 그는 내가 학문적 호기심이나 인류애 때문이 아니라 그저 영주를 찾겠다는 광적인 집념으로 그 기이한 시공간으로 떠나는 것임을 눈치채고 있었다. "잘 생각하게. 과거로 간다고 해서 그를 되돌릴 수 있는 건 아니야. 그건 누구보다도 자네가 잘 알 텐데. 다시 한번 말하지만, 세계는 그렇게 호락호락하지 않다네. 그래, 이건 현존을 걸고 벌이는 위험한 도박이나 마찬가지야." 하지만 나는 소장에게 아무 말도 하지 않았다. 그래도 그가 계속 따라다니며 이 계획의 무모함을 비판하기에, 이렇게 응수할 수밖에 없었다. "하지만 소장님, 이유가 뭐든 간에, 어차피 이런 프로젝트에 스스로 지원할 사람은 아무도 없잖아요. 그리고 만에 하나 성공한다면, 우리 연구소의 홈페이지는 더욱 화려해지고 온갖 과학 전문기자들이 이곳으로 몰려들 텐데요. 설마, 정말로 그런 기회를 저버릴 생각인 건 아니죠?" 소장은 이마를 찌푸렸다. 그러고는 괴로운 듯 두 손으로 얼굴을 비비더니 알았다는 짧은 대답만을 남긴 채 연구실로 들어가 버렸다.

"안 된다. 널 그런 곳으로 보낼 순 없어."
부모님은 내 결심을 듣고 단번에 이렇게 말했다.

달을 멈추다

"생각을 바꿀 가능성은 없는 거니? 꼭 가야만 해? 혹시 그 사라진 애 때문이냐?"

어머니는 현관 밖까지 따라 나오며 다시 물었다. 하지만 이미 내 대답을 알고 있었기에, 더는 아무 말도 하지 않았다. 그저 엘리베이터 앞에서 어깨에 손을 얹고는 잠시 가만히 있었을 따름이다.

집으로 돌아오는 길엔 일부러 광장을 지나왔다. 아버지의 말에 의하면, 언젠가 아주 오래전, 저 넓고 평평하고 회색인 공간엔 수많은 사람들이 들끓었다고 한다. 나로선 상상이 안 가는 일이지만, 그분들이 그렇게 말하니 믿을 수밖에. 아버지는 이유를 알 수 없는 자부심을 드러내며 오래전 광장에 사람들이 가득하던 시절의 사진을 내게 보여주곤 했다.

"자, 이걸 보렴. 이게 다 사람들이야. 그때 우린 살아 있는 것 같았어. 모두가 하나라는 느낌, 그걸 네가 상상이나 할 수 있을까. 그래, 그 시절 우린 세상마저도 뜻대로 바꿀 수 있다고 믿었단다. 아, 애야, 그렇다고 해서 지금 그런 신념을 버렸다는 건 아니지만 말이다."

부모님이 낡고 반쯤은 망가진 구식 통신 장치(그 기기의 이름은 '스마트폰'이었다)를 들고 와서 손가락으로 여기저길 터치하며 옛날 사진이란 걸 보여줄 때, 나는 그저 건성으로 대답했다. "그러게나 말이에요. 정말 멋진 광경이로군요!" 그러나 이젠 사진이 진실을 이야기하는 매체가 될 수 없음을 누구나 안다. 단지 늙은 사람들, 그러니까 21세기 초반에 젊은 시절을 보낸 이들만이 아직도 사진이라는 기묘한 영상에 집착하고 있었다. 그들은 아무리 말해줘도 변해버린 현실을 믿으려 하지 않았다. 그러고는 '눈의 관찰'을 통해 일시적으로 생성된 어떤 이미지를 자기 자신 혹은 세계 그 자체라고 믿으며 한없이 들여다볼 뿐이었다.

어쨌거나, 오래전 사람들로 가득했다던 광장은 텅 비어 있었다. 어둠을 배경으로 서 있는 거대한 전광판엔 숫자가 빛났다. 예전에 저 전광판이 처음 세워졌을 땐 8,999,999,999라는 수가 위풍당당하게 번쩍였다고 한다. 하지만 지금 숫자들은 시시각각 바뀌며 50억을 향해 급속도로 줄어드는 중이었다. 그리고 이 도시, 혹은 이 행성에 사는 이들은 모두 알고 있었다. 저 숫자가 나타내는 것이 지구에 남아 있는 사람들 전체의 수라는 것을.

웬만큼 큰 도시엔 하나씩 서 있는 저런 전광판을, 사람들은 '순드베리 타워'라고 불렀다. 물론 정확히는 저기에 따로 명칭 같은 건 없었다. 단지 모두가 마치 그게 원래 이름인 듯 부르는 것뿐이었다. 그리고 누군가가 '순드베리 타워'라고 말할 때, 거기엔 알 수 없는 동경과 동시에 말할 수 없이 큰 두려움, 혐오 같은 게 뒤섞여 있었다. 바로 지금의 나처럼 말이다.

●〈〈〈〈

군나르 순드베리의 인생은 총 3단계로 나눌 수 있다. 1단계는 아마도 그저 순수한 인간의 시대라고 할 수 있을 것이다. 현재 전해지는 기록이 옳다면, 그는 30대 초반까지는 스웨덴 왕립공과대학에서 뇌공학을 가르치는 수줍음 많은 교수에 불과했다. 그를 기억하는 사람들은 순드베리가 키가 컸고 거의 언제나 검은 옷을 입었으며 햇빛을 받지 못해 새하얀 피부를 가진 남자였다고 묘사했다. 그는 학생들에게 인공지능의 미래에 대해 강의했고 언젠가 AI가 인간의 지능을 넘어서게 될 날을 조심스럽게 예상하곤 했다.

"…여러분은 어떻게 생각하십니까? 과연 그때 인간은 지금처럼 인간성을 지켜나갈 수 있을까요? 아니면 신이 되기 위해, 혹은 신과 비슷해지기 위해 인공지능과 하나가 되는 길을 택할까요?"

유튜브(물론 지금은 아무도 유튜브 따윈 보지 않는다. 이젠

'본다'는 것 자체가 오래전 쓰이던 것과는 다른 의미가 되고 말았으니까. 광유전학의 엄청난 발전이 이런 결과를 낳았다. 이제 우린 원하는 광경을 보기 위해 뉴런에 직접 전기를 흘려보낸다. 아주아주 미세한 전류를. 그 전류는 광입자로 미리 표지된 신경 말단에 가서 정확하게 필요한 장면을 머릿속에 만들어낸다. 그러니까 '보는' 대신 어쩌면 우린 '꿈꾼다'고 하는 게 더 옳을지도 모른다)를 뒤져서, 나는 순드베리가 차갑고 추워 보이는 강의실에서 드문드문 앉아 있는 학생들을 대상으로 강의하는 모습을 찾아보았다. 그때까지만 해도 그는 인간적인 눈빛을 갖고 있었다. 화면으로 보기에도 그랬지만(그가 살아 숨 쉬고 있음은, 낮은 강의실 온도 때문에 연신 두 손을 비비던 것만 봐도 알 수 있었다) 인간의 지능을 초월한 AI가 출현했을 때 과연 무엇을 선택할지 묻는 그의 어조에 넘치던 절박함이 특히 그러했다. "우린 어떤 선택을 해야 할까요? 인간 내부에 도사린 모든 단점을 교정하여 완벽한 존재로 다시 태어날지, 아니면 인간임을 긍정하며 살아가게 될지…" 이런 질문을 던지며 학생들을 둘러보던 순드베리의 목소리는 따뜻했다. 그리고 오직 인간만이 가지는 특성인 애매모호한 망설임에 휩싸여 있었다. 1과 0 사이에서 결코 흔들리지 않고 어느 한 쪽을 선택하는 것은 기계만이 할 수 있는 일이었다.

순드베리 삶의 두번째 단계는 기계를 향하여 나아가는 시대였던 것 같다. 또는 기계를 동경하기 시작한 시대, 혹은 영생과 불사, 융융(기계 안에서 모두가 하나의 의식으로 녹아드는 것을, 그는 나중에 '융융'이라고 이름 지었다)을 꿈꾸던 시대라 할 수도 있겠다. 순드베리를 연구하는 전문가들 중 일부는, 이 두 번째 단계를 '각성의 시대'라고 부르는 편이 더 어울린다고 주장했다. 왜냐하면 군나르 순드베리가 어느 날 그야말로 마른하늘에 날벼락 치듯 뭔가를 퍼뜩 깨달았기 때문이다. 그는 자신이 누구인지, 아니 누구였는지를 알게 됐다. 고대로부터 지금까지 끝없이 되풀이되는 삶을 살아오며 추구했던(혹은 추구해 왔다고 상상한) 꿈을 떠올렸고(지금은 이미 다 알려졌지만, 그는 자신이 오래전 동양의 어느 나라에 살았던 승려임을 깨달았다. 군나르에 의하면, 그 승려의 이름은 '월명사'라고 했다), 하필이면 왜 이 행성에 태어나 살아가는지도 이해하게 되었다. 물론 혹자는 이때의 군나르 순드베리에 대하여 날 선 비판을 서슴지 않았다. 그들은 순드베리가 철 지난 오리엔탈리즘에 빠져들었다고 비난했고, 만약 그가 어려서부터 허구한 날 인공지능 연구에만 몰두하는 대신 동서고금의 풍부한 인문학적 지식도 같이 쌓았다면 이런 일도 일어나지 않았을 거라 단언했다. 어찌 보면

21세기 초반 한때 유행했던 '인문학 만능주의'의 새로운 부활과도 같았던 이 주장 덕분에, 아주 잠깐 전자책 판매 사이트의 인문학 코너가 활기를 띠기도 했지만, 곧 시들해지고 말았다. 알고 보니 이건(실재의 삶을 버리고 컴퓨터의 일부가 되어 전기적 생명을 획득하는 것) 인문 교양서적을 얼마나 읽었는가와는 전혀 상관없는 일이었다. 그것은 단지 하나의 광적인 유행이었는데, 보통의 유행과 다른 점이 있다면 그 끝이 언제일지 알 수 없다는 것뿐이었다.

그렇다면 다시 '각성의 시대'로 돌아가서, 대체 언제부터 순드베리의 심경에 변화가 오기 시작한 걸까. 이와 관련해서 그에게 강의를 들었던 몇몇 학생들은 어렴풋이 다음과 같은 장면을 기억해 냈다.

"아마 눈이 무척 많이 왔던 겨울 오후 같아요. 우리는 교수님께 질문할 것이 있어서 연구실에 찾아갔어요. 문을 똑똑 두드렸지만 안에선 아무 대답도 들리지 않았어요. 분명 누군가가 있는 것 같긴 한데, 그리고 문도 잠겨 있지 않았거든요."

"그래, 맞아. 그때 우리가 어쩔 수 없이 연구실 안을 살짝 엿봤잖아."

"아니, 그렇진 않아. 엿본 건 아니지. 그냥 '들어가겠습니다'라고 말하며 문을 열었던 거였어. 기억 안 나? 여하튼, 그때 문을 열고 들어갔더니 검은 후드티의 모자를 머리까지 뒤집어쓴 순드베리 교수님이 두 손을 앞으로 모으고 허공을 바라보며 기도문 같은 걸 중얼거리고 있었잖아."

과학 잡지 《뉴월드》의 기자는 학생들에게 순드베리가 그 추운 겨울 오후 연구실에서 중얼거리던 기도의 내용이 무엇이었는지 기억나느냐고 물었다. 사실 그는 그들에게 그런 걸 질문할 필요가 없었는데, 왜냐하면 순드베리 본인이 자신의 그런 행위를 굳이 비밀에 부친 적이 없기 때문이다. 오히려 그는 자신의 그런 행위를 자랑스럽게 생각했고, 스스로 동영상을 찍어 유튜브에 올려놓기까지 했다. 따라서 우린 지금도 그냥 유튜브 서버에 접속해서 '군나르 순드베리, 불멸, 영원' 따위의 단어들을 검색하기만 하면 됐다. 그러면 아직도 세계 곳곳에서 많은 이들이 다운로드하여 보고 있는 기묘한 장면을 감상할 수 있는 것이다. 사람들은 거기서 화면 속 남자가 뭐라고 중얼거리는지까지도 다 알아들을 수 있었다. 이제는 누구나 눈감고도 외울 수 있을 정도로 널리 알려진 그 노랠 읊으며, 군나르는 쓸쓸히 허공을 응시했고 그다음엔 1시간이고 2시간이고 명상에 잠겨 들었다. 따라서, 그럼에도 불구하고 기자가 학생들을 직접 만나 이야기를 들은 것은, 뭔가 색다른 것, 군나르 순드베리에 대한 인간적인 묘사 같은 것을 기대했기 때문 아닐까. 지금은 시공간 전체를 아우르는 거대한 네트워크 속 어딘가로 스며들었지만, 그래도 적어도 그는 원래는 살아서 숨 쉬던 '인간'이었다.

"그래요, 그때 교수님은 이런 기도문을 중얼거리고 있었어요. 하긴 나중엔 그게 일종의 노래라는 걸 알게 됐지만 말이에요. '⋯어느 가을 이른 바람에 이에 저에 떨어질 잎인 양, 한 가지에 나고 가는 곳 모르는구나. 아아, 미타찰에서 만날 나, 도 닦아 기다리련다.' 어떤가요, 이상하지 않나요? 미타찰은 뭐고, 도를 닦는다니, 그것도 정말 괴상하지 않냐고요. 질문을 하러 들어가야 하나, 아니면 그냥 돌아가야 하나 망설이고 있는데, 갑자기 교수님이 고개를 휙 돌려 우리 쪽을 쳐다보지 뭐예요. 그분은 마치 딴사람처럼 웃으며 들어오라고 했어요."

지금은 '미타찰'이 무엇인지도 누구나 다 알고 있지만 (왜냐하면 순드베리가 자신이 영원히(전원이 끊기지 않는 한 그의 의식은 영생불사할 수 있었다) 머물게 될 그 공간, 뒤엉킨 전선과 온갖 기계 부품들로 가득한 그 공간을 '미타찰'이라 명명했으니까) 그때만 해도 그 이름은 생소하기 그지없었다. 여하튼 중요한 것은, 시끄럽게 떠드는 친구들 틈에서 유독 조용히 침묵을 지키던 학생이 있었다는 사실이다. 그는 뭔가 할 말이 있는 듯 머뭇댔지만, 유명한 인물 순드베리에 대해 뭐라도 하나 더 말하려는 동료들에게 번번이 제지당했다. 그걸 눈여겨보던 기자가 "잠깐, 당신, 뭔가 할 이야기가 있는 것 같은데, 맞죠?"라고 질문할 때까지 말이다. 그 말수 적은 학생은 다른 친구들과 조금은 다른 의견을 내놨다. "그날 교수님이 연구실에서 그 이상한 노랠 읊고 있을 때, 난 분명히 봤어요. 그분은 울고 있었다고요! 그러다가 우리가 문 앞에 서 있는 걸 보고는 얼른 옷소매로 눈물을 훔치더니, 아무렇지도 않은 듯 들어오라고 손짓했지요." 하지만 당시 순드베리가 어떤 슬픔을 느끼고 있었는지에 대해선 별달리 알려진 것이 없었다. 그는(그와 같은 '휴먼 2.0' 인류가 거의 그렇듯) 특별히 격정적인 연애를 하지도 않았고, 어린 시절을 불우하게 보내지도 않았다. 먹고 살 만한 환경에 안정적인 직업을 가졌으며 학계에서도 어느 정도 인정을 받고 있었다. 이와 관련해서는 세상에서 가장 햇볕이 따뜻하고 미풍이 부드럽다는 지중해의 어느 휴양도시에 사는 심리학자의 의견이 크게 주목받았다. 그는 '포스트 군나르 순드베리, 어떤 삶을 살아야 하나'라는 세미나 장소에 19세기 어느 미국인이 썼다는 이상한 책

한 권(책의 제목은 『파란 유리의 효능이 정신 건강에 미치는 영향에 대하여』였다)을 갖고 오더니, 동료들 앞에서 흔들어 보였다. "이럴 때일수록 선조들의 지혜로부터 뭔가를 배워야 하는 법입니다. 동양에선 그러한 삶의 태도를 '온고지신'이라고 한다지요. 자, 그래서 제가 필라델피아 시립도서관 지하 창고에서 습기에 눅눅해진 채 썩어가던 이 종이책을 찾아냈습니다. 그 옛날 이미 특정 파장의 햇빛이 인간 정신에 어떤 영향을 끼치는지 연구했던 선구자적 논문이지요." 그는 군나르 순드베리가 그런 기괴한 삶을 택한 게 결코 우연이 아니라고 주장했다. "생각해 보세요. 베두인족도 있고 티벳인들도 있습니다. 아프리카에도 수많은 공학자들이 있고요. 그런데 왜 어째서, 북구의 어두컴컴한 도시, 겨울이면 해도 잘 뜨지 않는 그곳에서 최초의 업로딩을 선택한 자가 나온 걸까요? 그건, 그들에게 빛이 부족했기 때문입니다. 정신의 빛이든 육체의 빛이든, 인간은 결국 빛을 추구하게 마련이니까요. 만약 순드베리가 매년 겨울이면 어둡고 추운 자기 연구실에 틀어박혀 음울한 논문을 뒤적이는 대신, 따뜻하고 해가 잘 드는 지중해 연안에 가 있었다면, 어땠을까요? 아니, 그보다도 만약 그가 이 책을 어디선가 접하고 자기 연구실 창문을 파란색 유리로 모두 교체했다면? 그럼

달을 멈추다

그는 전선과 뒤엉킨 채 기계 인간이 되어 사는 대신, 지금쯤 손주까지 보며 즐거운 하루하루를 보내고 있을 거라고요." 물론 이 심리학자의 주장은 어떤 과학 실험으로도 증명되지 않았다. 해를 많이 쬐는 것이 체내 세로토닌의 농도를 높인다는 연구 결과야 전부터 알려져 있었지만, 파란 유리가 그 효능을 드높인다는 증거는 어디에도 없었으니 말이다. 하지만 부모들은 다급히 파란 유리를 주문해 각자의 집 창문을 모두 갈아 끼웠다. 어느 날 외출에서 돌아왔을 때 아이가 전극을 머리에 부착한 채 저쪽 세계로 넘어가 버린 장면을 목격하지 않기 위해, 그들은 할 수 있는 모든 것을 다하려 했다.

어쨌거나, 이 2단계 시기에 순드베리는 육신의 소멸과 의식의 불사를 갈구하게 되었다. 그리고 마침내 기계로의 '업로딩'이라는 길을 선택하게 된 것이다. 하지만 그 많은 연구에도, 그가 왜 그런 집착에 사로잡히게 됐는지, 그리고 나중에 기계 속으로 들어간 뒤엔 왜 그리 많은 이들을 불러 모아 영혼들의 거대한 커뮤니티를 만들고자 했는지에 대해선, 별달리 알려진 바가 없었다. 순드베리는 3단계의 삶으로 들어서기 직전 자신에 관한 웬만한 기록을 모두 없애버렸다. 그랬기에 《뉴월드》의 기자가 스웨덴 왕립공과대학 학생들과 했던 인터뷰가 더 중요한 의미를 지니는 건지도 모르지만 말이다. 거기엔, 말수 적은 그 학생이 또 이런 말을 했더라고 기록되어 있었다.

"그 일이 있고 난 얼마 후, 저는 혼자서 교수님을 찾아갔어요. 과제 때문에 너무 고민하고 있었거든요. 엄마는 아파서 병원에 입원해 있고 난 밤마다 거기 가서 간호를 해드려야 했어요. 그래서 제때 제출할 자신이 없었죠. 교수님께 사실대로 말하고 양해를 구할 수 있지 않을까, 하는 생각에 상의도 할 겸 찾아간 거였는데… 그때 그 노트를 보게 된 겁니다."

그날도 여전히 어두컴컴했던 연구실 문을 열자, 순드베리가 스탠드 불빛 아래 엎드린 채 자고 있었다. 그는 작게 기침을 했다. 하지만 어쩌나 깊이 잠들어 있는지 교수는 미동도 없었다.

"처음엔 연구실에 들어가지 말아야 하나 생각했어요. 하지만 전 시간이 없었죠. 또 미리 그때 뵙기로 약속이 되어 있기도 했고요." 결국 그 학생은(편의상 그녀를 잉그리드라는 이름으로 부르기로 하자) 연구실로 들어갔다. 책상 앞으로 다가갈 때까지도 순드베리는 세상모르고 잠들어 있었다. 좀 더 가까이 가서 노트를 힐끗 보았다. 독특한 형태의 문자가 잔뜩 적혀 있었고 그 아래 스웨덴어로 주석 같은 게 달려 있었다. 잉그리드는 그것이 한자와 한글이라는 걸 나중에 알았다고 한다.

"당시엔 한자도 한글도 몰랐으니까, 그냥 밑에 딸린 주석만 읽었어요. 그건 세상을 떠난 여동생을 그리워하는 애절한 시였지요. 뭐 지금이야 길에 가는 사람 아무나 붙들고 물어봐도 대충 외워 부를 테지만, 그땐 아니었잖아요. 그래서 난 신비로운 느낌에 사로잡혔어요. 그건 뭐랄까, 한번 읽고 나면 도저히 잊을 수 없는 그런 기이한 힘을 지니고 있었으니까요. 마치 나도 어딘가, 삶도 아니고 죽음도 아닌 기묘한 시공간에 가서 누군가를 기다려야 할 것 같은 기분에 빠져들었다고나 할까요."

기자에게도 죽은 여동생을 그리워하는 고대의 시가가 독특하게 들렸음이 틀림없다. 인터뷰가 끝난 뒤 그에 대해 꽤 깊이 있는 조사를 하여 잡지 말미에 덧붙여 놓은 걸 보면 말이다.

…월명사라는 고대의 승려는 '미타찰'에서 누이를 다시 만나리라 믿는 것 같다. 그렇다면 미타찰은 어디인가, 혹은 무엇인가? 그것은 다시 태어날 필요가 없는 완전한 죽음을 통해 새로운 생명 방식을 획득하게 되는 공간을 의미한다. 즉 '소멸을 통한 재생'이 일어나는 장소인 것이다. 그리고 뇌공학

자이자 인공지능전문가였던 순드베리에겐, 현실의 육체를 버리고 기계로 의식을 전이하는 것이야말로 진정한 미타찰에 도달하는 길로 보였던 것임이 확실하다.

그리하여, 순드베리 인생의 세 번째 단계는 완전히 기계가 되는 것으로 귀결됐다. 그는 '전뇌 에뮬레이션'이라는, 이름부터가 이상야릇한 과정의 첫 번째 수혜자가 되었다. 말이 좋아 수혜자이지, 사실은 실험실의 마우스 같은 상태였는지도 모른다. 뇌 전체의 시냅스, 뉴런을 완벽하게 스캔하여 컴퓨터에 디지털화한다는 전대미문의 계획에 도대체 그 누가 섣불리 자원할 수 있겠는가 말이다. 게다가 뇌를 그냥 스캔하는 것도 아니었다. 그것은 이승에서의 죽음을 전제로 한 모험이었다. 왜냐하면 그때만 해도 아직 기술이 완벽히 발달한 게 아니었으므로, 머릿속 모든 것을 업로드하려면, 뇌라는 물컹물컹한 덩어리를 유리처럼 단단하게 고정한 뒤 얇게 써는 과정을 거쳐야 했기 때문이다. 그렇게 얇게 포를 뜬 단면을 스캔하여 각 부분의 구성요소(원자 수준에 이르기까지)를 정확히 알아낸 뒤 그대로 입력하면, 컴퓨터 안에서 그 인격체를 구성하던 뇌의 모든 것(나중에 사람들은 거기에 '영혼'이란 이름을 멋대로 붙였다. 물론 이 프로젝트를 실행한 연구소

측에선 그 명칭을 죽도록 싫어했지만)이 원래와 똑같이 작동한다는 이론이 바로 '전뇌 에뮬레이션'의 실체였다.

사실 자신의 뇌를 컴퓨터에 업로드하여 의식만이라도 영생불사하길 원하는 이들은 많았다. 하지만 막상 전뇌 에뮬레이션이 기술적으로 가능해졌을 때, 가장 먼저 실험 대상이 되겠다는 사람은 없었다. 종교계와의 논쟁이라든지 법안의 통과 같은 온갖 잡다한 일을 처리하고 이제 진짜 시술만 눈앞에 둔 상황에서, 〈비잔티움〉(전뇌 에뮬레이션을 통해 의식의 불멸에 이르는 것을 목표로 삼았던 연구소의 공식 명칭이다)은 생각지도 못한 벽에 부딪혔다. 아무도 자기 뇌를 얇게 포를 뜨도록 내놓지 않았던 탓이다. 그때 검은 스웨터에 검은 파카를 입은 남자 하나가 연구소 문을 두드렸다. 그는 자신이 스웨덴 왕립공과대학의 군나르 순드베리 교수이며, 자신의 의식을 업로드할 용의가 있다고 말했다. "과학의 발전엔 언제나 용감한 사람의 희생이 필요한 법이지요, 안 그렇습니까?" 이런 말을 하며 군나르는 껄껄 웃었고 서류에 서명을 할 땐 굳이 자기 주머니에 꽂아뒀던 고풍스러운 만년필을 사용하기도 했다.

전뇌 에뮬레이션 시술을 받기로 한 날, 군나르 순드베리는 하루 일찍 〈비잔티움〉이 있는 도시에 도착했다. 마지막으로 생생한 감각을 만끽하려는 듯 시 외곽의 숲길을 걸으며 손가락으로 나뭇잎을 만지는 순드베리의 모습은, 세계 각지에 전해졌다. 그는 모른 척하며 걸었지만, 약 3미터 정도 떨어진 위치에선 수많은 기자들이 그 뒤를 따라다니며 미친 듯이 셔터를 누르고 있었다. 순드베리가 묵은 호텔에선 시술 당일 아침 그에게 특별한 식사를 제공했다. 진짜 인간으로서 누리는 마지막 식사이니만큼 가장 먹고 싶은 요리가 뭐냐고 미리 물어둔 덕분이었다. 군나르는 여전히 검은 스웨터를 입은 채, 통유리로 둘러싸인 호텔 식당에 앉아 천천히 아침을 먹었다. 유리에 빛이 반사되어 잘 알 순 없었지만, 밖에서 보기엔 그리 대단한 음식을 먹고 있는 것 같진 않았다. 순드베리가 영원히 저쪽 세계로 가버린 얼마 뒤 그날 요리를 담당했던 셰프가 인터뷰를 했다. 그는 그 기이한 교수가 생선과 토마토를 넣고 매콤하게 끓인 수프와 딱딱한 호밀빵을 원했다고 말했다. "한 조각씩 뜯어서 마치 신기한 물건이라도 마주하듯 오래도록 들여다본 뒤 천천히 씹어 삼키더군요." 셰프는 그렇게 말하고는 고개를 설레설레 저었다. 기자들이 곧이어 이런 질문을 했기 때문이다. "당신도 업로딩되어 불사의 디지털 생을 얻고 싶습니까?" 요리사는 한동안 오른손으로 턱을 문지르더니 결심한 듯 대답했다. "절대로요. 난 그런 삶은 원하지 않아요. 맛있는 음식을 맛보고 냄새 맡을 수 없다면, 그건 살아 있어도 살아 있는 게 아니지 않은가요?" 하지만 업로딩이 전세계적으로 유행하고 순드베리 타워의 숫자가 빠르게 줄어들기 시작했을 때, 가장 먼저 자기 머리에 전극을 부착한 사람들 중 바로 그 셰프가 있었다는 사실은 끝까지 알려지지 않았다. 남겨진 유족들에 의하면, 셰프는 오래도록 고민했다고 한다. 그는 갓 딴 사과에 볼을 대봤고 양파와 바질의 향긋한 냄새를 맡으며 망설였다. 그러나 어떤 알 수 없는 이유가 결국 그 요리사를 저쪽 세계로 몰고 갔다. 그가 전극을 부착한 뒤 침대에 눕기 전 마지막으로 한 말은 이거였다. "하나가 된다는 것, 모두에게 섞여든다는 것, 더 이상 따로 떨어져 있지 않아도 된다는 것… 그래, 그 영원한 평화를 위해서라면 이 정도 감각쯤은 포기할 용의가 있어. 정말이야. 그러니 슬퍼하지 말라고. 어차피 다들 그곳으로 올 거 아니야?"

업로드 당일, 군나르는 정확하게 시간을 지켜 연구소 앞에 나타났다. 한 가지, 전과 확연히 달라진 건, 그의 옷차림이었다. 평소 제2의 스티브 잡스가 아니냐는 비아냥을 들을 정도로 검은 스웨터만을 고집하던 그가 이번엔 마치 도인처럼 차려입고 문 앞에 서 있었던 것이다. 그는 머릴 길게 풀었고 흰색 튜닉에 허리끈을 매고 있었다. 기자들을 비롯한 수많은 사람들 앞에서, 군나르 순드베리는 두 손을 높이 들어 올렸다. 그러는 광경이 오죽이나 엄숙했던지, 나중에 그때를 회상하며 분명 그의 머리에서 후광이 빛나는 걸 봤다고 맹세하는 이들까지 나올 정도였다.

〈비잔티움〉의 책임자는 잔뜩 흥분해 있던 군중을 조용히 시켰고, 그다음 군나르에게 마이크를 넘겼다. 사람들은 숨을 죽인 채 인류 최초의 프런티어가 무슨 말을 할지 기다렸다. 순드베리는 말없이 오래도록 자기 앞의 군중을 둘러봤다. 그러고는 숨을 깊게 들이마셨는데, 어찌나 깊이 들이마시는지 마치 영원히 그 육체 안에 지구의 대기를 저장하고자 하는 사람 같았다. 기다리다 지친 이들이 자기도 모르게 웅성대기 시작할 즈음, 드디어 그가 입을 열었다. 아직까지도 기록에 길이 남아 있는 간결한 단 한 마디는 바로 이와 같았다. "그곳에선 우리 모두 다시 만나게 될 겁니다. 그러니 먼저 가서 기다리겠습니다."

그는 손을 흔들더니 아무 미련도 없다는 듯 뒤로 돌아서서 연구소의 육중한 철문 안으로 사라졌다.

특별히 연구소 측의 허가를 받은 《사이언스》지의 기자

가 곧 전뇌 에뮬레이션이 실행될 방 앞에서 마지막 인터뷰를 했다. 순드베리에게 그는 두 개의 질문을 던질 수 있었다. 물론 에뮬레이션이 성공으로 끝난다면, 비록 인간의 몸은 가지고 있지 않지만 의식만은 컴퓨터 안에 살아 있을 군나르에게 더 많은 질문도 할 수 있으리라. 그러나 결과는 장담할 수 없었고, 솔직히 컴퓨터 내부로 스캔된 군나르를 정말 본래의 군나르라고 할 수 있는지도 아직은 확정할 수 없었다. 그건 너무나 형이상학적인 문제여서 이미 상식적인 판단 기준 저 밖에 있었다. 그러므로 이것은, 군나르 순드베리가 인간일 때 던지는 마지막 질문이 될 터였다. 그는 병원용 가운 같은 걸로 갈아입은 군나르에게 물었다. "대체 왜 이렇게 해서라도 불사의 의식을 얻으려는 겁니까?" 그러자 그는 망설이지도 않고 곧바로 대답했다. "만나야 할 사람(들)이 있습니다. 나는 오래전에 약속했어요. 거기서 기다리겠노라고."

기자는 원래 준비했던 두 번째 질문 대신(원래 그는 "두렵지 않습니까? 만약 다신 깨어나지 못한다면 그땐 어떻게 할 건가요? 그리고 깨어난다 하더라도 이젠 인간으로서의(그러니까 내 말은 살아 숨 쉬는 생생한 삶을 영위하는 인간을 뜻합니다) 삶을 누리지 못하는 것에 대해 뒤늦게 후회라도 하게 되면 어쩌나요?"라고 물을 계획이었

다) 자기도 모르게 이렇게 묻고 말았다.

"누굴… 만나려는 겁니까?"

그러나 군나르는 대답하지 않았다. 그는 빙긋이 웃더니 잠시 오른쪽으로 고개를 돌려 창밖에서 흔들리는 전나무를 바라보았다. 그러다가 기자 쪽을 보더니 이렇게만 말하는 것이었다. "글쎄요, 처음엔 한 사람이었습니다. 하지만 이젠 아니에요. 나에겐 원대한 꿈이 있어요. 그리고 그게 뭔지는 차차 알게 될 겁니다. 기대해도 좋아요."

그때 연구원들이 엄숙한 얼굴로 걸어 들어왔다. 그들은 기자에게 이제 그만 나가달라고 정중히 부탁했다. 인류 최초의 업로딩이 이제 막 시작되려는 참이었다.

꼬박 이틀하고도 12시간이 더 지난 뒤에, 연구원들이 밖으로 나왔다. 그들은 지쳐 있었고 이마엔 땀방울이 맺혀 있었다. 연구소 앞 공터에서 천막까지 치고 기다리던 기자들, 사람들이 우르르 몰려들었다. "어떻게 됐나요? 군나르 순드베리는 아직… 살아 있다고 할 수 있습니까? 앞으로 우리가 그를 만나려면 어떻게 해야 하죠?"

대변인 역할을 맡고 있는 요한손이라는 남자가 앞으로 나왔다. 그는 좌중을 잠시 둘러보더니 손수건을 꺼내 이마를 문질렀다. 그러고도 잠시 더 서 있다가 천천히 입을 열었다.

"에뮬레이션은 성공적으로 끝났습니다. 우린 기계 속의 군나르와 대화를 했어요. 그래요, 그는 군나르 그 자체였어요. 완벽한 군나르 순드베리. 어떤 느낌이냐고 물었더니 한참 동안 생각한 끝에 이렇게 대답하더군요. '자유로워요. 여긴 아주 넓고 무한하니까요. 나의 의식은 세계의 끝까지 확장되어 있습니다.' 그가 정말로 군나르인지 알아보기 위해, 우린 진짜 군나르만이 알 수 있는 몇 가지 개인적인 사실을(이건 그가 업로딩되기 전 미리 적어둔 쪽지에 있던 건데요) 질문해 봤습니다. 그랬더니, 정확하게 옳은 대답을 하더군요. 아무리 여러 가지 테스트를 해봐도, 그건, 아니 그 사람은, 군나르 순드베리가 확실했습니다. 그래요, 우린 성공한 겁니다!"

그러자 한 기자가 재빨리 손을 들며 외쳤다.

"우리가 순드베리를 만날 순 없나요? 직접 이야길 해보면 더 좋을 텐데 말이에요."

요한손이 빙긋 웃었다. 그는 자신감에 찬 목소리로 다음과 같이 또박또박 대답했다.

"당신들은 인터넷을 통해 군나르 순드베리에게 접속할 수 있습니다. 어쨌든 그에게도 인터넷 주소란 게 있으니까요. 다만 알다시피 군나르는 그냥 웹사이트가 아닙니다. 그는 살아 있는 인격체입니다. 그러므로 현재 그의 주소를 마음대로 알려줄 순 없어요. 아무래도 프라이버시에 해당하는 문제니까요. 하지만 이것 하나는 확실합니다. 군나르가 언제든 상상치도 못했던 순간에 여러분을 찾아갈 거라는 것. 그는 인터넷에 접속해 있는 누군가에게 스르르 나타날 거예요. 어떤 예고도 없이 말이에요. 그러니 만약 여러분이 열심히 인터넷 서핑을 하는데 군나르가 말을 걸어온다면, 최대한 반갑게 맞아주세요. 아시겠습니까?"

하지만 예상과 달리 군나르 순드베리는 나타나지 않았다. 처음 업로딩이 실시되었을 때 본인이 군나르임을 밝혔던 몇 개의 짧은 문답 이후 아무런 움직임도 보이지 않았던 것이다. 온갖 질문을 입력해 봐도 대답하지 않았고, 마침내는 전원을 꺼버리겠다는 협박 비슷한 얘기까지 건넸지만, 기계 속 순드베리는 묵묵부답이었다. 특종거리가 있나 연구소 문 앞을 서성이던 기자들도 모두 떠나버리고, 사람들도 천막을 걷고는 일상으로 되돌아갔다. 연구원들 중 일부는 조심스럽게 업로딩의 실패를 예견하는 의견을 내놓았다. 대체 왜 그는 말이 없는 것인가. 군나르는 지금 어디에 있다고 해야 할까. 아니, 그냥 군나르 순드베리는 죽고 만 것일까? 아무도 이런 질문에

답하지 못한 채로 시간만 빠르게 흘러갔다. 인공지능과 관련한 수많은 전문가들이 동원되어 군나르가 업로딩된 컴퓨터 내부 전체를 샅샅이 뒤졌다. 그러나 어디에도 군나르의 의식(혹은 영혼이라고 해야 할지도 모르지만)은 없었다. 그는 사라져 버렸다.

〈비잔티움〉은 진퇴양난에 빠졌다. 뇌를 얇게 썰어 스캔하지 않고 그저 전극만 부착해도 의식을 업로딩할 수 있는 방법을 개발했지만, 아무 쓸모도 없어졌다. 그들은 자기네 주가가 속절없이 떨어지는 광경을 멍하니 바라봤다. 그런데 바로 그때, 그 일이 일어났다. 자신을 군나르 순드베리라고 칭하는 자가 보낸 메일. 세계 곳곳에서 무작위적으로 메일을 받은 사람들이 무심코 그것을 클릭했다. 그리고 정교하게 구성된 일종의 교리문답식 대화를 나눴고, 그다음엔 뭔가에 홀린 사람처럼 머리에 전극을 부착한 채(전극은 알리바바나 아마존에서 저렴하게 판매되고 있었다) 영원한 잠으로 빠져들었던 것이다. 이 모든 과정은 처음에는 천천히 느리게 일어났지만 곧 기하급수적으로 증가하기 시작했다. 마침내 그건 광적인 유행이 되었고, 그들은 모두 전극을 부착하기 전 마음 깊이 울려오는 군나르 순드베리의 목소리를 들었다. 그는 이렇게 말하고 있었다. "어서 오십시오. 여기선 모두가 하나입니다. 절대 외따로 떨어지지 않아요."

●●●●((

승려는 남루한 차림을 하고 있었다. 솔직히 그게 남루
한 것인지, 아니면 그 시대의 승려들이 보통 입는 차림새
인지는 알 수 없었지만 말이다. 어쨌든 『삼국유사』라는
책을 읽으며 상상했던 수도자의 모습과는 많이 달랐다
는 뜻이다.

나는 숨을 죽인 채 밭둑길 아래 웅크리고 있었다. 물
론 그럴 필요가 없다는 것쯤은 잘 안다. 지금 이 고대의
시공간에서 어차피 난 완전히 물리적인 실체는 아니었
으니까. 그렇다고 일종의 구경꾼처럼 과거 어느 순간의
단면만을 엿보고 있는 것도 아니었다. 군이 표현하자면,
여기서 나는 하나의 '의식'이자 반쯤은 흔들리는 그림자
같은 존재로 사건 속에 참여하고 있었다. "시간이 과거
에서부터 현재를 거쳐 미래로 흐른다는 편견에서만 벗
어나면 돼. 그게 키워드라고." 영주는 열정적인 목소리로
말했다. "존재하는 건 오직 의식뿐이야. 우리의 의식. (이
말을 할 때 그녀가 자기 머리를 오른손 검지로 가리켰던가.)
그게 과거, 현재, 미래에 걸쳐 영원히 고정되어 있는 순

간들을 통과하는 거지. 이런 관점으로 시간여행을 계획한다면, 못 해낼 것도 없지 않을까?"

이곳에서 내가 맡은 일은, 어떻게 보면 별것 아니었다. 우린 '과거'라는 것에 약간의 변화를 일으킬 계획이었다. 양자론과 카오스 이론을 합쳐 만든 이 프로젝트의 요점은, 과거의 어느 순간에 아주 작은 소립자를 던져 넣는다면 (우린 '광자', 즉 빛의 입자를 던져 넣기로 결정했다. 그게 지금 내가 한 손에 작은 손전등을 들고 있는 이유이기도 하고) 그게 종국에는 거대한 회오리를 일으켜 미래를 바꿀거라는 예측에 기인하고 있었다. "그래, 알고 있어. 이 프로젝트의 문제가 뭔지는." 내가 질문하려고 할 때마다 영주는 피곤한 듯 눈을 감으며 중얼거렸다. "현재로선 우리가 그 변화의 정도를 짐작조차 할 수 없다는 사실이지. 그러니까 이건 모험이야. 다들 기계 속에 들어가 케이블선을 따라 흐르는 전류가 되어버리는 걸 막기 위해 쓸 수 있는 최후의 수단. 우리가 월명사(그런데 그 사람, 정말 존재했을까?)의 의식에 일으킬 변화가 나중에, 그러니까 천 년도 더 지난 후에 자신을 월명사라 믿는 남자의 내면을 완전히 뒤바꿔 줄지도 모른다는 실낱같은 희망 말이야." 나는 그날 밤을 여전히 기억하고 있었다. 영주가 이런 여러 가지 이야길 늘어놓으며 기분 좋게 취해 있던 그때. 솔직히 난 기술팀 엔지니어였기 때문에, 영주의 말 중엔 알아듣지 못하는 게 더 많았다. 예를 들자면 다음과 같은 대화처럼.

"하나의 소립자가 어떻게 미래를 바꾸지? 물론 기술적으론 이해가 가. 뭐, 북반구에서의 나비의 날갯짓이 태풍을 일으킨다든가, 하는 그런 얘기잖아. 하지만 역시 뭔가 이상한 느낌이 드는 건 어쩔 수 없어." 그러자 영주는 벽 한켠의 서가로 다가갔다. 팔짱을 낀 채 서가를 위아래로 훑어보던 영주가 어떤 '책'(여전히 나는 이 이름이 낯설다. 나무를 베어내고 그걸 펄프로 만들어서 글자를 물리적으로 찍어낸 기묘한 물건이라니) 한 권을 꺼냈다. 거기엔 '윌리엄 버틀러 예이츠'라는 이름이 적혀 있었고, 가죽으로 장정된 책등에는 『비잔티움으로의 항해』라는 제목이 금박으로 세공돼 있었다. 영주는 목소리를 가다듬더니 책의 어딘가를 펼쳐 읽었다. "…한번 자연에서 벗어난 후엔 어떤 자연물의 형체로도 내 육체를 삼지 않으리라… 어때, 영원히 죽지 않길 갈구하는 시인의 목소리가? 그래, 내가 말하려는 건 이거야. 오래전 윌리엄 버틀러 예이츠라는 사람이 읊은 시가 지금 우리가 서 있는 이 공간에 울려 퍼졌어. 그건 '시'라는 내용을 담고 있는 정보이면서 동시에 소리의 파동이지. 그리고 그 파동은 너의 귀를 통해 들어가 뇌를 자극했어. 아마 앞으로도 영원히 그건 네 안에 남아 있을 거야. 즉 너의 미래를 바꾼 셈이지. 무슨 말인지 알겠어? 지금의 파국을 되돌리기 위해 과거로 돌아가 실행하려는 계획의 요점을."

영주가 저쪽 세계로 떠난 뒤, 나는 다시 그 서가로 갔다. 망설인 끝에 『비잔티움으로의 항해』를 꺼내 그가 읽었던 페이지를 다시 펼쳤다. 금으로 세공된 나라. 자연이 준 형체라곤 아무것도 남아 있지 않은 공간. 그녀는 이런 세계로 가기 위해 살아 숨 쉬고 늙어가는 이 진짜 세상을 떠난 것일까.

출발하기 전, 연구소장이 내게 다가왔다. "잘 알고 있겠지만, 광자를 과거 속으로 던져 넣을 때, 아주 잠깐 모든 게 정지할 거야. 일종의 차원적 혼란이 초래하는 결과라고 해야 하나. 하여간 그때 놀라지 말게. 어차피 모든 건 다시 원래대로 흘러갈 테니까." 그런 다음 그는 악수를 청했고 내 손을 꽉 잡은 채 오래도록 서 있었다.

밭둑 아래 앉아 있던 시간은 길었다. 그만큼 승려는 천천히 걸어오고 있었다. 나는 손전등을 쥔 손에 힘을 줬다. 이것을 켜면, 대체 몇 개의 광자가 저쪽으로 곧바로 흩어져 나갈까? 아마 수억 수천만 개의 눈부신 빛의 입자들이 이 과거의 시공간을 가득 채우리라. 그런데 과연 정말로 모든 것을 바꿀 수 있을까? 그리고 영주는? 그는 돌아올 수 있을까?

그때였다. 남루한 차림의 승려가 걸음을 멈춘 것은. 나는 최대한 숨을 죽이고 그를 지켜봤다. 승려는 주머니에서 뭔가 길쭉한 것을 꺼내더니 입으로 가져갔다. '맞아, 저건 피리라는 물건이지.' 이렇게 생각하는 찰나, 그가 구슬픈 음악을 연주하기 시작했다. 그런데 이것은⋯ 이건, 너무나 낯익은 바로 그 멜로디잖아. 사람들이 저쪽 세상으로 떠나기에 앞서 마치 주문처럼 암송하는 그 노래. 죽은 누이를 그리던 한 고대인이 지었다는 그 음악. 우린 어떻게 그 가락을 알고 있는 걸까. 아니, 군나르 순드베리는 이 음조를 어떤 식으로 알아냈던 걸까. 천 년도 더 전에 불렸던 그 노래를. 문득 이 계획을 실행해선 안 되리란 생각이 들었다. 왠지는 모르지만 이미 모든 것은 각자의 운명을 따라 흘러갔고, 순드베리가 꿈꾸는 세상 역시 그 흐름에서 자유롭지 못했다. 갑자기 내가 이 일을 수천 번도 더 넘게 행해오고 있다는 자각을 느꼈다. 그래, 순환. 영원히, 헤어날 수 없는. 그리고 수만 번도 넘게 반복된 과거를 깨달은 순간 깊이 파묻혀 있던 기억이 모두 되살아났다. 임무를 마치고 귀환하는 나. 캡슐에서 나왔을 때 느꼈던 그 괴이한 적막. 연구소는 텅 비어 있었다. 황급히 문을 열고 밖으로 달려나가니, 거리 역시 휑했다. 나무만이, 오직 나무들만이 전과 똑같이 바람에 흔들리고 있을 뿐이었지. 그리고 그 광장. 정말이지 아무도 없는 회색의 넓고 네모진 거대한 공간. 거기 홀로 서 있는 나에게 목소리가 들려왔어. 어때? 네가 한 일의 결과를 보라고. 넌 그저 모든 파국을 더 빨리 진행시켰을 따름이야. 영주? 그 역시 영원히 돌아가지 않아. 왜냐하면 이곳에서 우린 하나니까. 따로 떨어져 있지 않다고. 모두가 하나의 거대한 의식으로 녹아들었고, 그것은 전선을 따라 이동하며 무한히 확장되지. 그러니까 너도 들어와, 이곳으로. 와서 마지막 하나의 퍼즐 조각이 되라는 말이야. 내가 멈칫대자 목소리는 합창처럼 변해갔다. 어서 오라고. 여기엔 다 있어. 네 가족, 네가 좋아하는 사람들, 그들이 모두 너와 하나가 되는 거야. 꿈꿔보라니까, 이 평화로운 세상을.

"이봐요, 정신 차리시오. 눈을 뜨라고요!" 누군가가 외치는 소리에 힘겹게 눈을 떴다. 한 남자가 나를 내려다보고 있었다. 그 사람이다. 그 남루한 차림의 승려. 잠깐. 그럼 지금 뭐지? 원래 나의 실체는 이곳에서 그림자처럼 흐릿한 존재 아니던가. 어리둥절해 있는 내게, 그가 허리춤에 차고 있던 호리병의 물을 건넸다. 달고 시원한 물이었다.

물병을 도로 건네주며 내가 물었다. "당신이… 월명사입니까?" 그러자 남자는 쓸쓸히 웃으며 고개를 저었다. "글쎄요, 아마 미래엔 나를 그렇게 부를지도 모릅니다. 하지만 지금은 그냥 이름 없는 승려이지요. 마침 길을 가는데 산화공덕의 의식을 행하라는 명을 받고 노래를 지어 불렀을 뿐입니다." 퍼뜩 그의 얼굴이 낯익다는 생각이 들었다. 눈을 비비고 다시 보자, 어느새 승려는 우리 모두가 알고 있는 그 얼굴, 그러니까 군나르 순드베리의 얼굴로 변해 있었다. 하지만 그는 그런 걸 아는지 모르는지 그저 하던 이야기를 계속해 나갈 뿐이었다. "…당신이 여기 왜 왔는지 알고 있습니다. 어쩌면 이건 아주 오래전부터 약속됐던 한 장면이 아닐까 싶기도 한데요. 그리고 이곳에 올 때마다 당신이 무엇을 놓치고 마는지도, 나는 다 알고 있습니다. 그래서 하는 말인데, 조금만 생각을 바꿔보세요. 다른 시각으로 문제에 접근하라, 이 말이지요. 만약 뭔가를 더하여 미래를 바꿀 생각이었다면, 그 반대로… 뭔가를 감하는 건 어떻겠습니까?" 그러다 말고 승려가 하늘을 올려다봤다. 달이 어느 때보다도 환하게 빛나고 있었다. 한참 동안 그 달을 바

달을 멈추다

라보다가 나도 모르게 소리쳤다. "저기! 달이 멈춰 있어요. 보이세요?"

군나르 순드베리의 얼굴을 한 승려는 천천히 고개를 끄덕였다. "알고 있습니다. 하지만 너무 오래 멈춰 있으면 안 될 일이지요. 즉, 그건, 우리가 이젠 서로 각자의 길을 갈 때가 되었다, 이 말입니다." 남자는 주섬주섬 짐을 챙겨 자리에서 일어섰다. 작은 물병까지 허리춤에 다시 단단히 묶더니, 그는 별다른 인사도 없이 다시 밭둑으로 난 길을 따라 빠르게 걸어가는 것이었다. "이봐요, 군나르. 사실은 당신은 후회하고 있는 거죠? 그 세계로 가버린 것을. 감각도 숨도, 아무것도 없는 그 공간으로 말이에요!" 있는 힘껏 외쳤지만, 내 목소린 대기에 아무런 파동도 일으키지 못했다. 옆엔 손전등이 떨어져 있었다. 그걸 들고 나는 한동안 망설였지만, 결국 도로 주머니에 집어넣었다. 돌아서는 순간, 무엇인가 달빛에 반짝이는 게 보였다. 승려가, 아니 어쩌면 군나르가 두고 간 피리였다. "…뭔가를 감하는 건 어떻겠습니까?" 그의 목소리가 다시 들리는 듯했다. 하지만 이렇게 커다란 물건을 들고 돌아갈 순 없다. 그건 모든 걸 무너지게 할 수도 있으니까. 그때 피리가 놓여 있는 풀잎들 사이에서 아주 작은 일렁임이 일었다. 꽃잎이었다. 난 그걸 손에 꽉 움켜쥐었다. 그러고는 '귀환' 버튼을 누르고 눈을 감았다. 봄밤의 부드러운 바람, 따뜻한 대기가 빛처럼 빠른 시간과 함께 내 곁을 스쳐 지나가고 있었다.

꿈의 귀환

"

지구 밖 우주의 텅 빈

푸른 공간에서 인간이 꾸는 꿈은

과연 무엇일까?

"

꿈의 귀환《문장 웹진》2016

미항공우주국이 꿈을 기록하는 장치 개발에 착수한 것은 1967년 가을이었다. 그들은 꿈에서 나타나는 뇌파를 기록하여 영상으로 전환할 수 있는 이 장치를 '꿈 레코더'라고 불렀는데 이런 관심의 계기에는 한 권의 일기장과 이와 관련된 소련 측 자료가 있었다. 일기는, 소련의 우주비행사인 유리 가가린이 짙은 푸른색 표지의 공책에 적어 내려간 1961년 4월 한 달간의 기록이며, 이때 가가린은 지구인 최초로 성층권 밖으로 날아가 1시간 48분 동안 지구를 한 바퀴 도는 데 성공했던 것이다. 가가린이 기록에 남긴 것은 현재 대중적으로 알려진 바가 없지만, 냉전 시대 치열한 첩보전의 극적인 결과물로 획득된 그 일기장을 검토한 나사의 과학자들은 처음에 커다란 충격을 받았다고 한다. 마치 맨 처음 소련이 우주 유영에 성공했단 뉴스를 들었을 때처럼 말이다. 그러나 거의 완성 단계에 가까워졌던 그 연구는 1970년대 초반 석연치 않은 이유로 중단되었으며, 가가린의 일기장을 비롯한 자료들은 나사의 극비문서로 분류되어 깊고 거대한 금고 속에 보관되었다.

어쨌거나 나사의 오래된 과학자들 사이에서 은밀하게 전해오는 이야기에 따르면 가가린은 지구를 한 바퀴 도는 동안 잠들어 있었다고 한다. 그가 타고 있던 유인 우주선은 자동항법장치로 운전되었고, 그렇기에 가가린이 굳이 깨어 있어야 할 이유는 없었다. 하긴, 잠들지 않고는 우주선을 결코 탈 수 없었을지도 모른다. 가가린보다 앞서 지구를 한 바퀴 돌고 온 떠돌이 개 라이카는 지상으로 귀환한 후 몇 시간 만에 죽고 말았다. 태양의 뜨거운 열선을 견디지 못한 탓이다. 가가린 역시 비행을 시작하기 전 그의 사랑하는 아내에게 기나긴 작별의 편지를 썼다고 한다. 그러나 그는 살아서 돌아왔다. 다만 과학자들의 계산 착오로 가가린은 착륙하기로 한 지점에서 250마일이나 떨어진 어떤 황막한 땅에 떨어졌고, 그래서 그는 낙하산을 어깨에서 내려놓고 그 음산한 초원을 오래도록 헤매야만 했다. 그는 자신이 착륙한 그 우울한 땅이 지구인지 아닌지조차 알 수 없었는데, 그를 발견한 소련 우주국의 과학자들은 그가 발견되었을 때 잠이 덜 깬 상태였으며 눈동자는 확대되어 있었고 얼굴은 창백했다고 기록했다 한다.

　중요한 것은, 가가린이 우주에서 잠들어 있던 1시간 동안 꿈을 꾸지 않았다는 사실이다. 물론 사람이 자신이 꾸는 꿈의 거의 대부분을 기억하지 못한다는 것은 널리 알려진 일이다. 그러나 지구를 한 바퀴 도는 동안 측정된 가가린의 뇌파는 분명히 그가 어떤 꿈의 상태에 빠져 있었음을 암시하고 있었다. 그럼에도 불구하고 유리 가가린은 꿈을 꾸지 않았다고 했고, 나중엔 불안한 표정으로 어쩌면 자신이 기억하지 못하는 것일 수도 있다고 횡설수설했다. 소비에트연방 우주국의 과학자들은 그가 꿨던 꿈을 알아내기 위하여 연구를 시작했다. 지구 밖 우주의 텅 빈 푸른 공간에서 인간이 꾸는 꿈은 과연 무엇일까? 그것은 분명 둥근 초록빛 지구에서 꾸는 꿈과는 다르리라. 세상에서 가장 빠른 속도로 움직이던 우주선 안에서 시간은 상대성 원리에 따라 조금 더 천천히 흘렀을 테고, 별빛 외엔 아무것도 없는 저기 머리 위 성층권 밖에선 인간의 무의식 역시 평소와는 다른 울림을 자아낼 것이라는 게 모두의 일반적인 의견이었다.

어쨌든 소련에서는 우주 공간에서 가가린이 꾼 꿈을 알아내기 위하여 대규모 연구가 시작되었다. 연구방법은 실로 다양했는데 그 총책임자는 심리학자이자 뇌신경과학자인 레오니드 몰로디노프였다. 그는 가가린의 우주 비행이 성공하기 몇 년 전 「꿈 분석에 있어서의 외삽법 연구」라는 논문을 발표하여 서방의 심리학자나 뇌신경학자들에게까지 유명해진 사람이었고, 언제든 그것을 적극적으로 임상에 적용할 기회만을 기다리고 있는 중이었다. 만약 현재의 꿈을 완전히 분석한 데이터베이스만 있다면 그 자료를 역으로 적용하여 과거의 꿈을 되살릴 수 있다는 것이 꿈 분석의 외삽법이었고, 그렇기에 이론적으로는, 어느 시대 어떤 사람의 꿈이든 당시의 뇌파 기록만으로 그 사람이 꿈꾸었던 모든 것을 알아내는 것이 가능했다.

가가린이 현재 꾸고 있는 꿈에 대한 방대한 데이터베이스를 구축하는 작업은, 마치 메르카토르 투영법에 의하여 지도를 만드는 것과 비슷하게 진행되었다. 메르카토르 투영법을 이용해 지구의 모습을 그리는 것은 사실상 불가능하다. 북극과 남극으로 갈수록 지도의 면적은 한없이 확장되고, 결국 영원히 북극점과 남극점을 표시할 수 없기 때문이다. 그렇기에 메르카토르 투영법으로 어느 정도 정확한 지구의 모습을 나타내려면, 먼저 지구 표면의 각각의 구역을 그린 여러 장의 지도를 만든 후, 서로 겹쳐지는 부분을 동일하게 표시하는 수밖에 없는 것이다. 가가린의 꿈 역시 한 장의 지도로 표현할 수 없었다. 꿈은 평면이 아니었고, 그렇다고 지구처럼 타원형인 것도 아니었다. 꿈은 굴곡지고 텅 빈 우주의 모양을 닮았다. 단지 두 개의 극점만을 지닌 지구와는 달리 셀수 없이 많은 극점을 지녔고, 각각의 극점으로 다가갈수록 무한히 확장되며 관찰자의 시야 밖으로 사라지는 것이었다. 점성술사와 정신분석학자, 뇌신경과학자, 시베리아에서 온 샤먼 등 수많은 사람들이 동원되어 그들이 감지하는 가가린의 꿈의 지도를 그렸고, 하루 일과가 끝나는 밤이면 각자가 작성한 부분적인 지도의 조각을 들고 회의실에 모여 겹쳐지는 부분과 빠진 부분을 표시하며 하나의 거대한 지도를 만들어 갔다. 유물론자들의 제국인 소비에트사회주의공화국연방에서 이런 기이한 연구가 이루어진 것은 솔직히 그리 썩 놀랄 만한 일은 아니다. 사실 인류가 발명한 거의 모든 것이 실제로는 기괴하고도 기이한 실험의 산물이었으니 말이다.

그 시기 가가린의 공식 직함은 우주비행사 양성을 위한 비행학교의 교관이었다. 적어도 기록상으론 그랬다.

그러나 나사에서 나중에 입수한 자료에 의하면, 당시의 가가린은 머리에 수많은 전극을 부착한 채 등받이가 뒤로 젖혀진 의자에 누워 뇌파를 측정받거나 불분명한 어조로 자신이 간밤에 꾼 꿈을 구술하고 있을 뿐이었다. 그에게는 꿈꾸는 일 이외의 다른 어떤 일도 허락되지 않았다. 연구소의 가장 깊숙한 곳에 자리한 그의 방은 작고 텅 비었으며 사방 벽은 온통 회색이었다. 벽이 회색으로 칠해진 것은 몰로디노프의 연구 결과 때문이었다. 몰로디노프는 그의 또 다른 논문 「꿈과 색깔의 상호관계 고찰」에서 사람이 가장 많은 꿈을 꾸려면 반드시 회색 방에서 잠들어야 한다는 사실을 논증했다. 회색은 어둠과 밝음의 중간 지대로 인간의 정신을 데려가고, 무의식은 빛과 그림자의 그 부드러운 혼돈 속에서 꿈을 자아낸다는 것이 논문의 결론이었다. 어쨌든, 가가린은 매일 밤 10시면 자신에게 할당된 회색 방에 들어가 침대에 똑바로 누웠다. 방엔 여러 대의 녹화 장치가 설치되어 있었고, 카메라 렌즈는 밤새도록 잠자는 가가린의 모습을 다양한 각도에서 포착했다. 머리에 전극을 부착한 가가린은 언제나 부동자세로 누워 있었고, 아침까지 단 한 번도 뒤척이지 않았다. 아침이면 무수하게 많은 전극들을 머리에서 떼어내지도 못한 채, 가가린은 몰로디노프와 마주 앉아 꿈에 대한 이야기를 나누었다. 그의 꿈은 한 치의 가감도 없이 기록되었고, 그 기록은 각각의 꿈의 지도를 그리기 위하여 기다리는 사람들에게로 보내졌다.

자료1. 문서번호 1023-1-1
1962년 5월 23일 오전 8시 30분. 전날 밤 유리 가가린의 꿈
녹취 및 주해: 레오니드 몰로디노프

나는 해변을 걷고 있다. 발아래 부드러운 파도가 일렁이고 공기는 따뜻하다. 어디선가 웃음소리가 들리고 나는 행복한 기분에 빠져든다. 여기가 어디지? 아, 생각났다. 그곳은 아내와 함께 여행했던 크리미아의 해안도시 얄타임에 틀림없다. 아내는 얄타의 바닷가를 사랑했다. 잠깐, 그런데 내 발밑에서 부드럽게 흔들리는 것은 파도가 아니다. 자세히 보니 그것은 모래바람이다. 백색의 미세한 모래 입자들이 마치 파도처럼 밀려왔다 밀려간다. 고개를 들자 하늘은 온통 검은색. 나는 문득 내가 걷고 있는 이 땅이 사실은 달의 표면임을 알아차린다. 멀리 지구는 푸른 에메랄드 덩어리처럼 내 앞에서 빠르게 자전한다. 그보다 더 멀리에선 빛나는 여러 개의 고리를 지닌 토성이 휙 지나간다. 목성은 그 자신의 깊은 바다를 드러내며 천천히 달 쪽으로 다가온다. 그때 움푹하게 꺼진 달의 바다에서 한 여인이 걸어 나온다. 그녀는 흑진주처럼 검고 빛나는 피부를 가졌고 긴 다리에 엉덩이는 한껏 올라붙어 말처럼 탄탄하다. 물에 젖은 검은색 고수머리가 지구에 반사되어 오는 태양 광선에 빛나고 있다. 그녀는 내게 다가와 자신의 젖은 몸을 밀착시킨다. 나는 그녀의 둥글고 커다란 가슴을 움켜쥐고 근육질의 단단한 허벅지를 쓰다듬는다. 그러다가 나는 소스라치게 놀란다. 손에 잡히는 길고 부드러운 갈색 털. 정신을 차려보니 내가 안고 있는 것은 한 마리 개다. 개는 고통스럽게 울부짖는다. 나를 올려다보는 개의 눈은 크고 둥글고 갈색이다. 쿠드랴프카. 미안해. 나는 소리친다. 그러나 내 목소리는 들리지 않는다. 검고 적막한 진공이 소리를 삼켜버렸기 때문이다. 그 순간 갑자기 우주의 중심으로부터 엄청나게 환한 빛의 기둥이 솟구친다. 손으로 눈을 가리며, 나는 고통에 가득 차 눈을 뜬다.

[주: 쿠드랴프카는 최초로 우주에 보내졌던 개의 이름이다. 흔히 알려진 라이카는 실제로는 이름이 아니라 그 개의 종명種名에 해당한다. 주지하다시피 쿠드랴프카는 태양으로부터 쏟아지는 뜨거운 열기와 우주 공간에서의 스트레스를 이기지 못하고 죽었다.]

자료2. 문서번호 1023-1-2
1962년 5월 23일 오전 10시. 유리 가가린과의 대화

질문 및 기록자: 레오니드 몰로디노프

"평소 아내와 섹스를 얼마나 자주 합니까, 유리 알렉세예비치?"

"내가 그런 것에까지 대답해야 하나요?"

"당연하죠. 당신의 꿈의 지도를 만드는 데 있어서 이건 아주 중요한 문제예요."

"제길, 좋아요. 발렌티나와 나는 거의 하루도 빼놓지 않고 섹스했어요. 적어도…"

"적어도?"

"적어도 그 빌어먹을 우주선을 타기 전까진 말이에요."

"우주를 다녀온 후 당신의 성생활에 어떤 문제가 생기기라도 했나요?"

"이제 발렌티나와 나는 섹스하지 않아요. 발렌티나는 언젠가부터 나를 만나러 오지도 않죠. 하긴, 사실 지금은 그녀와 섹스하고 싶어도 할 수 없지만요."

"왜 더 이상 할 수 없죠?"

"훗. 이봐요, 이 좁아터진 회색 방에서 머리엔 전극을 잔뜩 달고 아내와 그 짓을 하라는 거요, 지금?"

"아, 그렇군요. 그렇다면 혹시 당신은 수간獸姦의 욕망을 느낀 적이 한 번이라도 있나요?"

135
꿈의 귀환

"미치겠네, 정말. 당신들, 내가 혹시 그 가여운 쿠드랴프카의 엉덩이에 내 물건을 쑤셔 박고 싶어 하기라도 한다는 거야?"

(10분간 대화 중단. 유리 가가린은 심하게 흥분했다. 그는 의자를 거칠게 뒤로 밀며 자리에서 벌떡 일어섰다. 그러고는 팔짱을 낀 채 방 안을 이리저리 걷다가 한숨을 내쉬며 다시 앉았다. ※조치사항: 의학팀에 연락하여 유리 가가린의 분노 반응 지수를 체크할 것.)

"제기랄. 미안해요. 내가 잠깐 흥분했어요. 쿠드랴프카, 불쌍한 놈이죠. 아니, 사실 난 그 개를 실제로 본 적도 없습니다. 다만…"

"다만?"

"그래요, 우주로 나가기 직전에 내가 생각한 게 뭔지 압니까? 그건 발렌티나도, 내 어머니도 내 딸들도 아니었어요. 그저 쿠드랴프카만 생각했어요. 그 개새끼처럼 나도 타 죽고 말 거라는 그런 생각 말이에요. 쿠드랴프카, 더럽게 재수 없는 개였죠. 그저 다른 개들보다 머리가 좋다는 이유만으로 원하지도 않는데 우주선에 올라타야 했으니까요."

"좋아요. 그럼 쿠드랴프카 얘긴 여기서 그만둡시다. 참 이건 그냥 궁금해서 그러는 건데, 당신은 서방에서 만들어진 포르노그래피를 본 적 있습니까, 유리 알렉세예비치? 비밀을 지켜줄 테니 솔직히 대답해 주시오."

"포르노그래피? 아니, 그런 건 본 적도 없어요. 그런데, 레오니드, 정말 궁금한 게 뭔지 압니까?"

"뭐죠?"

"쿠드랴프카 말입니다. 그 개는 과연 텅 빈 우주에서 지구를 내려다보기는 했을까요?"

"글쎄요, 거기까진 나도 잘 모르겠군요. 만약 원한다면, 위원회에 공식적으로 질의를 해줄 수 있습니다. 어쨌거나, 그에 관한 기록이 남아 있을 테니까요."

"아니, 괜찮아요, 레오니드 미하일로비치. 난 단지 우리가 그 개와 다를 바 없다는 생각을 했을 뿐이니까요."

"알겠습니다. 그럼, 이제 가보세요. 오늘 아침의 대화는 여기서 끝내도록 하죠."

[이 남자는 분명 거짓말을 하고 있다. 그는 너무 빨리 대답한다. 조금의 망설임도 없이. 대체 그가 우리에게 숨기고 있는 것은 무엇인가? 여전히 그는 우주선에서 꿨던 자신의 꿈에 대하여 한 마디도 말하지 않고 있다. ※조치사항: 보안위원회에 가가린의 집을 비밀리에 수색하도록 할 것.]

유리 가가린의 꿈의 지도는 조각조각 그려져 덧대어졌다. 지도의 이음매는 불완전했으며 한 장으로 크게 펼치면 도저히 무엇을 나타내려고 했는지 알 수 없는 울퉁불퉁한 왕국만이 모습을 드러낼 뿐이었다. 정신분석학자들은 그의 꿈에서 한없이 억압되어 폭발하기 일보 직전의 리비도에 물결치는 28세의 백인 남성을 보았다. 그들은 보고서에 유리 가가린이 포르노그래피에 빠져 흑인 여자를 떠올리며 밤마다 자위를 할 것이 틀림없다고 적었다. 점성술사는 목성과 토성이 십자 모양으로 만나는 날, 유리 가가린이 자신의 꿈의 비밀을 털어놓을 것이며 그때 인류는 미지의 존재와 조우할 것이라는 예언을 멋들어진 고대의 글씨체로 휘갈겨 썼다. 뇌신경과학자들은 우주에 머물던 1시간 40여분간 그의 뇌세포가 태양광으로부터 쏟아져 나온 방사선에 의해 손상을 입었을 가능성에 대하여 조심스러운 의견을 내놓았지만, 곧바로 묵살되었다. 유리 가가린은 결코 다치지 않았어야 했다. 그는 소련 우주 개발 계획의 살아 있는 신화이자 증인이었다. 유리 가가린은 안전하고 건강하며 지극히 정상이었고 비행교관으로서 뛰어난 능력을 보이며 후진을 양성하고 있어야만 했다. 시베리아의 샤먼은 엄숙하게 선언했다. 유리 가가린의 영혼을 위하여 개의 정령에게 제물을 바쳐야 한다고. 그렇지 않으면 그는 영원히 저주에서 벗어나지 못할 거라고.

자료3. 문서번호 1023-1-3

레오니드 몰로디노프의 일기(일부)

1962년 5월 30일

꿈을 꾼 직후에 가가린은 언제나 심하게 불안해한다. 그는 마치 뭔가에 쫓기는 사람 같은 모습으로 잠에서 깬다. 그의 이마를 덮은 머리칼은 땀에 흠뻑 젖어 있다. 눈을 뜨면 그는 황망한 표정으로 주위를 두리번거리고 때론 눈물을 흘리기도 한다. 그러나 그는 미치지 않았다. 의학팀의 보고서에 의하면 그의 정신 상태는 지극히 정상이다. 오히려 누구보다도 명료하다.

1962년 6월 1일

오늘로 벌써 28일째다. 유리 가가린이 꿈속의 빛의 기둥에 대하여 말하는 것은. 그의 모든 꿈은, 그 어떤 상황에서 시작해도 결국은 지구 중심에서 솟구치는 엄청나게 밝은 빛의 기둥으로 끝나고 만다. 우리는 그가 어린 시절 겪었을지 모를 트라우마에 대해 조사하고 있다. 어쩌면 유리 가가린은 과거에 극도의 공포 속에서 밝은 빛에 노출된 적이 있었을지도 모른다. 화재나 폭발을 목격한 경험이 있는지 확인하기 위하여, 그의 고향인 스몰렌스크 일대의 사고 기록을 모두 검토하게 했다.

1962년 6월 3일

오늘 가가린은 위험한 발언을 했다. 나는 그와의 대화 중 일부를 공식적인 기록에서 삭제하기로 했다.

가가린은 아침부터 활기차 보였다. "유리 알렉세예비치? 무슨 즐거운 일이라도 있습니까?" 그러자 가가린은 장난스러운 표정으로 나를 올려다보았다. "레오니드 미하일로비치, 그럼요, 즐겁고말고요. 이 거지 같은 세상도 이제는 모두 끝이니까요. 그거 아십니까?" 나는 유리 가가린의 눈을 자세히 보았다. 동공의 크기는 정상이지만 확실히 눈빛엔 묘한 광기가 어려 있다. 하지만 그의 기분을 상하지 않게 하기 위하여 나 역시 짐짓 즐겁게 대답한다. "이 거지 같은 세상이 모두 끝이라니요? 흠, 기발한 생각이긴 하지만, 위험한 발상임에 틀림없군요. 어쨌든, 당신이 즐거워 보이니 나도 안심입니다." "이봐요, 레오니드 미하일로비치, 당신은 당신이 정말로 당신 자신이라고 믿어요? 당신 자신이라는 것을 믿고 있소? 그러니까 내 말은, 당신이 정말 살아 있다고 믿느냐, 이겁니다." 순간 나는 깜짝 놀라 주위를 둘러봤다. 다행히 그의 말을 들은 사람은 아무도 없었다. 나는 목소리를 낮춰 가가린에게 말했다. "나는 당연히 내가 살아 있다는 것을 확신합니다. 당신 역시 살아 숨 쉬고 있고, 따라서 우리는 이렇게 마주보며 서로 대화하고 있지요. 그러니 말조심하십시오. 유리 알렉세예비치. 그런 관념적이고 형이상학적인 발언은 삼가는 게 좋을 겁니다."

그러자 유리 가가린은 갑자기 큰 소리로 웃어대기 시작했다. 그는 웃음을 멈추지 않았다. 나중엔 배를 잡고 엎드려 책상을 주먹으로 쾅쾅 치기까지 하는 것이었다. 한참 만에 웃음을 그친 그가 진지한 표정으로 나를 똑바로 쳐다봤다. "미안합니다. 레오니드 미하일로비치. 내 말에 신경 쓰지 말아요. 그냥 모든 걸 끝내버리고 싶은 순간이 있지 않습니까? 그래서 해본 말이었어요. 우리의 대화는 기록에서 빼주면 좋겠습니다, 아무래도 문제의 여지가 있으니까요." 그는 다시 원래의 얼굴, 우울하고 불안한 눈초리로 돌아가 있었다. 나는 펜을 잉크병에 꽂으며 대답했다. "걱정 마십시오. 이런 대화를 기록하는 것은, 나에게도 별로 좋지 않은 일이라 여겨지니까요."

1962년 6월 5일

아침 이른 시간, 시베리아에서 온 샤먼의 면담 요청이 기다리고 있다. 퉁구스족의 사제라는 그 남자는 언제나 늑대 가죽을 뒤집어쓰고 있다. 자기 부족의 수호신이라나. 어쨌든, 그는 기분 나쁜 인간이다. 몽고인종 특유의 길고 어두운 눈으로 나를 쏘아볼 때면, 그가 마치 내 영혼의 깊숙한 곳이라도 들여다보는 게 아닌가 싶어 섬뜩해지기 때문이다. 흐루쇼프의 소수민족 정책 덕분에, 한때는 거의 사라졌던 저 남자와 같은 존재들이 세상을 다시 돌아다니고 있다. 물론 그가 샤먼들이 지녔다고 주장하는 어떤 힘, 그러니까 우리들 무의식의 깊고 어두운 이면을 들여다보는 능력 같은 걸 지니고 있을 린 없다. 그는 영적인 힘을 지녔다고 인민을 선동하는 사기꾼에 불과하다.

"이 일을 그만두고 싶습니다, 레오니드 미하일로비치." 샤먼이 내게 처음 꺼낸 말이었다. 나는 좀 놀라서 물었다. "이유를 물어도 되겠소?" 그러자 샤먼은 공허한 표정으로 주위를 둘러보더니 소리를 낮춰 말했다. "어차피 당신들은 개의 정령에게 제물을 바칠 용의 같은 건 없지 않습니까?"

그 말을 듣자 나는 화가 났다. 유리 가가린의 꿈의 지도를 만드는 작업은 제대로 진행되지 않고 있다. 그의 꿈은 군데군데 비어 있고 섬망증 환자의 헛소리처럼 두서라곤 없다. 그런 가가린의 꿈을 바탕으로 만들어지고 있는 지도는 마치 대항해 시대 이전에 그려진 세계지도처럼 허황됐다. 게다가 각각의 지도의 조각을 만들어 가는 사람들은 자신들이 무엇을 하는지조차 이해하지 못하고 있다. 그들이 해야 할 일은 꿈을 자의적으로 해석하여 하나의 새로운 풍경화를 그리는 것이 아니다. 그들은 가가린의 꿈을 객관적으로 읽어낸 후 그 정확한 꿈의 지형을 2차원의 평면으로 묘사해야 하는 것이다. 나는 저녁 회의 때마다 이 점을 수시로 강조하지만, 결국 다음 날 그들이 제출하는 것은 자신들의 주관과 무의식이 잔뜩 투사된 한 장의 초현실적인 풍경화일 뿐이었다. 나는 그때마다 그들의 기묘한 풍경화를 들고 다시 지도를 그려야만 했다. 그렇게 지도는 힘겹게 완성되어 가고 있었다. 그런데 그만두겠다니?

나는 이 정체를 알 수 없는, 구릿빛 얼굴을 한 샤먼에게 짜증 섞인 목소리로 말했다. "당신은 지금 매우 불온한 것을 요구하고 있는 거요. 개의 정령에게 제물을 바친다는 것이 말이 된다고 생각하시오?" "그럴 줄 알았습니다. 하지만 개의 정령에게 제물을 바치지 않는다면, 나 역시 더 이상 이 연구에 참여할 수 없습니다." "개의 정령? 이봐요, 우리는 그 발언 하나만으로도 당신을 사상 검증 위원회에 출두시킬 수 있다는 걸 알아두시오."

시베리아의 샤먼은 말없이 창밖을 보고 있다가 천천히 입을 열었다. "당신은 폴리네시아의 어느 부족의 신화를 알고 있습니까? 그들은 이 우주가 한 마리 거대한 거북의 등 위에 만들어져 있다고 믿지요. 그 부족에게 한 과학자가 웃으며 이렇게 질문했어요. 그렇다면 그 거북은 도대체 어디에 서 있는 걸까요? 그러자 부족장은 말했다더군요. 그 거북은 또 다른 거대한 거북의 등 위에 서 있습니다. 그리고 그 거북은 또 한 마리의 거대한 거북의 등 위에 서 있는 거구요. 그렇게 거북들은 한없이 많은 다른 거북들의 등 위에 서 있습니다. 거기엔 시작도 없고 끝도 없습니다. 오직 거북들의 무한한 연속만이 존재할 뿐이지요. 이게 그 과학자의 질문에 대한 부족장의 대답이었고, 바로 내가 당신에게 하고 싶던 말이기도 합니다." 샤먼은 의자에서 일어섰다. "그럼, 이제 나는 이 일에서 손을 떼겠습니다. 시간이 얼마 없으니까요. 아니, 잠깐. 오히려 시간은 영원히 남아돈다고 보는 게 더 옳을지도 모르지만요. 어쨌든, 상부에 대한 보고는 당신이 알아서 해주길 바랍니다, 레오니드 미하일로비치." 그는 이런 말을 남기고 조용히 짐을 꾸려 자신의 고향인 시베리아로 떠났다. 그가 무엇을 알고 있는지, 대체 시간이 없다는 말은 무엇인지, 나는 알고 싶지도 않다.

어쨌든, 샤먼은 그렇게 떠났다. 나는 그가 남긴 마지막 발언 역시 공식 기록에서 삭제하기로 했다. 지금 연방 우주국엔 극도의 초조와 불안이 감돌고 있으며 그 어떤 작은 문제도 뇌관처럼 불안하기만 하다. 그들은 모두 유리 가가린의 꿈의 지도가 최대한 빠른 시일 내에 완성되기만을 기다리고 있다. 미합중국 최초의 유인 우주선 발사가 얼마 남지 않았다는 첩보가 입수된 탓이다.

1962년 6월 10일

피곤하다. 거울을 보니 눈이 빨갛게 충혈된 한 남자가 서 있다. 저게 정말 나란 말인가?

빌어먹을 유리 가가린의 꿈의 지도는 그저께 드디어 완성되었다. 그러나 난 지금 내가 손에 들고 있는 것이 무엇인지 도무지 알 수 없다. 우리의 연구는 기이한 난관에 부딪혔다.

가가린의 지도는 비록 울퉁불퉁하지만, 그래도 극점과 위도, 경도가 표시되어 있으며, 방위도 알 수 있다. 그러나 그 위에 가가린이 우주에서 꾼 꿈을 대입하는 순간, 지도는 물거품처럼 사라져 버리고 마는 것이다. 우주선에서 그가 잠들어 있던 동안 측정된 뇌파를 우리는 정확하게 지도 위에 표시했다. 한 치의 오차도 허용하지 않기 위해 100번도 넘게 지도 위에 나침반을 두고 방위를 측정했으며 위도와 경도를 살피고 또 살폈다. 그렇게 측정된 그의 뇌파가 가리키는 지점은 꿈의 지형 중에서도 드넓은 바다에 해당하는 곳이었다. 그런데, 마리아나해구와도 같은 깊고 어두운 심연이 입을 벌리고 있는 그곳에서, 지도는 언제나 2차원의 평면을 허물어뜨리며 안쪽으로 서서히 함몰하고 만다. 물리적으로 도저히 불가능한 일이 발생하는 것이다. 거기서 꿈은 모호하고 흐릿해졌으며 지형은 사라지고 그 경계는 둥근 원을 그리며 소용돌이치다가 천천히 심연의 한가운데로 가라앉았다. 마치 블랙홀처럼 지도는 유리 가가린의 꿈을 빨아들였고 결코 자신의 온전한 모습을 드러내지 않았다.

우리는 지도의 수축과 함몰을 막아보려고 노력했으나, 일단 함몰이 시작되면 그것은 누구도 막을 수 없는 일이었고, 그렇게 한 장의 지도는 순식간에 사라져 버리고 마는 것이었다. 그는 모든 것을 다 알고 있었다는 듯 묘한 표정을 지을 뿐 아무 말도 하지 않았다. 오히려 만족스러워 보이기까지 했는데, 그런 식으로 지도가 완전히 사라지면 가가린은 조용히 문을 닫고 나가버렸다.

현재 우리는 지도의 기이한 소멸 현상에 대하여 연방 이론 물리학 연구소에 질의를 보낸 상태이며, 그 답변을 기다리고 있다. 그리고 나는 여전히 가가린의 꿈의 지도를 들여다본다. 창밖엔 침엽수림이 어둡고 짙은 청록색 그림자를 드리우고 있다. 문득 지구가 엄청나게 빠른 속도로 자전하고 있다는 것을 떠올리며 나는 심한 현기증을 느낀다.

1962년 6월 15일

지난밤, 모든 기록들을 다시 살피다가, 나는 우리가 그간 아주 중요한 무언가를 빠뜨려 왔다는 것을 알았다. 원래 나의 연구는 3차원 공간구조를 바탕으로 설계된 것이다. 그러나 유리 가가린이 우주에서 꾼 꿈은 4차원의 시공간으로 확장

된다. 그가 빠르게 지구를 한 바퀴 도는 동안 시간의 흐름은 분명 이곳과 달랐을 테니 말이다. 그걸 깨달은 나는, 책상 앞에 앉아 미친 듯이 새로운 방정식을 전개해 나갔다. 새벽이 올 즈음 드디어 가가린의 꿈의 지도가 둥근 구의 형태로 서서히 떠오르기 시작했다. "아아!" 나는 감탄했다. 새로 만들어진 지도는 정말로 지구를 닮았다. 아니 더 정확히 말하자면, 그건 지구 그 자체였다. 한 가지 다른 점이 있다면 이 신비로운 4차원 지도에서 지구는 하나가 아니다. 그건 마치 마트료시카 인형처럼 자기 안에 무한히 많은 또 다른 지구를 내포한 형태로 나타난다.

더 이상의 연구가 불필요하다는 것을 알게 된 건, 그 순간이었다.

나는 그 자리에 털썩 주저앉았다.

그때 누군가가 밖에서 문을 두드린다.

유리 가가린이 통상적인 아침 면담을 위해 방문한 것이다. 그러나 그는 문 앞에서 멈칫한다. 홀로그램으로 떠 있는 지구의 영상 앞에서 허둥대는 나를 보며, 그는 가만히 서 있다. "축하합니다, 레오니드 미하일로비치. 이젠 당신도 알고 말았군요." 한참 뒤에 유리 가가린은 이렇게 말하더니 조용히 문을 닫고 나가버린다. 나는 있는 힘껏 책상을 내리친다.

미국립문서보관소의 정보공개법에 따라 비밀이 해제된 자료들에 따르면, 현재 레오니드 몰로디노프의 수기는 여기까지만 남아 있다. 그가 유리 가가린을 상대로 행했던 꿈에 관한 연구는 중단되었다. 소비에트연방 우주국은 "꿈에 대한 연구가 과도하게 형이상학적인 방향으로 흘러갔다"는 이유로 실험의 중단을 발표했고, 책임 연구자였던 레오니드 몰로디노프를 스몰렌스크 근교의 삼림연구소 소장으로 임명했지만, 이는 누구나 알다시피 일종의 유배와도 같은 것이었다. 그 이후 일어난 유리 가가린의 수수께끼에 찬 죽음은, 이 기이한 실험에 신비롭고 미스터리한 아우라를 부여하는 데 일조했다. 유리 가가린은 말 그대로 소멸했다. 마치 그 자신이 꿨던 꿈의 지도처럼 말이다. 실험이 중단된 뒤 대령으로 진급한 가가린은 본업인 공군 조종사의 길로 돌아갔다. 그는 당시 새로 개발된 전투기인 미그기의 교관으로 활약했던 것으로 보인다. 그리고 1968년 3월 27일, 모스크바 상공에서 217킬로미터 떨어진 하늘 한복판에서 엄청난 굉음이 터져 나왔다. 그와 동시에 파편들이 별 모양으로 우수수 떨어져 내렸는데, 그때 유리 가가린도 자잘한 불꽃이 되어 지상으로 하락했다. 그가 조종하던 미그기는 공중에서 원인을 알 수 없는 사고로 폭발했고, 무슨 이유에선지 가가린은 비상탈출 장치를 작동시키지 않았다.

레오니드 몰로디노프 역시 스몰렌스크 오지의 삼림 연구소에서 자취를 감췄다. 처음에 그는 그야말로 열렬히 시베리아 삼림의 조성 비율에 관한 연구에 몰두했다. 약 2년간 소장으로 재직하며 남긴 통계자료는 그런 그의 꼼꼼한 성격을 잘 보여주고 있다. 그 자료에 따르면, 그곳 삼림의 78퍼센트는 침엽수림으로 이루어져 있으며 나머지 22퍼센트 정도가 자작나무 군락지로 덮여 있다는 것이다. 그간 광대한 넓이 때문에 숲의 조성 비율 조사는 꽤 오랫동안 지지부진한 상태였는데, 몰로디노프는 특유의 끈기와 성실함을 십분 발휘하여 작업을 진두지휘했고, 마침내 거의 완벽에 가까운 통계자료를 만들어 냈으며 그것은 아직까지도 러시아 삼림연구소의 중요한 학술자료로 남아 있다. 지금도, 스몰렌스크 삼림연구소 인근에서 어린 시절을 보낸 사람들 중 일부는, 아침마다 두툼한 방한복에 사슴가죽 장화를 신고 숲으로 걸어 들어가던 한 남자의 모습을 기억해 내곤 한다. 남자는 큰 키에 약간 구부정한 자세였고 언제나 한 손엔 두꺼운 식물도감을 들고 있었는데, 아침 일찍 학교에 가는 자기들에게 천천히 손을 흔들어 보이며 미소 지었다는 것이다.

그리고 어느 날 아침, 그는 여느 때와 마찬가지로 그렇게 숲으로 터벅터벅 걸어 들어갔고, 홀연히 사라졌다. 곧 돌아올 사람처럼 그의 연구실 페치카 위에선 커피 물이 끓고 있었고, 연구소에서의 하루하루를 기록해 온 일기장도 그대로 펼쳐진 채였다. 행방불명된 삼림연구소장의 수색은 일주일 만에 종결되었으며, 따라서 그에 관한 소비에트연방의 공식적인 기록은 '1965년 1월 23일 사망'이다. 어느 누구도 그렇게 추운 겨울날 깊은 숲속에서 일주일 이상 살아남을 수 없을 거라 여겼기 때문이다.

●●●●●●

따라서 만약 21세기 초반에 제기된 물리학자 앨런 디멘트의 기이한 주장이 아니었다면 레오니드 몰로디노프와 그가 행했던 유리 가가린의 꿈에 대한 연구는 조용히 역사 속으로 묻혀버리고 말았을 것이다. 왜냐하면 인류의 역사란 실로 거대하기 그지없는 흐름이었기에 어느 날 갑자기 죽어버린 우주비행사의 꿈 따위에 주목할 여력 따위는 남아 있지 않을 것이기 때문이다. 그러나 우리

의 우주가 사실은 어느 머나먼 경계의 표면에 실재實在하
는 정보들의 3차원적 투영에 불과하다는 홀로그램 우주
론을 펼쳐온 이론물리학자 앨런 디멘트는, 2025년 12월
31일 정오, 역사에 길이 남을 강연을 했고 그러자 곧바
로 온 세상이 술렁이기 시작했다. 누구라도 그의 강연을
단 한 번이라도 듣는다면 그 괴이한 이론에 사로잡히지
않을 수 없었고, 결국 자신의 생과 우주의 존재에 대하
여 다시 생각한 끝에 이유를 알 수 없는 불안에 빠져들
었다. 과학 사이트인 〈엣지〉에 업로드 된 뒤, 지금까지도
고스란히 남아서 정보의 바다를 떠돌고 있는 그 유명한
강연의 제목은 다음과 같다. 〈지구는 유리 가가린의 꿈
에 불과하다.〉

거의 2시간에 달하는 긴 분량을 일반인들이 보기 쉽도
록 간략하게 편집한 요약 버전은 유튜브에도 올려졌다.
이론물리학 강의라는 특수성과 전문성에도 불구하고 삽
시간에 조회수 1위를 기록하는 이변을 일으킨 그 동영상
에서, 하얀 턱수염을 기르고 사람 좋아 뵈는 미소를 짓
고 있는 앨런 디멘트는 이렇게 말한다. "꿈의 지도가 함
몰한 것은 유리 가가린의 의식의 소멸과 연관됩니다. 우
리는 그것을 일종의 양자이론으로 설명할 수 있지요. 알
기 쉽도록, 하늘로 던져진 공을 예로 들어볼까요? (그러

면서 그는 실제로 손에 쥐고 있던 공을 청중에게 던진다. 장난
스럽게 웃으며 던진 그 공을, 한 남자가 받는 장면이 슬쩍 지
나간다.) 자, 보세요. 난 저 남자에게 공을 던지고 그러면
그건 아름다운 포물선을 그리며 날아서 그의 손으로 떨
어집니다. 하지만 사실 공이 그리는 궤적의 수는 무한합
니다. 그래요, 어쩌면 저 공은 우주의 끝까지 날아갔다가
되돌아올 수도 있으니까요. 하지만 우리가 공의 운동을
관찰하는 순간, 공의 궤적은 하나로 고정되고 가능했던
모든 경로는 다른 확률의 세계로 사라지고 마는 겁니다.
레오니드 몰로디노프가 만든 꿈의 지도 역시 마찬가지
입니다. 지도 자체는 아마도 가가린이 꿈꾸었을지도 모
를 수많은 가능성들의 총합이겠지요. 그러나 우주에서의
꿈을 어떤 한 점에 고정시키는 순간, 그것은 언제나 완벽
하게 사라져 버리곤 했습니다. 즉 그 지점에서 가가린의
의식은 소멸되고 말았던 거지요. 그건… 그의 세계가 붕
괴되었음을 의미하며, 따라서 지도가 함몰하는 그 순간
은 바로 가가린의 의식 속에서 세계가 소멸되는 시점이
었던 것입니다."

동영상 속에서 그는 잠시 말을 멈추고 좌중을 둘러본
다. 잠시 후 누군가가 손을 들고 질문한다. "가가린의 의
식 속에서 세계가 소멸된다? 그건 무엇을 뜻하죠?" 앨

런 디멘트 박사는 자기 앞에 놓인 잔을 들고 물을 한 모금 마신 후 다시 말을 이어간다. "그건 지구의 붕괴를 의미합니다. 그는 우주에서 끔찍한 광경을 보았던 겁니다. 바로 자신의 세계이자 우주 전체인 지구가 소멸하는 모습을 말입니다. 기지로 귀환한 뒤 꾼 꿈에서 매일 나타나던 그 장면, 눈부신 섬광의 불기둥. 그건 바로 지구가 폭발하여 반으로 쪼개지는 영상이었던 겁니다." 이제는 아무도 질문하지 않는다. 거기에 흐르는 것은 묵시록적인 고요였다. 어찌나 조용한지 누군가가 꿀꺽, 침 삼키는 소리가 들릴 정도다. 디멘트는 주머니에서 손수건을 꺼내이마를 닦고 이야기를 계속한다. "하지만 정말 중요한건 이겁니다. 즉, 그는 귀환하지 않았다는 것. 돌아올 지구 같은 건 이제 존재하지 않으니까요. 깊은 잠에 빠진채 그는 텅 빈 우주를 떠돌고 있습니다. 지금 이 순간에도 말입니다. 그러면서 이 지구를, 당신들과 나, 세상 모든 것을 꿈꾸고 있는 겁니다. 아마도 그의 꿈은, 누군가가 깨우지만 않는다면 언제까지나 계속되겠지요. 만약 그렇게만 된다면 우리들, 이 세상, 우주, 인류 같은 것들도 한없이 이 삶을 이어나갈 수 있을 테고요. 그리고 그런 영속을 위해 소련의 이론물리학 센터는 유리 가가린을 영원한 잠으로 인도해야만 했던 거고 말입니다. 그게 바로 몰로디노프의 꿈 연구가 중단된 이유이며, 그가 마지막에 깨달은 것이고, 유리 가가린이 공중에서 산화한 뒤 박물관에서 밀랍인형처럼 누워 있게 된 이유인 것이지요. 또한 나사가 더 이상 '꿈 레코더'에 관한 연구를 지원하지 않겠다고 공식적으로 선언한 이유이기도 하고요. 그렇습니다. 만약 꿈을 기록하여 하나의 영상으로 고정하게 된다면, 우주를 떠받치기 위해 무한히 계속되는 거북들의 탑과 같은 우리 존재도 하나씩 사라지게 되리라는 걸, 나사는 뒤늦게 깨달은 겁니다. 나는 당신이 꾸는 꿈이고 당신들은 또 내가 꾸는 꿈이며 우리는 그렇게 무한히 뒤엉켜 서로를 꿈꾸며 영원히 깨어나지 말아야 하는 존재들이니까요. 만약 꿈 레코더가 상용화된다면, 우리들 각자는 하나의 꿈으로 고정되고 다른 모든 가능성들은 소멸할 겁니다. 마치 핵융합이 일어나듯 그렇게 연쇄적으로 일어날 소멸은 결국 무無에 다다라서야 종결되겠지요. 하지만 그런 건 생각하고 싶지도 않은 결말 아닌가요? 비록 누군가의 꿈일지라도, 우리는 반드시 존재해야만 하는 겁니다. 적어도 난 그렇게 믿고 있어요." 사실 어쩌면 이것은 그저 절묘하게 편집된 하나의 허구에 불과할 수도 있다. 그러나 그 진위 여부가 어떻든 간에, 화면 속 남자의 표정과 제스처, 목소리엔 어떤 절실함 같은 것이 엿보인다. 그리고 사람들은 그의 말을 믿었다. 아니 어쩌면 믿고 싶어 했던 걸지도 모른다. 왜냐하면 이 지구가 정말로 유리 가가린이 꾸고 있는 꿈에 불과하다면, 어디엔가 진짜 자기 자신, 실재하는 존재들이 엮어가는 더 아름답고 생기 넘치는 삶이 있을 거라고 상상할 수 있었기 때문이다. 혹은 그 정반대일지도 모르지만 말이다.

동영상의 마지막 부분에선 한참 동안의 침묵이 흐른 후에, 앨런 디멘트의 동료이자 작가인 테드 김이 긴 앞머리를 쓸어 넘기며 질문한다. 평소엔 장난기 어린 농담을 자주 던지기로 유명한 테드지만, 영상 속에서 그의 표정은 어둡고 엄숙하다.

"그렇다면, 지구는, 그리고 현재의 우리들은 어디로 간 겁니까? 모두 어디로 사라졌다는 말인지요?"

앨런은 그의 질문에 쓸쓸하게 웃는다. 그가 보여주는 자료 화면은 현란하기 그지없다. "1961년, 양 진영의 냉전이 극에 달했었다는 건 누구나 알고 있는 사실입니다." 그가 펼쳐 보여주는 그래프는 당시 존재했던 핵무기의 수를 한눈에 알기 쉽게 보여준다. 지구를 수백 번 날려버리고도 남을 엄청난 양이다. "그렇다면 이 핵무기들이 그때 어떤 식으로 제어되고 있었는지도 잘 아시리라 믿습니다. 그건 인간 본성에 대한 실험이자 하나의 도전이었죠. 그러니까 우리가 지구 전체를 날려버릴 수도 있는 무기들을 다루었던 방식 말입니다." 앨런 디멘트는 잠시 말을 멈추고 강연장 밖으로 보이는 하늘을 본다. 그게 아직도 거기 있다는 사실이 무척이나 신기하다는 눈빛이다.

"우린 일종의 게임에 빠져 있었던 겁니다. 그 게임에 굳이 이름을 붙인다면, '둠스데이 머신 이론'이라고 할 수 있겠지요. 말 그대로, 게임은 종말에 관한 하나의 도박이었습니다. 그때 인간들의 잘못이 있다면 아마도 단하나, 자신의 이성을 과대평가했던 것뿐이겠지요. 인간은 자기네가 진보하고 있다고 믿었듯, 내면의 파괴적 본능 또한 억제할 수 있을 거라 착각했던 것 같습니다. 그러나 인간을 여기까지 이끌어 온 충동은 오직 에로스와 타나토스 둘뿐이었고, 그 둘은 위태로운 평형을 유지하고 있었을 뿐, 거기에 단 한 가닥의 자극만 가해져도 균형은 무너지고 마는 것이지요. 아마 처음에 둠스데이 머신의 버튼을 누르며, 양쪽 그 어느 누구도 자신들이 영원한 파멸을 향해 나아간다고 상상하진 않았을 겁니다. 그러나 결과는 바로 이겁니다. 오래전 사라진 지구와 가가린의 꿈속에서만 존재하는 우리들. 누군가는 말할지도 모릅니다. 만약 우리가 어떤 이의 꿈에 불과하다면, 거기 무슨 의미가 있냐고 말입니다. 그러나 존재하는 모든 것은, 그것만으로도 충분히 계속하여 삶을 영위해 나갈 이유를 내포합니다. 꿈이든, 생시든, 무언가가 존재할 확률은 언제나 제로에 가깝고, 우린 그 엄청나게 작은 확률을 딛고 여기 이렇게 서 있으니까요. 그러니 아직은 희망이 있습니다. 이런 상황에 그런 이름을 붙여도 된다면 말입니다." 그가 말한 희망이 무엇인지 알기 위해 청중은 귀를 기울인다. 누군가는 흡, 하고 숨을 들이켜기까지 한다. 그때 앨런 디멘트가 오른손 검지를 흔들며 장난기 있는 얼굴로 속삭인다. "그러니 여러분, 잠든 유리가가린을 깨우지 마십시오. 그가 푹 자게 내버려 둡시다. 어쨌든, 그가 꿈을 꾸는 이상 우린 어떻게든 해나갈 수 있을 테니까요." 그리고 영상은 중심을 향해 서서히 어두워진다. 마치 안으로 함몰하는 꿈의 지도처럼.

악몽

"

월둔엔 안개가 많았다.

"

악몽《에피》2019

가파른 언덕을 다 올랐을 때쯤 농가 주택이 보였다.

부서져 가는 낡은 대문을 손으로 밀자, 문은 끼익 소리를 내며 천천히 열렸다. 마당엔 잡초가 가득했다. 사람 키만큼 자란 명아주가 무성했고 처마 밑엔 거미줄이 여기저기 드리워져 있었다.

남자는 잠깐 한숨을 내쉬었지만 곧 쾌활하게 외쳤다.

"앞으로 손볼 곳은 많겠지만, 그래도 멋지지? 이런 집을 공짜로 얻다니 말이야."

까악까악. 그때 갑자기 마당 한켠 대추나무에서 세 마리의 검고 큰 새가 날아오르자, 아내는 깜짝 놀라며 그의 팔을 잡았다. 새들은 날아올라서도 마당을 떠나지 않고 음산한 울음소릴 내며 공중을 선회했다.

"겁내지 마. 겨우 까치일 뿐인걸."

아내의 팔을 붙들며 남자가 중얼거렸다. 하지만 확신이 서지 않아 그는 오래도록 하늘을 올려다봤다. 까치와 까마귀는 어떻게 구분하는 걸까. 어느 책에선가 까치와 까마귀를 비교하는 그림을 본 적은 있었다. 배와 날개 끝부분에 하얀 깃털이 있는 게 까치였던가. 만약 저 새가 까마귀라면, 지금이라도 서둘러 읍내에 가야 할지도 모른다. 거기서 소금을 한 무더기 사 와서는 마당 여기저기에 뿌려야 하는 것이다. 어린 시절 그의 어머니는 까마귀를 극도로 두려워했다. 아침에 집 앞에 까마귀가 나타나면 어머니는 소금을 뿌리고 액운을 쫓아준다는 주문을 외웠다. 그러고도 안심하지 못해서 학교에 가는 남자를 붙들고 몇 번이나 신신당부를 했던 것이다. 얘야, 오늘은 특별히 조심해야 한다. 알겠니? 불운이란 그런 거야. 아무도 모르는 새에 스르르 다가와 모든 걸 집어삼키는 법이지. 남자는 그런 어머니가 싫었다. 어머니가 가진 삶의 이론에 따르면, 이 세계 곳곳엔 불행과 고통으로 빠져드는, 눈에 보이진 않는 갈라진 틈이 있고, 인간은 아무리 노력을 해도 그곳을 피할 수 없었다. 그건 기분 나쁜 세계관이잖아. 남자는 수시로 속으로 중얼거렸지만, 어느 날 정신을 차려보니 그 자신이 어머니의 흉내를 내고 있었다. 그는 불운을 향해 열린 보이지 않는 통로의 표식을 찾으려 노력했고 소금이라든가 말도 안 되는 주문 같은 것에 기대며 그 갈라진 틈을 밟지 않으려 발버둥 쳤다. 물론 결국 그 모든 시도는 성공하지 못했다. 적어도 지금까지는 말이다. 하지만 산길을 30분이나 올라 도착한 이 집에서 드디어 그는 모든 일이 잘 풀리리라는 확신을 가지게 되었다. 그렇게 그 오래된 농가 주택은 단번에 그의 마음을 사로잡았던 것이다.

마당 위 공중에선 여전히 검은 새들이 공중을 빙빙 돌고 있었다. 뭘 먹었는지 피둥피둥 살이 쪄 있고 작고 까만 눈은 멀리서도 알아볼 수 있을 만큼 반짝였다. 활짝 펼친 날개 끝은 갈퀴처럼 허공을 움켜쥐고 있었다.

"까치라니 다행이네. 앞으론 좋은 일만 생기려나 봐."

그제야 안심한 듯 아내가 팔을 놓더니 조심스럽게 마당으로 들어섰다.

그러나 월둔엔 안개가 많았다. 다른 건 다 좋은데, 여하간 아침부터 밤까지 산과 집, 마당, 나무, 하늘을 가득 채우고 있는 안개가 문제였다. 아무리 눈을 가늘게 뜨고 내려다봐도 산 아래 있다는 마을은 보이지도 않았다. 안개가 그 모든 걸 뒤덮어 버렸던 것이다. 밤에 자려고 누우면 남자는 허파 어딘가에 깊은 우물이 있는 게 아닌가 하는 생각에 사로잡혔다. 온종일 들이마신 차고 습한 안개가 내부에 가득 고여 있는 느낌이었다. 잠이 오지 않는 밤 옆으로 돌아누울 때마다 우물은 출렁, 소릴 내며 방향을 바꿨다. 그러다 바로 누우면 우물도 제자릴 찾아 덩그러니 고이는 것이었다.

검은 새들도 마당을 떠나지 않았다. 어쩌면 이 집은 원래부터 저 새들의 집합소였던 걸지도 모른다. 남자는 마당 여기저길 돌아다니거나 썩어가는 대추나무 가지에 줄줄이 앉아 있는 검고 큰 새들을 볼 때마다 이런 생각을 했다.

아내는 점점 그 새들을 싫어하게 됐다.

"너무 뻔뻔하잖아. 새 같지 않고."

그녀는 새들이 사람을 겁내지 않는다고 불평했다. 하긴 그 말도 일리가 있는 게, 검은 새들은 당당하게 가슴을 펴고 걸었고 뭔가 알고 있다는 눈빛으로 그들을 쳐다봤다. 아내가 마당에 내려서면, 새들은 마지못해서 길을 비켜줬다. 그럴 때 새들의 꼬리는 약간 독특한 각도로 위로 세워져 있었고 표정 없는 눈은 평소보다 훨씬 차갑게 빛났다.

오래도록 비어 있던 집은 손볼 곳이 한두 군데가 아니었다. 업자를 불러 수리를 하면 모든 게 금방 끝나겠지만, 남자는 손수 집을 고칠 생각이었다. 자금이 빠듯하다는 이유도 있었지만, 무엇보다도 이 집만은 스스로, 언제나 꿈꿔온 모습으로 바꾸고 싶었기 때문이다. 그는 시멘트를 물에 개어 갈라진 벽을 메꿨다. 틈에 반죽을 바르고 흙손으로 고르게 펴는 과정은 즐거웠다. 뭐랄까, 수행이라도 하는 기분이랄까. 그는 아무 생각도 하지 않고 오후 내내 시멘트 바르는 일만 할 수도 있었다. 시멘트가 마르길 기다리는 동안에는 처마 밑에 휘장처럼 축축 늘어진 거미줄을 걷었다. 가늘고 희고 빛나는 거미줄은 집을 감싸주는 베일 같았다. (그 베일은, 누구의 눈에도 띄지 않도록 농가 주택을 숨겨줬고, 그들이 이 집을 찾아냈을 때 드디어 임무를 완성했다는 듯 땅으로 떨어졌다.) 아직 다 고치지 못한 부엌에서 아내가 뭔가를 만드는 동안, 그는 두 개의 작은 방에 페인트를 칠했다. 여기 오기 전부터 방을 어떤 색으로 칠할지는 이미 결정이 돼 있었다. 그건 노란색도 아니고 황금빛도 아니었다. 황토색은 더더욱 아니었지만, 그 모든 걸 뒤섞은 것처럼 마음에 꼭 드는 색이었다.

페인트칠을 마친 다음, 그들은 마루에서 국수를 먹었

다. 주로 이런 평범한 대화를 나누면서 말이다. "일을 하다 먹어서 그런지 꿀맛이네." 등등.

어느 날, 그날도 여느 때처럼 마루에서 국수를 먹고 있었는데, 마을로 난 산길에 어떤 실루엣이 보였다. 안개 때문에 흐릿했지만, 여하튼 그것은 움직이고 있었다.

"뭐지? 아니, 누구지?"

아내가 젓가락을 내려놓으며 말했다. 남자도 이상하게 긴장하여 대문 쪽을 내다보았다. 두껍고 빡빡한 안개를 뚫고 나타난 것은 세 개의 검은 그림자였다.

"내가 나가볼까?"

남자가 마루 아래로 내려섰다.

세 개의 검은 실루엣이 점점 또렷해질수록, 안개도 서서히 걷히기 시작했다. 옅어진 안개 사이로 오후의 햇살이 비쳐 들었다. 머리에 빛을 받으며 걸어오는 이들은 세 명의 노파였다. 장막이 열리듯 걷히는 안개 사이로 금빛 햇살을 받으며 다가오는 세 노파는 마치 머리에 후광을 두른 것 같았고, 남자는 그들이 동방박사처럼 보인다고 생각했다.

노파들은 대문 앞에 서서 안을 기웃거렸다. 손엔 푸성귀 같은 게 잔뜩 담긴 광주리를 들고 있었다.

"여기가 요번에 새로 이사 온 집 맞지?"

맨 앞의 노파가 말을 걸었을 때, 남자는 당황하여 고개를 숙였다.

"아, 이거 뭐라 드릴 말씀이 없네요. 먼저 찾아뵙고 인사드렸어야 하는데…"

그는 횡설수설했다. 처음 오던 날 떡이라도 돌릴걸 그랬나. 하지만 정신없이 지낸 며칠이었다. 갑자기 월둔으로 오게 된 거라, 뭐든 두서없이 진행됐잖은가. 전세 보증금을 돌려받는 일부터 온갖 것이 수월치 않았다. 주인은, 아직 만기가 되지 않았으니 돈을 내줘야 할 이유가 없다고 주장했다. 알아서 부동산에 내놓고 나가든가 말든가 하라며 더 이상 연락도 받지 않았다. '그러고 보면 운이 참 좋다니까.' 그는 부동산에 아파트 전세를 내놓자마자 누군가가 찾아와 계약을 원했던 걸 떠올리며 고개를 끄덕였다.

하긴 이곳에 오게 된 일 자체가 마치 기적처럼 시작된 것이긴 했다. 그 의문의 메일만 해도 그렇다. (정확히는, '의문의 메일'이라고 표현하는 게 안 어울리긴 했지만 말이다. 귀촌을 결심한 뒤로 그는 열심히 관련 정보를 찾았고 여러 사이트에 문의를 올려두었다. 그리고 그 메일은 바로 그의 그런 부지런함이 가져다준 일종의 행운이었던 것이다.) 대체 누가 그런 제안을 받으리라고 상상이나 할 수 있겠는가.

메일 제목: 무료로 들어와 살 수 있는 농가 주택을 소개합니다.

보낸 사람: 케이파머 (K Farmer)

맑은 공기 파란 하늘

조용한 전원생활을 꿈꾸는 분에게 추천합니다.

깊은 산골 오지에서 자연인처럼 살아가는 삶…

자세한 사항은 아래 안내를 참조하십시오.

안녕하세요.

먼저, 귀농과 귀촌에 관심을 가진 분들께만 발송되는 메일임을 양해 부탁드립니다.

소개해 드리고자 하는 농가 주택의 소재지는 강원도 평창군 월둔 마을입니다.

월둔 마을은 평창 읍내에서 약 1시간 반 정도 2차선 국도를 달려야만 닿을 수 있는 오지 중의 오지입니다. 마을 입구 도로가 끝나는 지점에서 콘크리트 농로를 따라 약 2킬로미터 정도 산과 계곡 사이에 난 길을 걸어 들어오면, 햇볕이 잘 드는 언덕 위에 지금은 비어 있는 농가 주택을 마주할 수 있지요.

그 집 마당에 서서 앞을 내다보면, 남향과 서향으로는 작은 하천이 흐르는 목가적인 풍경이 보이고 북쪽으론 소나무와 잡목이 우거진 숲이 있어 절로 평온한 기분을 느낄 수 있습니다. 동쪽 언덕 아래로는 민가 몇 채가 흩어져 있기에 조용한 가운데서도 고립감 없는 아늑한 시골 생활을 누릴 수 있을 것입니다.

농가 주위에는 작은 텃밭이 있으니 마음에 드는 유실수를 재배하거나 푸성귀, 약초 등을 가꾸기 적합합니다.

주택의 소유자는 현재 외국에 거주하고 있으며, 빈집에 살면서 주택과 주변 텃밭을 관리해 줄 사람을 구하고 있습니다. 따라서 임차료 등 일체의 비용 부담이 없다는 점을 알려드리며, 만약 이곳에 입주할 의향이 있다면 본 메일에 최대한 빠르게 답해주십시오.

귀농 귀촌 컨설턴트 케이파머 드림

처음 메일을 읽었을 때, 남자는 계시 같은 걸 느꼈다. 월든이라니. 그런 마을이 세상에 실재한다니. 20대 시절, 그는 매일 밤 베개 옆에 헨리 데이비드 소로의 『월든』을 놓아둔 채 잠들곤 했다. '월든'이란 이름은 그에겐 평화, 안정, 구원의 길로 향하는 열쇠와도 같았다. 메일을 받은 뒤 남자는 거의 망설이지도 않았다. 아내와 상의도 하기 전에 그 집에 들어가 살겠다는 답장을 보냈고, 들뜬 마음으로 귀촌 이후를 구상하고 계획했다. 그러니까 그는, 단지 '월둔'이 '월든'과 발음이 비슷하다는 이유만으로 그 모든 결정을 내렸던 것이다.

당연히 아내는 반대했다. 사방을 둘러봐도 산과 나무, 하늘만 보이는 곳에선 살 수 없다는 게 그녀의 의견이었다. 하지만 월둔에 가면 다시 그림을 그릴 수 있다는 그의 설득에 마음을 바꿨다.

"작업실을 만들자고. 난 글을 쓰고(사실 그는 자기가 왜 글을 쓰고 싶어 하는지도 몰랐다. 그냥 월둔으로 가겠다는 결심을 한 뒤 퍼뜩 떠오른 생각이었는데, 그 순간부턴 어릴 적 꿈이 글쓰기였던 게 아닌가, 하는 상상을 할 정도가 되었기 때문이다) 당신은 그림을 그리는 거야. 어때?"

그리하여 그들은 월둔으로 왔다. 그 모든 일이 단 며칠 사이에 일어났기에, 마을 어른들을 찾아다니며 인사를 해야 한다는 생각 자체가 머리에 떠오르질 않았다.

그는 문 앞에 서 있는 세 노파를 보며 초조한 기분에 휩싸였다. 뭔가 큰 실수를 저지른 것 같았다. 이곳으로 오기 전 그들은 〈아름다운 귀촌〉이라는 TV 프로그램을 모두 다운받아 보았다. 시골에 대해 미리 공부하는 기분으로 진지하게 시청했고 때론 메모지에 여러 가지 중요한 사항을 적기도 했다. 매회 다른 사연을 가진 사람들이 농촌, 어촌, 산촌에 내려와 사는 모습을 묘사하면서도, 그 프로그램이 가장 강조하는 것은 단 한 가지였다. 시골 생활에서 마을 주민들과 원만한 관계를 유지하는 것이야말로 기본 중의 기본이라는 사실 말이다. 그걸 보고 또 보면서 그렇게나 머릿속에 외워두려 노력했는데, 결국 이런 실수를 저지르고 말다니.

하지만 그의 걱정과는 달리 세 노파는 따뜻하게 웃었다. 솔직히 따뜻한지 아닌지는 알 수 없었지만(그때 그가 깨달은 것은, 시골에 사는 노인들의 표정이 거의 똑같다는 사실이었다. 그들은 웃고 있는 듯 울고 있는 듯 혹은 화가 나 있거나 슬퍼하는 듯, 어떻게 해석해도 다 받아들일 수 있는, 그런 단 하나의 표정을 가지고 있었다) 여하튼 그렇게 느껴졌다. 세 노파는 선물이라며 광주리를 내밀었다.

"인사는 무슨. 늙은 우리가 먼저 찾아오는 게 옳지."

남자는 망설이다가 그들에게 마루로 올라올 것을 권했다. 아내는 부엌에서 차를 끓여 내왔다. 그런 다음 모두가 둥글게 둘러앉아 차를 마시며 이야기를 나눴다. 생각보단 지루하지 않았고 의외로 말도 통하는 느낌이었다. 그런데 아마도 그때부터였을 것이다. 세 명의 노파가 수시로 집을 드나들게 된 것은.

그들은 언제나 안개 속에서 나타났다. 소리도 없이, 조용히, 스르륵.

아무리 봐도 그는 그 세 사람의 얼굴을 구분할 수 없었다. 어쩌면 저 노파들은 한 사람의 영혼을 나누어 가진 세 개의 다른 육체일지도 모른다. 혹은 그 반대이거나. 여하튼 남자는 마당 밖 대문 너머에서 세 개의 검은 그림자가 나타날 때마다 기분이 안 좋아졌다. 그들은 언제나 안개 속에서 다가왔고 저녁 해가 어스름해질 때까지 마루에 머물렀다. 그러다가 약속이나 한 듯 일어서서 어둠 속으로 사라지는 것이었다.

그러나 아내는 노인들을 좋아했다. 엄마같이 푸근하다는 게 그 이유였다.

노파들은 온종일 마루에서 화투를 쳤고 아내와 함께 수제비, 국수 같은 걸 끓여 먹었다. 그럴 때 남자는 문을 닫고 방 안에 틀어박혀 있었다. 글을 써보려고 했지만 머릿속이 꽉 막혀서 아무것도 떠오르지 않았다. 커피를 더 따르려고 마루로 나가면, 세 노파가 일제히 그를 올려다봤다. 뭔가 할 말이 있는 표정으로.

그는 노파들에게 이제 그만 오라고 말하고 싶었다.

하지만 그들이 모두 돌아간 뒤 아내에게 이런 의견을

내비쳤을 때 돌아온 반응은 뜻밖이었다. 그녀는 정말로 화가 난 듯 보였고 마루에 앉아 안개 가득한 마을 쪽을 내다보며 아무 말도 하지 않았다. 그제야 남자는 자기 생각이 얼마나 짧았는지 깨달았다.

'할머니들 댁에 정식으로 인사드리러 가봐야겠어.'

갑자기 마음이 누그러진 그는 속으로 중얼거렸다.

그렇다. 아내는 외롭고 심심했던 거다. 그저 무작정 월둔으로 가겠다는 그를 따라온 거니 말이다. 메일을 보여줬을 때도 아내는 심드렁한 반응을 보였다. 그녀는 이 모든 게 사기나 장난일 거라고 비웃었고, '케이파머'라는 의문의 인물이 보내준 월둔의 지도를 보면서도 믿지를 않았다.

그러고 보니 과연 그는 그 메일을 대체 언제 받은 거였을까. 여기 내려온 지 얼마 되지도 않았는데 그 모든 일이 다 아주 오래전의 과거처럼 느껴졌다. '그래, 맞아. 내가 메일을 받고 답장을 하고, 그쪽에서 지도를 보냈고… 그다음 우린 월둔을 직접 찾아와 봤지.'

처음 월둔에 오던 날, 그들은 내비게이션에 농가 주택의 주소를 입력했다. 하지만 화면엔 그 집이 뜨지 않았다. 불안해하는 아내에게 그는 말했다.

"당연하지. 이런 오지의 작은 농막이 내비게이션에 표시될 리 없잖아. 하지만 괜찮아. 여기 지도가 있으니까."

서울에서 1시간쯤 달려 도착한 W시에서 그들은 점심을 먹었다. 그러고는 다시 국도를 달렸으며 마지막엔 구불구불한 지방도로로 들어섰다. 거기서부턴 몇 번이나 차를 세우고 지나가는 이들에게 길을 물어야 했다. 무표정한 마을 사람들은 별다른 대답도 없이 그저 손가락으로 어느 방향을 가리킬 뿐이었다. 남자는 그들이 가리킨 쪽으로 달렸지만 속으론 점점 의심이 쌓여갔다. '아내의 말대로 이게 다 장난이면 어쩌지? 월둔으로, 내 마음의 이상향으로 가려는 이 모든 시도가 물거품이 된다면?'

얼마나 달렸을까. 사위가 점점 어두워지는데도 월둔은 나타나지 않았다. 길은 한없이 뻗어 있는 것 같았고 검은 하늘과 짙은 남색을 띤 지상이 하나로 합쳐져 경계는 모두 사라져 버렸다. 만약 10분만 더 가도 마을이 나타나지 않는다면 미련 없이 차를 돌리고, 메일은 삭제해 버릴 생각이었다. 그때 아내가 외쳤다.

"저기 이정표, 보여?"

시야가 확 트이면서 논과 밭으로 둘러싸인 마을이 눈앞에 나타났다. 나무로 된 이정표엔 '월둔리'라는 글자가 새겨져 있었다.

천천히 차를 몰아 달빛이 엷게 깔린 농로로 들어서자, 그동안 마음을 짓눌러 왔던 불안감이 서서히 걷혔다. 최근 그는 매일 두통을 앓았고 툭하면 물건을 잃어버렸으며 더 자주 술을 마셨고 머리를 감싸 쥔 채 잠에서 깨어나기 일쑤였다. 타이레놀이나 박카스 없인 아침에 꼼짝도 하지 못했고 때론 길을 가다 멈춰 서는 경우도 많았다. 그때마다 아내는 왜 그러냐고 물었지만, 그는 이렇게 대답하는 대신 가만히 서 있었다.

여기가 어딘지 모르겠어.

그런데, 도대체 나는 언제부터 출근을 하지 않았던 걸까. 남자는 달력을 보고 싶어졌다. 시계, 달력, 이런 것들을 못 본 지도 꽤 한참 되었다. 시계를 찾아 두리번거리다 문득 고개를 돌리니 아내가 기대에 찬 얼굴로 창밖을 내다보고 있었다. 한참을 차창 밖으로 머리를 내밀고 있던 그녀는 갑자기 생각난 듯 중얼거렸다.

"여기, 언제 와본 적 있는 것 같지 않아?"

남자는 뭐라고 대답해야 할지 몰라 잠시 멍하니 있었다. 그러고 보니 정말 낯익은 풍경 아닌가. 이런 걸 기시감이라고 해야 하나. 그는 달빛에 휩싸인 마을을 오래도록 바라봤다. 그러고는 이렇게 대답했는데, "어디서 본 것 같지? 아마 〈아름다운 귀촌〉에서 항상 보던 풍경과 비슷해서 그런 거 아닐까?" 그러면서도 그는 자기 말이 맞는 건지 알 수 없었다.

농가 주택은 농로가 끝나는 지점에서도 한참을 걸어 올라간 산자락에 있었다.

집은, 마치 그들이 오기를 오래전부터 기다려 왔던 양 묵묵히 서 있었다. 사방에선 아무 소리도 들리지 않아, 그들은 숨조차 죽여야 했다. 마침내 남자가 낮은 목소리로 물었다.

"마음에 들어?"

아내는 고개를 끄덕였다.

월둔에서, 그는 더 이상 두통을 앓지 않게 되었다. 약을 사러 약국에 갈 일도 없어졌고 박카스 따위를 마시지 않아도 아침 햇빛에 저절로 눈이 떠졌다. 온종일 아무와도 말을 하지 않고 시간을 보낼 수도 있었고, 밤이 어두워질 때까지 조용히 글쓰기에만 집중할 수도 있었다. 뭘쓰는 건지는 자신도 잘 몰랐지만 언젠가는 알게 되리라 믿었다. 틈틈이 마당에 나가 안개 낀 마을을 바라봤고 깊이 숨을 들이마셨으며 텃밭에 심어둔 상추와 파를 돌보았다.

하지만 아내는 어떨까. 그녀도 나만큼 월둔에서의 삶을 사랑하고 있을까.

그는 매일 들르는 세 명의 노파를 생각했다. 그러고 보니 그들이야말로 정말 고마운 사람 아닌가. 이 적요한 산속에서 그녀들은 아내의 말동무를 자청해 주고 있었다.

그는 아내에게 말했다.

"언제 한번 할머니들 집에 찾아가 뵙는 건 어떨까? 맛있는 거라도 사서 말이야."

하지만 그녀는 남자의 제안을 반기지 않았다.

"굳이 왜? 할머니들이 매일 오시는데, 그럴 필요는 없지 않나?"

아내는 당황한 듯했고 어떻게 보면 화가 난 것 같기도 했다. 뜻밖의 반응에 그가 얼버무리며 말했다.

"그래, 그럼 다음에 가지 뭐."

남자는 자리에서 일어났고 부엌에 가서 물을 끓여 왔다. 커피를 더 만들 생각이었다. 산과 집, 마당, 대추나무, 검은 새들 사이론 어둠이 내리고 있었다.

아내는 여전히 마루 끝에 앉아 마을 쪽을 바라봤다. 그녀의 실루엣이 밤과 함께 뒤섞여 곧이라도 사라질 듯했다.

하긴, 서둘러야 할 이유는 없지 않은가. 마을 사람들에

177
악몽

게 인사를 할 시간은 많았다. 앞으로 영원히, 라고 해도 될 만큼. 그는 언제까지고 이곳에 머물 작정이었다. 할 수만 있다면 이 안개 가득한 세상에서 남은 생애 전체를 보낼 계획이었으니 말이다.

문득 남자는 심하게 졸음이 밀려오는 것을 느꼈다.

그때까지도 말없이 앉아 있던 아내가 일어서더니, 방에서 목침을 들고 나왔다.

목침이라니. 참 오랜만에 보는군. 잠이 들면서 그는 생각했다. 아내는 대체 어디서 이런 걸 구해 왔을까. 그러고 보니 이 목침은 무척 낯익지 않은가. 아주 오래전, 시골 친가에 놀러 가면 베잠방이를 입은 조부가 목침을 벤 채 옆으로 누워 마당을 내다보고 있었다. 거기 그려져 있던 무늬가 눈앞에 떠올랐다. 학, 구름, 福이라는 글자. 손때 묻고 빛바랜 그 그림들.

"…이 집도 어디서 본 것 같지 않아?"

눈을 감기 직전 그는 이런 말을 한 것 같다. 어쩌면 꿈이었을지도 모르지만. 곁에 앉아 있던 아내가 그의 머리를 천천히 쓰다듬었다. 머리칼 깊숙이 들어왔다가 부드럽게 빠져나가는 손가락을 느끼며, 그는 잠들었다.

잠결에 그는 두어 번 정도 깼다. 그리고 아내가 곁에 앉아 있는 걸 보았다. 마지막으로 잠에서 깼을 땐 낮은 목소리가 들려왔다. 아내가 귓가에 입술을 대고 뭐라고 속삭이는 거였지만, 알아들을 순 없었다.

"뭐라고?"

그녀가 다시 말했다. 아니 그것은 말한다기보단 차라리 울려오는 것 같았다. 귓바퀴 전체가 하나의 진동관이 되어 공기의 미세한 파동을 감지하며 떨렸다. 목소리는 둥근 호를 그리며 그의 내부로 퍼져나갔다.

"…괜찮다고. 정말이야."

곧 그는 진짜 깊은 잠으로 빠져들었다. 실로 오랜만에 푹 자는 달고 깊은 잠이었다.

남자는 화들짝 놀라 눈을 떴다.

집은 적막하고 고요했다. 아내는 어디 있을까? 혼자 마을에라도 내려간 건가?

슬리퍼를 신고 마당으로 나오니, 검은 새가 한 마리도 보이지 않았다. 언제나 월둔을 감싸고 있던 안개도 오늘은 걷히고 없었다. 그는 대문 앞에 서서 마을을 바라보았다. 이곳에 들어온 후 처음 보는 전경이었다.

그때 산길을 걸어 올라오는 한 아이가 보였다. 이상하다. 좀 전까진 아무도 없었는데. 대체 언제부터 저 길에 있던 거지? 그는 가만히 서서 아이가 다가오는 것을 지켜보았다. 한 다섯 살쯤 되었을까. 그나저나, 이렇게 인적이 드문 곳에 저런 작은 아이가 혼자 있다니. 그는 대문 밖으로 나갔다. 아이는 어느새 문 앞에 서 있었다.

"너, 어디서 왔니? 저기 마을에서 온 거야?"

그러나 아이는 아무 말도 하지 않았다. 그저 남자를 빤히 바라보고 있을 뿐이었다.

"혼자 온 거니, 저 산길로?"

그제야 아이가 고개를 끄덕였다. 양 갈래로 묶은 머리가 가느다란 목에 닿아 부드럽게 흔들리는 것을 보니 갑자기 가슴이 아팠다. 왜지? 왜 이렇게 슬픈 거냐고. 스스로에게 물었지만 그는 이유를 알 수 없었다. 다만 오랜만에 다시 두통이 찾아왔을 뿐이다. 그것은 예전처럼 머리 안쪽에서 불꽃처럼 튀어 올라 그를 혼돈으로 밀어 넣었다.

"집이 어디니? 아저씨가 데려다줄게."

남자는 떨리는 목소리로 느릿느릿 말했다. 아이는 그를 물끄러미 올려다보더니 멀리 마을 쪽 어딘가를 가리켰다. 저 눈동자. 언젠가 저 아이와 똑같은 눈을 본 적 있는데. 머리가 점점 더 심하게 아파 왔다.

"거기 잠깐 기다릴래? 곧 올 테니까."

그는 방으로 뛰어 들어가 서랍장을 뒤졌다. 물도 없이

타이레놀을 대충 삼키고 마루로 나왔을 때, 대문 앞은 텅 비어 있었다. 마치 원래부터 아무도 오지 않았던 것처럼, 나뭇잎 몇 개가 바람에 날아올랐다.

그는 신발을 신었다. 어느 틈에 바깥은 다시 안개로 뒤덮였고 검은 새들이 나무 위에 앉아 아래를 굽어보고 있었다. 깨질 것 같은 머리를 움켜쥐고 마당 뒤편까지 가 봤지만, 어디에도 아이는 보이지 않았다.

혼자 어딜 간 거니?

검은 밤의 안개가 차오르는 산길을, 그는 뛰다시피 내려갔다. 나무 그림자들이 앞으로 달려들었다가 뒤로 물러났다. 어디선가 풀을 밟는 소리가 들려와 그는 걸음을 멈췄다.

"거기 있니?"

하지만 대답은 없었고, 대신 그의 목소리가 기괴한 메아리가 되어 공간을 가득 채웠다. 거기 있니… 거기 있니… 거기 있니…

이제 그는 달리고 있었다. 숨이 차서 심장이 터질 것 같았지만, 멈추고 싶지 않았다.

한참을 달리자 콘크리트 농로가 보이기 시작했다.

인적이라곤 없는 길엔 달빛만이 푸르게 내려앉았고 안개는 벽처럼 세계를 에워싸고 있었다. 저게 아니라면,

그래, 안개만 없다면, 마을의 인가에서 새어 나오는 불빛을 볼 수 있을 텐데. 그리고 어쩌면 그 작은 아이도.

"제기랄."

그는 소리쳤다. 정말이지 안개 때문에 아무것도 할 수 없지 않은가. 안개는 몸 안으로 파고들어 와 어느 순간부터는 그 자신마저도 천천히 좀먹어 버렸다. 그러고는 다시 몸 밖으로 피어올라 마을로 내려가는 길을 완전히 뒤덮었다. 세상은 온통 희부연 안개에 휩싸여 있었고 그는 그 안에서 아래로 아래로 가라앉았다.

그러다가 남자는 자신이 울고 있다는 걸 깨달았다. 눈물은 끝없이 흘러내렸다. 그는 손등으로 눈물을 닦으며 달렸다. 길 끝에 엷은 푸른빛이 비쳐 들었다.

그는 미친 듯이 달렸다. 멀리 보이는 푸른빛을 향해.

저기가 마을인가?

돌부리에 걸려 채였는지 발이 아팠다. 땀은 계속 흘러 눈으로 들어갔다. 눈이 따가운 게 눈물 때문인지 땀 때문인지 알 수 없었다. 사실 그는 자신이 왜 우는지도 알지 못했다.

어느덧 그는 푸른빛 앞에 멈춰 섰다.

그리고 남자는 신음했다.

세상에. 지금 보이는 것을 믿어야 할까? 그래, 알고 보면 난 꿈을 꾸고 있는 건지도 몰라. 현실에선 이런 일 따위 일어나지 않을 테니까.

앞에 보이던 푸른빛은 거대한 화면이었다. 허공 전체를 둘러싼 푸른 스크린.

그 위에서 글자들이 차례로 반짝였다.

이제 종료하겠습니까?

남자는 자리에 털썩 주저앉았다. 땀이 비 오듯 흘러내렸고 세계는 일순 정지했다.

이제 종료하겠습니까?

갑자기 모든 걸 알 것 같았다. 왜 세계는 온통 안개였고 언제나 아내는 말이 없으며 노파들은 검은 그림자가 되어 다가온 건지. 어떤 기억의 불꽃이 분수처럼 폭발했고 그는 눈을 감았다. 그건 찰나이면서 동시에 영원이었고 생의 역사이자 우주를 처음부터 끝까지 아우르는 시간이었다.

남자는 운전을 하고 있었다. 적당히 취했고 기분이 좋았다. 이젠 도시를 떠나 월둔으로 가는 거니까. 거기서 그는 자유롭게 유영하며 평화롭고 목가적인 삶을 살아갈 것이었다. 곁에 앉은 아내가 뭔가 얘기를 하고, 그는 웃으며 뒤를 돌아보았다. 머리를 양 갈래로 묶은 아이는

악몽

곤히 잠들어 있었다.

남자는 콧노래까지 흥얼거렸다. 이정표가 보였고 이제 막 새로운 세상이 펼쳐지려는 참이었다.

"조심해, 저기!"

아내가 외친 건 그때였다. 세 명의 노파가 홀연히 길에서 솟아난 순간. 그래, 적어도 조금 전까진 길 위에 아무도 없었으니까. 아니 어쩌면 할머니들은 아까부터 도로를 따라 걷고 있던 건지도 모른다. 혹은 그 셋은 원래부터 밤과 뒤섞인 존재라 풍경과 구분하는 게 불가능했던 걸지도. 브레이크를 밟으며 뭐라고 외쳤는지, 그는 나중까지도 기억해 내지 못했다. 다만 노파들의 놀란 얼굴. 둔중하고 딱딱하면서도 물컹한 그 느낌. 차가 한 바퀴 구르며 길 아래로 떨어질 때 그는 마지막으로 뒤를 보았다. 잠에서 깬 아이는 눈을 크게 뜨고 있었다. 그 눈동자 안에서 밤의 월둔이 무한히 확대됐다.

그러고는 어둠이었다.

당신은 이제 꿈에서 깨어나길 원합니까?

허공의 화면에 다시 글자들이 떠올랐다. 그리고 나타나는 두 개의 선택지.

떨리는 손가락을 들어 '예'를 가리키자, 세계가 무너져 내리기 시작했다. 나무, 숲, 산, 마을, 길, 달, 심지어 안개까지도, 그 모든 것이 아래로 떨어지더니 모래더미가 되었다.

그는 하얀 사막 한가운데 홀로 섰다.

적막 속에서 화면은 점차 검게 변했고, 그 중심에 '종료'라는 글자가 떠올랐다.

아아, 이제 끝이구나. 누구에게랄 것도 없이 중얼거리는데 천천히 눈이 감겼다.

이번에야말로 진짜 잠이 찾아온 것이다.

● ◀ ◀ ◀ ◀

남자는 문 앞에 선 채 한참 동안 망설였다. 과연 이곳을 믿을 수 있을까? 사실 그곳을 연구소라고 불러도 되는지조차 알 수 없을 정도였다. 좁고 어두운 골목을 꽤 오래 헤맨 끝에 찾아낸 건물은 거의 쓰러져 가고 있었다. 반쯤 깨지고 거미줄까지 잔뜩 쳐 있는 유리문을 밀자, 먼지 쌓인 계단이 동굴처럼 펼쳐졌다. 남자는 주머니에서 휴대폰을 꺼내 발밑을 밝히며 더듬더듬 층계를 올랐다.

겨우 네 층을 올라가는 건데도 숨이 차서 헐떡였다.

밖에서 봤을 땐 위로만 삐죽 솟은 첨탑 같은 건물이었는데, 막상 4층에 올라 양옆을 보니 복도는 한도 끝도 없이 길게 뻗어 있는 것 같았다. 물론 어둠 때문에 생긴 착시현상이란 건 알고 있었다. 그럼에도 왠지 으스스한 기분에 남자는 몸을 떨었다.

407호 앞엔 작은 명패가 달려 있었다. 수십 년도 더 된 듯 낡은 나무 명패엔 아무런 설명도 없이 '연구소'라는 이름만 보였다. 그리고 마치 손으로 쓴 듯 얼기설기한 글씨로 이런 문장이 문에 적혀 있었다.

당신은 기억을 만들고 그것은 당신 삶의 일부가 된다.
(조앤 디페테)

마침내 결심한 듯 그는 명패 옆에 달린 벨을 눌렀다. '연구소'라는 이름엔 어울리지 않는 구식 차임벨이었다.

한동안 기다려도 안에선 아무도 나오지 않았다.

'그럼 그렇지. 역시 장난 메일이었어. 하긴, 그런 게 가능할 리 없으니.'

남자는 쓸쓸하게 웃었다. 말도 안 되는 광고를 믿고 여기까지 온 자신이 멍청하게 여겨졌다. 그래, 어서 돌아가자. 가서 맥주를 마시며 야구나 보는 게 나을지도 모른다.

돌아서는데, 끼익, 소리가 들리며 문이 열렸다.

"어떻게 오셨죠?"

푸른색 가운을 입은 여자가 팔짱을 낀 채 서 있었다.

"메일을 받고 왔는데요. 여기 이거…"

남자는 출력해 온 종이를 내밀었다. 여하튼 메일엔 그렇게 쓰여 있었으니까. '이것은 아무에게나 발송되는 것이 아닙니다. 따라서 연구소를 찾아오려면 첨부 파일 이미지를 출력해서 지참하십시오.'

트라우마가 있습니까?

과거를 잊고 싶습니까?

반복되는 악몽으로 괴롭습니까?

그렇다면 '연구소'로 오십시오.

'기억 기반 가상현실' 시스템이 당신을 도울 것입니다.

아픈 기억은 서서히 사라지고

새로운 기억, 아름답고 희망찬 과거를 가지게 될 당신.

그런 당신은 이미 행복한 사람입니다.

여자가 종이를 받더니 위조지폐 감정이라도 하듯 자세히 들여다봤다. 한동안 앞뒤로 살핀 끝에 드디어 문이 열렸다.

"들어오세요. 연구소에 오신 걸 환영합니다."

밖에서 봤던 것과 달리, 연구소 안은 밝고 환했다. 벽과 천장, 의자, 테이블은 모두 새하얗고, 한쪽 구석에 검은 환자용 침대가 하나 놓여 있을 뿐이었다.

"이게 다인가요? 뭔가 대단한 기계라도 있을 줄 알았는데…"

남자가 중얼거리자, 푸른 가운을 입은 여자가 뒤돌아봤다. 그녀는 기묘한 표정을 짓고 있었다. 비웃는 것 같기도 했고 연민을 느끼고 있는 것 같기도 했지만 둘 중 어느 쪽에 더 가까운지는 알 수 없었다.

"복잡한 기계 같은 건 전혀 필요하지 않아요. 이건 뭐랄까, 일종의 스토리텔링이거든요. 그걸 통해 당신은, 당신이 원하는 삶 전체를 되살아 볼 수 있지요. 물론 이 모든 과정이 한 번에 완성되는 건 아니에요. 당신이 만든 이야기는 조금씩 내부로 침투해 쌓여갈 거고 아주 천천히, 아무도 눈치채지 못하는 사이에 원래의 기억을 침식할 겁니다. 파도에 깎인 바위가 근사한 해식동굴을 만들 때까지 기나긴 시간을 필요로 하듯, 기억이 모두 침식되고 새로운 이야기로 대체될 때까진 수없이 많은 꿈의 스토리텔링이 필요해요. 하긴, 이런 건 인간이라면 누구나 겪는 일에 불과합니다. 모두가 기억을 되살리고 그걸 통해 상상하고 꿈을 꾸며 새로운 이야기, 낯선 미래, 존재하지 않았던 과거를 만들어 내니까요. 단지 우리 연구소에선 그 과정이 좀 더 강렬하고 빠르게 진행되도록 돕는다고 할까요. 보통의 인간이라면 평생이 걸려도 해낼 수 없을 기억의 전환을, 몇 달 만에 완성해 주는 거죠. 그 작업은(아마도 메일에서 대충은 읽고 오셨겠지만) 해마의 특정 부분과 일부 뉴런에 가해주는 전기 자극을 통해 이루어집니다. 그래요, 아직은 표준치료법으로 인정받고 있지 못하지만(게다가 어떤 미친 인간들은 기억의 총합이 '그 사람' 자체이고 고통과 슬픔으로 가득한 시간마저도 누군가에겐 내면을 풍성하게 해주는 축복이라는 둥 말도 안 되는 헛소리를 지껄이지만, 그래서 그런 이들 때문에 이 치료법의 광범위한 적용이 점점 미루어지고 있긴 하지만) 언젠가 이것이 세상을 바꿀 거예요. 그리고 그때가 되면, 지구상엔 불행한 사람이 아무도 남지 않게 될 겁니다. 어둡고 비통한 과거 대신 행복하고 아름다운 기억이 머릿속을 가득 채울 테니까요."

여자는 테이블 앞으로 그를 안내했다. 온갖 설명과 주의 사항, 갖가지 규정으로 뒤덮인 서류 한 장이 그 위에 놓여 있었다.

지나간 시간을 떠올리거나 새로운 미래를 상상할 때 뇌의 같은 부분이 활성화된다는 사실에서 '기억 기반 가상현실'이 탄생했습니다. 만약 잊고 싶은 과거, 슬프고 가슴 아픈 기억이 있다면, 새로운 이야기를 만들어 내십시오. 그것은 하나의 꿈이 되어 적절한 전기 자극과 함께 해마와 뉴런을 지나고, 마침내 당신은 아름답고 멋진 과거를 가진 인간으로 다시 태어날 것입니다. (중략) 다시 한번 말하지만, 우리의 궁극적 목표는 '인류의 행복'입니다.

여자가 볼펜을 내밀었다.

"만약 우리 시스템을 이용할 마음이 있다면, 여기 서명하세요."

볼펜을 받아서 한 손에 들고, 남자는 계속해서 서류를 읽어 내려갔다.

기억 기반 가상현실을 이용한 꿈의 스토리텔링은, 결코 1회에 완성될 수 없습니다. 모든 과정은 새로운 기억이 완벽하게 자리 잡을 때까지 계속될 것이며, 그때까지 당신은 반복해서 우리의 광고 메일을 받게 될 것입니다. 중요한 것은, 꿈속에서 새로이 겪는 사건과 경험에 현실감을 더하기 위해(참고로 이는 기억 기반 가상현실을 이용한 꿈의 스토리텔링에서 가장 중요한 단계입니다. 당신은 실제로 겪은 과거보다 꿈속의 현실을 더 생생하게 느낄 것이며, 그 가상의 경험이 새로운 기억으로 굳어가는 동안 진짜 기억은 점차 흐릿해진 끝에 완전히 사라질 것입니다) 연구소를 방문했던 기억이 매번 머릿속에서 삭제될 거라는 사실입니다. 당신은 눈을 뜰 때마다 연구소가 아닌 다른 장소에 있는 자기 자신을 발견할 터이며, 이 모든 것(이곳에서 서류를 읽고 서명을 하고 침대에 누워 머리에 전극을 연결한 순간들 전체를 말합니다)은 영원히 잊게 될 겁니다.

※주의: 때로 사라져 가는 기억이 새로운 이야기와 뒤섞여 악몽을 만들어 낼지도 모릅니다. 만약 이 증상이 심하다면, 상담을 신청하십시오. 의료팀이 당신에게 적절한 수면유도제를 처방해 줄 수 있습니다.

"정말 믿어도 될까요? 이런 건 처음 이용해 보는 거라서…"

서명을 하려다 말고 남자가 망설이자, 푸른 가운을 입은 여자가 다시 아까의 그 기묘한 표정을 지었다. 그러다가 퍼뜩 정색을 하더니 단호히 말하는 것이었다.

"믿지 않는다면, 아무것도 이룰 수 없죠. 그리고 안심하세요. 이곳을 거쳐 간 사람은 너무나 많으니까요. 그들은 지금 모두 행복합니다. 그게 중요한 거 아닌가요?"

결국 그는 볼펜 뚜껑을 열었고, 왼손으로 종이를 누른 채 정성스럽게 이름을 썼다.

서명을 마치고 치료용 가운으로 갈아입은 뒤 연구소 구석 침대에 눕자, 여자가 그의 왼팔에 주삿바늘을 꽂았다.

"먼저 잠이 들 겁니다. 그런 뒤에… 새로운 이야기가 시작되는 거죠."

서서히 잠이 들며, 그는 여자가 익숙한 손놀림으로 전극을 연결하는 광경을 지켜봤다. 마지막으로 몸을 뒤척일 때, 곁에 놓인 서류에 적힌 문구가 눈에 들어왔다. 아니, 들어온 것 같다고 생각했다. 혹은 벌써 꿈이 시작되었는지도?

45번째 방문. 기억 재생성 85% 완료.

●《《《《

눈을 뜨니 아내의 근심스러운 얼굴이 보였다.

"무슨 안 좋은 꿈이라도 꿨어? 땀을 이렇게 많이 흘리잖아."

남자는 아무 말도 없이 벌떡 일어나 그녀를 끌어안았다.

응. 뭔가, 제대로 기억나진 않지만… 정말 슬픈 꿈이었어. 세계는 모두 가짜고, 이곳은 나의 꿈속이야. 당신은 이미 여기에 존재하지 않고… 그래, 우리에겐 작은 아이가 있었는데… 아아, 더는 얘기하지 않을게. 그게 낫겠지?

그는 이렇게 대답하고 싶었지만, 그냥 가만히 있었다.

잠시 후 아내가 피식 웃으며 일어섰다.

"오늘 저녁엔 과식하지 마. 소화가 안 되면 악몽을 꾼다잖아. 참, 마루로 나올래? 할머니들이 놀러 오셨거든."

남자는 옆에 놓인 유리잔에 물을 따라 단숨에 마셨다. 그는 세계를 손으로 만질 수도 있을 것 같다고 느꼈다. 그만큼 이 모든 것은 생생하게 실재했다.

밖에서 노파들의 목소리가 들려왔다. 검은 새들은 공중을 선회했고 문밖은 여전히 안개에 휩싸여 아무것도 보이지 않았다.

가깝게 우리는

"

나의 임무는 비밀 공방에 들어가,
아무도 모르게 자케 드로의
오토마톤을 만난 뒤 그에게서
자동인형 만드는 법을 빼내는
것이었습니다.

"

8월 15일 오후 2시경 W시 외곽의 버려진 물류창고 부근에서 한 노인이 폭사했다. 경찰은 노인이 등에 메고 있던 프로판 가스통이 여름 한낮의 뜨거운 열기를 견디지 못한 끝에 (모종의 이유로) 폭발한 것 같다고 발표했다. 그가 거기 왜 그런 위험 물질이 든 통을 지고 갔는지는 밝혀지지 않았다. 경찰은 노인의 신원도 알아내지 못했다. 왜냐하면 노인의 몸이 그야말로 산산조각 나버렸기 때문이다. 만약 인근에 있던 공사장 인부가(그는 스리랑카에서 온 이주 노동자였는데) 가스통을 짊어지고 경사진 길을 걸어올라가는 노인을 목격하지 못했더라면, 폭발한 것이 무엇이었는지조차 알아낼 수 없었을 정도였다.

비록 신문 기사에는 그렇게까지 자세히 적혀 있지 않

았지만 SNS를 통해 퍼진 이야기를 보면 폭발의 규모는 대단했던 것 같다. 사고 현장에서 100여 미터쯤 떨어진 식당에서 밥을 먹고 있었다는 한 남자의 얘기가 특히 실감났는데, 그는 그때의 상황을 짤막하게 140자로 간단히, 그러면서도 생생하게 묘사했다. "어디선가 펑 소리가 들려서 뛰어나가 보니 저쪽에서 불길이 치솟고 있었다. 테러라도 났나 싶어 불안했는데 그때 내 발 앞에 뭔가 툭 떨어졌다. 세상에나. 그건 쭈글쭈글하고 검게 탄 손이었다, 진짜 사람의 손." 거기엔 자신의 말이 모두 사실임을 증명하듯 두 장의 사진이 첨부되어 있었다. 하나는 식당 앞 주차장 시멘트 바닥에 떨어진 검게 탄 손 사진이었고 또 하나는 멀리 검은 연기가 치솟고 있는 광경을 찍은 흐릿한 사진이었다. 손(으로 추정되는 것)에는 너덜너덜한 옷자락 같은 게 붙어 있었는데, 그 아래 달린 댓글에 의하면 그건 분명 K사에서 공장 정리 세일로 염가에 판매한 등산복의 소매 부분이라는 것이었다. 남자의 짧은 글은 수천 번이나 리트윗됐다. 나중엔 그가 본 손이 진짜 손이 아니라는 것도 널리 알려졌지만 말이다. 쭈글쭈글하고 검게 그은 데다 일부는 녹아버리기까지 한 그 손은 플라스틱으로 만든 가짜 손이었다. 노인이 왜 그런 걸 가지고 있었는지는 역시 밝혀지지 않았다. "추정에 의하면 그는 마네킹의 신체 일부를 소지하고 있던 걸로 보입니다." W시 경찰서장은 공식 브리핑 자리에서 이렇게 말했다. "그러나 죽은 노인이 왜 그런 괴상한 물건을 갖고 있었는지는 아직 밝혀지지 않았습니다. 이건 뭐… 살 한 점 남지 않고 몽땅 사라져 버린 경우에 해당하니…"

가스통을 등에 멘 노인이 거리를 활보하도록 놔둔 경찰에게도 책임이 있지 않냐는 질문에, 서장은 깊이 고개를 숙였다. "그날 주변을 순찰했던 교통경찰 말로는, 아무래도 어르신이었기 때문에 함부로 제지하기가 힘들었다고 합니다. 그래도 모든 게 저희 불찰인 건 인정합니다만." 어르신이라는 말에, 기자들은 고개를 끄덕였다. 사실 가스통을 등에 멘 노인들만큼 위험한 존재는 없다는 데엔 거의 대부분의 사람들의 의견이 일치했다. 더 이상 잃을 것도 얻을 것도 없는 그들이 언젠가부터 남은 삶의 의미를 프로판 가스통과 라이터에서 찾고자 한다는 것도 모두 알고 있었다.

결국 사건은 흐지부지 마무리됐다. 폭사하여 산산조각이 난 신원미상의 노인을 제외하면 다치거나 죽은 이가 아무도 없다는 사실이 수사의 빠른 종결을 도왔다. 이미 실종 신고가 들어와 있던 수많은 사라진 노인들.

그들의 가족은 W시의 공시 게시판에서 노인의 유류품을 찾아봤다. 예를 들면 앞서 언급한 의문의 마네킹 손이라든가 타다 만 등산복 옷자락 같은 것들. 그런 다음 자신의 아버지가 아니라는 사실에 안도하며(혹은 아쉬워하며) 홈페이지를 닫았다. 하긴 노인이 군이 가스통을 등에 멘 채 폭발해 버려서 잠시 이목을 끌었을 뿐이지, 원래 세상엔 혼자 죽어버리는 고령자들이 가득했다. 그리고 대부분은 한참 후에나 다 썩어 문드러진 채 발견됐다. 그들은 폭사한 노인과 마찬가지로 무연고자로 분류됐으며 그래서 한동안 공시되었다가 시립 화장터에서 태워졌다. 다 타서 한 줌 재만 남는다는 점에서도, 역시 모든 것은 가스통을 등에 멘 노인의 최후와 별반 다를 바가 없었다.

어쨌든, 여기서 중요한 것은, 내가 그 노인을 알지 못했더라면 이런 글을 쓰지도 않았을 거라는 사실이다. 도대체 누가 가스통을 등에 멘 채 버려진 물류창고 앞으로 돌진하다가 죽은 미치광이 노인네의 삶에 대하여 알고 싶겠는가.

그러나 유감스럽게도 나는 그를 알았다. 게다가 그냥 아는 정도가 아니라 (적어도 내 생각엔) 꽤 잘 알고 있기까지 했다. 하지만 누군가를 안다고 해서 그에 대하여 써야만 하는 것은 아니다. 그럴 필요도 없거니와 그래서 도 안 된다. 때론 안다는 것이 모른다는 말과 동일하기 에 더더욱 그렇다. 따라서 나 역시 그 원고만 아니었다 면, 노인에 대하여 깨끗이 잊어버리고 말았을 터였다. 대 부분의 사람들이 그러하듯이 말이다.

물론 처음 기사를 읽었을 땐 노인을 알아보지 못했다. 죽은 이의 사진이 나온 것도 아니고(알려져 있다시피 그의 얼굴은 흔적도 없이 날아가 버렸다) 그렇다고 이름이 실린 것도 아니었다. 솔직히 말하자면, 기사를 제대로 읽지도 않았다. 굳이 관심을 가져야 할 이유가 없었기 때문이다. 그 시절엔 가스통을 등에 멘 노인들이 어디에나 출몰했 고 툭하면 아무 광장에나 나타났으며 격앙된 표정으로 주먹을 휘두르기 일쑤였다. 그들이 원하는 건 언제나 같 았는데, 정말로 말하고자 하는 게 뭔지 알 수 없다는 점 에서 그랬다는 뜻이다.

따라서 내가 그를 알아본 것은 사건이 일어나고 거의 한 달은 지났을 때, 한 남자의 트위터를 본 뒤였다. 지 금은 기억나지도 않는 화젯거리를 따라 흘러 들어간 그 140자의 공간에서, 나는 낡고 해진 등산복 소맷자락을 보았다. 그리고 손. 나는 그 기묘하고도 낯익은 형태, 어디선가 본 듯한 모습 앞에서 눈을 떼지 못했다. 갑자기 화면이 떨려 보이더니 검게 타고 거의 다 녹아버린 그 플라스틱 손이 거대하게 확대되기 시작했다. 점점 커지던 노인의 손이 꽉 쥐고 있던 주먹을 펴자, 거기서 녹슨 황동빛 태엽 하나가 툭 떨어졌다. 하지만 노인은, 아니 노인의 손은, 곧바로 그걸 다시 움켜쥐었다. 결코 놓치고 싶지 않다는 듯. 혹은 절대로 누구에게도 보이고 싶지 않다는 듯.

"태엽."

나는 혼자서 중얼거렸다.

베란다 창고 문을 열고 스위치를 올리자, 먼지가 뽀얗게 쌓인 전구에 희미한 불빛이 들어왔다. 마분지 상자는 여전히 거기 있었다. 눅눅해지고 누렇게 빛이 바랜 채. 상자는 한 손으로 들 수 있을 만큼 가벼웠는데, 그건 결코 노인의 생이 별 볼일 없음을 의미하는 게 아니었다. 오히려 상자의 가벼움은 노인 삶의 끝없는 무거움을 가리켰다. 왜냐하면 사실 생이란 가벼울수록 글로 적기 쉬워지기 때문이다. 무거운 삶일수록 글자보다는 행간이 더 많이 필요했는데, 노인의 글쓰기가 바로 그런 경우에 해당했다.

나의 가장 최초의 기억은 브라운관 TV의 흑백화면입니다. 거기서 목에 화환을 걸고 카퍼레이드를 벌이고 있는 한 청년의 모습. 물론 정확히는 그게 내 최초의 기억이라 할 수는 없을 겁니다. 지금 눈을 감고 생각해 보니, 그보다 더 어릴 때의 수많은 기억들이 주마등처럼 눈앞을 스쳐 가니까요. 다만 내게 가장 중요한 기억, 내 인생을 완전히 바꿔버린 한 장면을 꼽는다면, 바로 그날이 아닐까 싶군요. 1977년 국제기능올림픽대회에 출전하여 금상을 탄 뒤 금의환향하던 광경 말입니다. 퍼레이드를 한 저녁, 집에서 9시 뉴스를 켜고, 화면 속에 조그맣게 스쳐 지나가는 나를 보며, 내 가슴은 환희로 벅차올랐습니다. 그렇습니다. 그때는 이 퍼레이드만 끝나면 내게도 봄이 찾아올 거라 믿었습니다. 적어도 내가 목에 걸고 있던 커다란 금메달이 한 가지만은 확실하게 증명해 주고 있었기 때문입니다. 즉, 나는 이 세상에서 가장 정교한 시계태엽 장치를 만들 수 있는 사람이라는 사실 말입니다. 하지만 환영식의 열기가 가라앉고 대회에서 메달을 딴 사람들이 모두 모여 광화문 인근 고깃집에서 회식을 한 뒤 터덜터덜 걸어 집으로 돌아갈 때, 나는 깨달았습니다. 달라질 건 하나도 없다는 사실을요. 세상에서 시계를 가장 잘 만든다고 해서 그것이 세계에서 가장 비싼 값에 팔리는 게 아니라는 것도, 나중에야 알게 되었지요. 결국 나는 고향으로 돌아가 읍내에 있는 작은 시계방에 점원으로 취직을 했습니다. 점포를 구할 돈도, 시계를 만드는 데 필요한 각종 부품들(예를 들면 작은 태엽이나 정밀한 나사못 같은 것들을 말합니다)을 구입할 자금도, 전혀 지니지 못했으니까요.

노인을 처음 만난 것은 W시의 시립도서관에서 주최하는 자서전 쓰기 강좌에서였다. '웰다잉을 준비하며: 내 삶 돌아보기'라는 이름의 교양강좌였는데, 거기서 나는 총 5주 짜리 강의를 진행하기로 했고, 솔직히 털어놓자면 아무 부담없이 그 일을 맡겠다고 한 터였다. 왜냐하면 강좌에 등록한 노인들이 열 명 정도밖에 안 되는 데다 그 대부분이 바로 지난 해에 진행된 문해력 강좌를 수강했던 사람들이었기 때문이다. 다시 말해서, 내 강의를 듣고 중간 중간 글을 써낼 노인들은 이제 겨우 한글을 뗀 정도의 글쓰기 실력을 지니고 있다는 뜻이었는데, 그건 왠지 내게 편안한 느낌을 줬다. 그냥 전체적인 줄거리를 봐주면서 다섯 번의 강의만 채우면 된다는 심산으로 수업 준비도 따로 하지 않았을 정도였으니 말이다. 그러나 그런 내 생각은 바로 이 사람, 그러니까 내게 '진수 김 베르너'라고 스스로의 이름을 밝힌 기이한 노인에 의해 뒤집히고 말았다. "자, 이제 어르신들 인생의 가장 중요한 장면부터 한번 써보시겠어요? 어떤 내용이라도 상관없습니다. 그저 담담하게 그러면서 최대한 진실되게, 그렇게 써 내려가기만 하면 되니까요." 첫 시간에 짧은 오리엔테이션을 마치고, 나는 강의실 여기저기에 듬성듬성 앉아 있는 노인 수강생들에게 원고지 열 장씩을 나눠줬다. 그런 다음 가져갔던 소설책을 읽다가 나도 모르게 꾸벅꾸벅 졸고 있는데, 누군가가 내 어깨를 툭 쳤다. 깜짝 놀라 눈을 들어보니, 그가 서 있었다. 머리엔 '홍농종묘'라는 글자가 새겨진 야구모자를 쓰고 소매끝이 다 닳아 있는 등산용잠바를 입은 노인은 다짜고짜 나에게 원고지를 달라고 했다. "좀 전에 나눠드렸는데요." 내 말에 노인은 빙긋 웃었다. "알아. 하지만 벌써 다 썼지 뭔가." 나는 원고지 열 장을 더 건네줬다. "여기요. 그런데 참 잘 쓰시네요. 벌써 열 장을 다 채웠을 정도면." 그러자 노인은 칭찬에 고무된 듯 붉게 상기된 얼굴로 다시 말했다. "아닌게 아니라, 자네한테 원고 좀 찬찬히 봐달라고 할 참이었어. 실은 이 강의 듣기 전부터 틈틈이 내 인생을 기록해 오고 있었으니 말이야. 아무래도 조만간 자서전을 내게 되지 않을까 싶어서." 그러면서 그는 자기 자리로 돌아가 가방을 뒤지더니 손으로 쓴 원고 뭉치를 들고 와 내게 건넸다.

시계방에서 점원으로 일하는 것은 그리 즐거운 경험은 되지 못했습니다. 나는 아침 일찍 일어나 걸어서 읍내까지 나갔고 주인이 오기 전에 가게 문을 연 뒤 바닥을 닦았습니다. 그런 다음 유리 진열장 안에 있는 여러 종류의 시계들을 마른 수건으로 깨끗이 닦아 광을 냈고, 마지막으로 '어서오세요'라고 적힌 팻말을 출입문 앞에 붙여두는 것으로 일할 준비를 끝내곤 했지요. 그러던 어느 날입니다. 생각해 보면 그날따라 이상하게 아침부터 마음이 싱숭생숭했던 기억이 나는군요. 집을 나서는데 마당 앞 대추나무에서 까치 두어 마리가 합창이라도 하듯 깍깍 우는 소리를 들었던 것도 떠오릅니다. '혹시 좋은 소식이라도 있으려나?' 이런 기대를 하면서도, 나는 혼자 머리를 저었습니다. 나이 스물다섯의 시골 시계방 점원에게 대체 무슨 경사스러운 일이 벌어지겠습니까? 하지만 역시 인생이란 알 수 없는 것이었습니다. 그날 정말로 신기한 일이 내게 일어났으니까요. 그 사연은 이렇습니다. 여느 때와 똑같이 일할 준비를 마친 뒤 주인을 기다리는데, 가게 앞 좁은 길에 검고 번쩍이는 승용차 한 대가 서는 것입니다. 시골에선 그런 큰 차를 본 적이 없기에 나도 모르게 밖을 기웃거리는데, 차 문이 열리더니 안에서 검은 양복을 입은 남자 두 명이 내리지 뭡니까. '뭐 하는 사람들이지?' 이렇게 생각하는데, 그들이 가게 문을 열고 들어왔습니다. 네, 바로 내가 일하던 시계방으로 말입니다.

첫 강의를 마친 날 저녁, 유튜브를 보며 맥주를 마시다 말고, 문득 낮에 받았던 원고를 떠올렸다. 사실 자서전 강의를 듣던 노인들의 원고는 손 볼 곳이 거의 없었다. 그들이 특별히 잘 썼기 때문에 그런 건 아니었다. 오히려 노인들의 글은 투박하고 문장은 거칠었으며 맞춤법은 여기저기 틀려 있곤 했으니까. 그러나 대신 거기엔 (막 한글을 떼고 이제야 처음으로 마음속 모든 것을 털어놓기 시작한 사람들의 글 속엔) 이상한 힘이 있었다. '진짜'만이 내뿜는 신비한 아우라라고 해야 할까. 그런데 그 노인, 내게서 원고지를 더 받아 가서는 강의 시간 내내 연필 끝에 침을 발라가며 미친 듯이 뭔가를 쓰던 진수 김 베르너의 글은, 좀 달랐다. 나는 처음엔 이 사람이 소설을 쓰고 있는 건 아닌가 생각했다. 아니면 자신의 거짓말을 현실로 믿어버리고 만다는 허언증 환자이거나.

검은 옷의 두 남자는 내게 자기들을 따라오라고 했습니다. 영문을 몰라 멈칫대자, 둘 중 상대적으로 좀 더 다부지고 키가 작은 사람이 안주머니에서 검은색 수첩 같은 걸 꺼내 눈앞에 펼쳐보이더군요. 거기엔 생전 처음 보는 마크가 그려져 있었고, 알파벳과 한글로 뭔가가 잔뜩 적혀 있었습니다. 그는 내가 수첩에 적힌 내용을 알아봤다고 여겼는지 '탁' 소리가 나게 덮어서 다시 주머니에 넣더니, "어서 서두르시오"라고 했습니다. 대체 무슨 연유인지나 알고 가겠다고 했더니, 가는 길에 다 말해주겠다고만 할 뿐 대답을 해주지 않는 것이었습니다. 그래서 나는 한 번 더 힘주어 말했습니다. "우리 사장님에겐 말하고 가야 하지 않을까요? 출근했는데 제가 보이지 않으면 걱정하실 거예요." 그러자 앞서 말한 그 남자가 휙 돌아보더니 차갑게 내뱉었습니다. "이런 답답한 친구 같으니라고. 아직도 모르겠나? 자넨 조국의 부름을 받아 가는 거야. 그러니 이제 그깟 사장 따윈 신경쓰지 말라고." 결국 나는 시계방 주인에게 인사도 하지 못한 채 그 사람들이 몰고 온 검은 승용차에 올라탔습니다. 부릉, 하는 소리와 함께 차가 출발했지만, 운전하는 남자나 내 옆에 앉아 나를 노려보고 있는 남자, 둘 중 아무도 자기들이 누구인지 무엇 때문에 나를 데리고 가는지 말해주지 않았습니다. 나 역시 분위기에 짓눌려 아무 말도 하지 못하고 있었지요. 그렇지만 두 사람이 낮고 어두운 목소리로 중얼중얼 이야기를 나누는 걸 들으며, 운전하는 사람이 이씨, 내 옆에 앉아 있는 사람이 박씨라는 것 정도는 알게 되었던 겁니다.

얼마나 달렸을까, 창밖을 보니 어느덧 해가 중천에 떠 있었고, 어디선가 비릿한 내음이 풍겨오기 시작하더군요. 방풍림에 가려 보이진 않았지만 아련히 들려오는 파도 소리며 갈매기 끼룩대는 소리가, 우리가 바다에 가까워졌다는 것을 알려주고 있었습니다. 심호흡을 하며(왜냐하면 그런 바다 냄새는 생전 처음 맡아보는 것이었기 때문입니다) 눈을 감고 있는데, 옆에 있던 박 씨가 내게 조그만 수첩 하나를 내밀었습니다. "이게 뭔가요?"라고 묻는 대신 그를 쳐다보니, 박 씨는 뭔가 대단한 일이기라도 한 듯 자랑스럽고도 오만한 얼굴로 이렇게 말하는 것이었습니다. "펼쳐보게나." 조심스럽게 수첩을 열자, 내 사진이 오른쪽에 조그맣게 인쇄된, 무슨 신분증 같이 생긴 것이 들어 있었습니다. 그런 나를 지켜보던 박 씨가 말했습니다. "음, 이건 여권이야. 정확히는 위조 여권이지. 자넨 이제 스위스인이고 이름은 거기 적힌 대로 진수 김 베르너야. 어릴 때 스위스로 입양된 걸로 해두라고." 나는 너무 놀라 외쳤습니다. "뭐라고요? 내가 왜 스위스인이 되어야 하죠? 여기 남은 가족들은 다 어떡하고요?" 그러자 운전하던 이 씨가 힐끗 뒤돌아보더군요. "남아 있는 사람들이 없다는 것쯤은 다 조사하고 왔어. 자네가 어느 고아원 출신인지까지도, 우린 모두 알고 있지."

한참 동안 멍하니 있다가 나는 물었습니다. "대체 내가 왜 스위스로 가야 하는 건가요?" 그제야 박 씨가 빙긋 웃더니 내 어깨를 두드렸습니다. "그건 바로 자네가 기능올림픽 대회에서 시계태엽장치 부문 금메달을 땄기 때문이야." 그러면서 그들이 들려준 이야기는 놀랍도록 충격적이었습니다. "우린 지금 유럽으로 가는 배를 타기 위해 항구로 이동하는 중이라네. 쉽게 말하면 밀항을 해야 한다, 이 말이지. 자넨 그렇게 배를 타고 니스에 내린 뒤 도보와 자전거, 버스 등등을 이용해 스위스의 어느 작은 마을(지금은 도착지를 비밀로 할 수밖에 없음을 이해해 주게. 이 모든 게 다 중요하기 그지없는 기밀 사항이니 말일세)에 가서 일을 하게 될 거야. 사실 그 일이란 게, 아주 쉬운 거거든. 물론 보통 사람들에겐 어려운 거겠지만 자네에겐 그렇지 않을 거라는 얘기지. 자네가 일하게 될 곳은 세계적인 시계 명장의 작업장이야. 그쪽에 있는 사람들을 통해서 가짜 이력서라든가 소개장 같은 것들을 다 넣어뒀으니, 그저 가기만 하면 되는 걸세. 그런 다음 자넨 거기서 열심히 시계 제작하는 일을 배우라고. 세계 최고의 솜씨를 지닌 기능공인 자네에겐 그런 것쯤은 식은 죽 먹기일 테니까. 그러나 이걸 명심해 둬. 사실 자네가 거기 가는 건 시계 따위나 만들려는 게 아니라는 사실 말이야."

노인, 아니 진수 김 베르너라는 인물의 진술에 의하면, 그가 향하고 있는 곳은 '피에르 자케 드로'라는 스위스인의 비밀 사업장이었다. 그런데 아마 이 글을 읽고 있는

이라면 다들 알고 있겠지만, '자케 드로'라는 이름을 구글에서 검색하면 온갖 기묘한 스토리들이 줄줄이 흘러나온다. 그리고 유튜브에 '오토마톤'이라는 단어를 입력하기만 해도, 가장 윗줄에 뜨는 사람이 '자케 드로'이고 말이다. 그러니까 그는 당대에 '오토마톤'이라고 불리던 자동인형의 가장 유명한 장인이었던 셈이다. 하지만 중요한 것은, 그가 이미 죽은 사람이라는 사실이었다. 그것도 아주 오래 전인 1790년에.

만약 진수 김 베르너가 자케 드로에 대한 이상한 헛소리만 늘어놓지 않았어도, 나는 그의 글을 100퍼센트 믿었을지 모른다. 왜냐하면 1970년대에 기능올림픽에서 금메달을 딴 청년이 스위스의 시계공방에 취업한다는 것은 꽤나 있을 법한 이야기였으니까. 하지만 노인이 오래전 죽은 오토마톤의 명장 자케 드로를 만났고 그에게서 자동인형 제작법을 배웠다고 진술한 부분을 읽다 말고, 난 한숨을 쉬며 원고 뭉치를 책상 구석으로 밀어버렸다.

다음 강의 시간엔 노인들에게 빨간 펜으로 수정한 원고를 하나씩 나누어 줬다. 진수 김 베르너에게 원고를 건네며, 난 작은 소리로 말했다. "어르신, 제가 첫 시간에도 말씀드렸지만, 자서전은 인생의 진실한 기록입니다. 그러니까 소설 쓰듯 이야기를 꾸며내지 마시고, 실제로 있었던 일만 진솔하게 적으셔야 해요." 그러자 노인은 의아한 얼굴로 나를 빤히 쳐다봤다. "대체 내 글의 어디가 가짜라는 건가?" 따지듯이 묻는 그에게 원고를 펼쳐 내밀었다. "자케 드로에게 오토마톤 만드는 법을 배웠다니요. 그건 말이 안되잖아요. 그 사람은 스위스의 유명한 시계 장인이고 죽은 지 200년도 훨씬 넘었단 말이에요. 인터넷에도 다 나와 있다고요." 내 말에 노인이 낄낄 웃었다. "그럴 줄 알았네. 자넨 아직 세상을 알려면 한참 멀었군. 어쨌든 뭘 의심하는지는 알겠어. 그래서 하는 말인데 여기 다음 편이 있으니 읽어보라고. 그러면 내 말이 진짜인지 가짜인지 알게 될 테니까." 그러더니 자칭 진수 김 베르너라는 노인은 지난번보다 한층 두꺼워진 원고지 뭉치를 내 앞에 내려놓는 것이었다.

"지금 우리나라의 운명은 그야말로 사면초가에 처해 있다고 보면 된다네. 나라 안팎은 혼란스럽고 구석구석에서 위험하기 그지없는 자들이 세상을 뒤엎을 음모를 꾸미고 있어. 그렇기에 지금 바로 이 순간, 자네의 능력이 필요한 걸세." 밀항을 하기에 앞서 검은 승용차 안에서 여러 가지 필요한 물건들을 챙겨주며, 박 씨는 말했습니다. "자, 그럼 자네에게 묻겠네. 혹시 오토마톤이라는 말을 들어봤나?" 나는 고개를 저었습니다. 그런 이상야릇한 단어는 처음 들어보는 거였으니까요. "그럼, 자동인형은?" 이번에도 나는 고개를 저었습니다. 대체 오토마톤은 뭐고 자동인형은 다 무엇인지. 어떻게 하루 아침에 이런 기괴하고 이상한 일이 이렇게나 한꺼번에 일어나는 건지, 어리둥절한 마음뿐이었지요. 박 씨는 작은 책자를 내게 건네주더니 지금 얼른 빠르게 읽으라고 명령했습니다. 그리고 이젠 내가 그 작은 책자(표지엔 음산하게 생긴 인형이 깃털펜을 쥐고 글자를 쓰는 사진이 있고 고딕체로 '오토마톤의 명장 자케 드로'라고 적혀 있던, 그리고 제일 아래 구석에 빨간 색으로 '극비사항'이라는 도장이 찍혀 있던)를 가지고 있지 않지만, 여하튼 여기에 책의 내용을 기억나는 대로 요약해서 적어보도록 하겠습니다.

"자케 드로는 1700년대 후반 스위스에 살았던 시계 명장이다. 그는 자신의 비싼 시계를 광고할 목적으로 〈오토마톤〉이라는 자동인형을 제작했다. 지금도 스위스 국립박물관에 가면 수백 개의 부품으로 이루어진 정교한 자동인형이 글을 쓰거나 피아노를 연주하는 모습을 볼 수 있다. 그러나 무슨 이유에선지 자케 드로와 그 아들은 일찍 죽었고, 이후 오토마톤의 제작법은 미궁에 빠져들었다. 수년 전, 자케 드로가 살던 저택을 매입한 프랑스인 사업가가 지하에 묻힌 석관에서 죽은 시계 명장의 시신을 발견하기 전까진 말이다. 원래 그는 저택을 대대적으로 개조하여 호텔을 운영할 계획이었는데, 석관을 발견함으로써 모든 것이 바뀌게 된다. 땅속에서 파낸 석관 안에는 조금도 부패하지 않은 자케 드로가 두 손을 가슴팍에 모은 채 누워 있었다. 그리고 옆에 놓여 있는 편지지 한 장. 너무나 긴 시간 동안 스러지고 빛바래긴 했지만, 거기 적혀 있는 말은 알아볼 수 있었다. 그 종이엔 자케 드로 본인의 필체로 '발견하는 즉시, 내 등 뒤의 태엽을 감으시오'라고 씌어 있었던 것이다. 녹슨 태엽에 기름을 친 뒤 힘껏 돌리자, 자케 드로가 눈을 번쩍 뜨더니 관에서 일어섰다. 사업가는 비명을 지르며 뒤로 물러섰지만, 곧 그게 진짜 자케 드로가 아니라는 걸 알게 된다. 스위스의 시계 명장은 죽기 전 자신과 똑같은 오토마톤을 만들어 땅속 석관에 넣어두었던 것이다. 자케 드로의 오토마톤은 수천 개의 정교한 부품으로 이루어져 있었고, 태엽만 제때 감아주면 자신이 생전에 그렇게도 잘하던 일, 즉 자동인형이라든가 최고의 수제품 손목시계 만드는 일을 척척 해냈다. 현재 프랑스인 사업가는 자케 드로의 오토마톤을 소유하고 있다는 사실은 외부에 철저히 숨긴 채 오직 '자케 드로의 기술을 되살렸다'는 광고만 하며 명품 시계를 파는 업체를 운영하고 있다."

그러니까 박 씨의 말에 의하면, 나의 임무는 그 프랑스인 사업가가 운영하는 비밀 공방에 들어가 일을 하다가, 아무도 모르게 자케 드로의 오토마톤을 만난 뒤 그에게서(어쩌면 '그'라고 하는 대신 '그 인형'이라고 해야 할지도 모르지만) 자동 인형 만드는 법을 빼내는 것이었습니다. "기술을 빼내서 뭘 하려는 건가요?" 내가 묻자, 차 안에 있던 두 남자가 약속이나 한 듯 동시에 깊은 한숨을 내쉬었습니다.

"이걸 믿으라는 건가요?" 세 번째 시간에 난 노인에게 물었다. 그러면서도 속으로는 진수 김 베르너라는 이상한 이름의 노인에게 약간의 부러움 같은 걸 느끼고 있기도 했다. 어쨌거나 이 노인네, 상상력 하나는 뛰어나지 않은가. 그러나 내 말에 노인은 그저 빙긋이 웃을 뿐이었다. "믿지 않아도 상관없네. 진실이란 그 자체로 존재하지, 누가 믿거나 믿지 않는다 해서 달라지는 건 아니니까. 아니, 무엇보다도 자넨 결국 알게 될 걸세. 가장 마지막에, 이 모든 것이 끝나는 순간에 말이야." "뭘요? 대체 뭘 알게 된다는 건가요?" 내가 물었지만 이번에 그는 아무 대답도 하지 않았다.

그러면서 박 씨가 들려준 이야기는 다음과 같았습니다. "혹시 자네, 세뇌당한 사람들에 대해 들어봤나?" "세뇌당한 사

215
가깝게 우리는

람들이라니요?" 금시초문이라고 하자, 박 씨는 어둡고 을씨년스러운 목소리로 긴 이야기를 시작했습니다. "내가 몸담고 있는 조직에, 전파에 세뇌당한 여자들에 대한 정보가 접수된 건 작년 즈음의 일이네. 사실 그때 우린 경악을 금치 못했어. 불온하고도 사악한 전파에 물들어 적과 내통하고 국가를 전복한 뒤 민족마저 말살시킬 계획을 품고 있는 자들이, 하필이면 그렇게도 순박한 시골 여자들이라는 사실에 놀라지 않을 수 없었던 거야. 어쨌든, 우린 곧바로 그들에 대한 조사에 돌입했지. 그녀들의 고향이 어딘지, 도대체 어디에서 그런 사악한 기운에 물들고 만 것인지, 그리고 그 여자들의 최종 목적은 무엇인지에 대하여 말이야. 우린 자연스러운 접근을 위해 그들이 일하는 장소에 숨어들었어. 그녀들처럼 파란색 작업복을 입고 몸에는 실밥이나 단추, 천 조각 등을 붙인 채 미싱을 돌렸지. 그래, 낮에도 어두컴컴하고 하루종일 고개를 푹 숙이고 일하면서도 단 한 번 허리조차 마음껏 펼 수 없던 그 작업장에서 말이야. 그곳에서 정체를 들키지 않기 위해 우린(나와 이 씨는) 대화를 나누면서도 미싱을 돌리거나 방적 기계에 실을 감아야만 했다네. 어쨌든 내가 먼저 실을 감으며 말했어. '여자들의 고향은 제각각인 걸로 드러났네. 그래도 한 가지 공통점이 있다면 모두들 시골에서 올라왔다는 것이지.' 그러자 옆에 있던 미싱을 돌리며 이 씨가 말하더군. '그녀들은 나라를 뒤엎으려 하고 있어. 그야말로 말도 안 되는 꿈을 꾸고 있는 거지.' 이 씨는 다시 미싱에 윤활유를 바르며 덧붙였네. '정말 무서운 일이야. 도대체 나라가 어떻게 되려는 건지.' 이 씨 말에 의하면, 여자들의 작업장은 이미 악의 소굴이 된 지 오래라는 것이었어. 그러니까 자네도 알다시피 우리나라에서 생산되는 옷감의 품질이 좀 싸고 좋은가 말일세. 바이어들이, 우리가 만들어 내는 옷감을 사 가려고 줄을 서 있었지. 결국 작업장은 쉴 새 없이 돌아갔고, 당연히 그 여자들은 무척이나 바빴던 거야. 뭐, 그렇다고는 해도 무슨 특별한 문제가 있었던 건 아니라네. 그저 야근을 더 많이 했고 일이 밀린 날은 식사를 거르거나 아니면 옷감 더미 사이에 서서 대충 주먹밥을 먹었다는 정도뿐이니까. 공장장의 말로는, 그 밖의 별다른 문제는 없었고, 오히려 시골에서 올라온 그 여자들은 누구보다도 열심히 일하는 착하고 순박한 아가씨들이었다는 걸세. 그런데 어느 날 누군가가 공장에 의문의 라디오를 가져왔고, 그때부터 모든 게 바뀌었다는 거야." 난 되물었습니다. "의문의 라디오라고요?"

그러자 박 씨가 의미심장한 표정을 지었습니다. "그래, 의문의 라디오. 공장장의 말로는, 그 라디오는 창밖에 빨간 꽃 파란 꽃 들이 꽃밭 가득 피어 있던 어느 봄날 오후 누군가가 가져왔다고 해. 물론 그렇다고 해서 거기서 일하던 여자들이 꽃밭 가득 피어 있던 꽃들을 구경할 여유가 있었던 건 아니지만 말일세. 그들은 라디오가 있는 줄도 모를 만큼 열심히 옷감을 짜고 있었을 뿐이지. 하지만 그게 바로 모든 문제의 출발점이었던 거야. 라디오를 작업장 안에 틀어놓은 것. 거기선 언제나 유행가가 흘러나왔지만, 공장장은 분명 거기에 섞여 나쁜 전파가 딸려 나온 게 확실하다고 하더군. 언젠가부터 여자들이 말도 안 되는 의견을 주장하며 자신들의 의무를 다하려고 하지 않았으니 말이야. 그들은, 도시락을 먹을 땐 의자에 앉아서 먹겠다고 했고 그런 뒤엔 적어도 30분 정도는 쉬게 해달라는, 그런 엄청난 걸 요구했다는군. 게다가 야근 수당을 챙겨달라고 한 여자까지 있었던 모양이야. 여하튼, 공장장은 충격을 받았지. 그녀들은 그동안 그야말로 착하고 부지런하기 이를 데 없는 일꾼들이었는데, 도대체 무슨 바람이 불었기에 저런 철면피한 언행을 일삼는 걸까. 공장장은 밤마다 잠도 자지 않고 그 이유에 대해 생각했다네. 그때 문득 떠오른 게 바로 그 라디오라는 거야. 여자들이 그 의문의 라디오를 듣기 시작한 즈음부터 이상한 변화가 일어났다고 그는 생각했고, 결국 이런 일에 전문인 우리에게 도움을 청하게 되었던 거지. 하지만 라디오를 살펴보려던 우리의 계획은 무산되고 말았어. 여자들이 변한 이유가 라디오 때문이라고 여긴 공장장이 홧김에 그걸 발로 밟아 부숴버린 뒤였기 때문이야. 어쩔 수 없이 우린 옷감 짜는 공장으로 향했어. 사실 그때만 해도 여자들을 잘 타이르면 모든 일이 잘 풀릴 거라고 믿었지. 우리가 조사한 바에 의하면, 그녀들은 모두 순박하고 착한 시골 출신들이었으니까. 하지만 막상 그곳에 도착하고 보니, 그간의 믿음이 너무 안이한 생각이었다는 게 드러났네. 놀랍게도 여자들은 제정신이 아니었어. 자기들의 고집을 꺾지 않았다, 이 말이야. 우린 어쩔 수 없이 시골에 사는 여자들의 부모들에게 연락을 했네. 그들에게 일일이 전보를 치고 편지를 써서 딸들의 사정을 알려줬지. 전파에 세뇌된 당신들의 딸이 지금 얼마나 사악한 짓을 저지르고 있는지 아느냐고 넌지시 일러준 뒤, 만약 그들을 그대로 둔다면 앞으로 어떤 일이 벌어질지 모른다고 적당히 위협했던 거야. 물론 당연히, 대부분이 시골 농부였던 그 부모들은 대경실색했지. 그들은 당장 갈아야 할 논과 밭도 다 팽개친 채 짐을 꾸려 상경했다네. 그러고는 딸들이 문을 걸어 잠그고 필사적으로 저항하던 공장으로 향했던 걸세. 평생 농사만 지어 얼굴이 시커멓게 타버린 그 농부들은, 공장 문 앞에서 땅을 치며 울부짖었어. 그들은 딸에게 외쳤지. 얼른 나오라고. 그리고 고향으로 돌아오라고. 그렇게 울며 소리치는 농부들의 얼굴은 극심한 두려움에 파랗게 질려 있었고, 표정 또한 너무나 슬퍼 보였기에, 우린 이제 모든 일이 잘 풀릴 거고 결국 여자들은 잘못을 뉘우친 뒤 공장 밖으로 나와 원래의 착한 딸들, 즉 성실하고 부지런한 일꾼으로 되돌아갈 것임을 확신했던 걸세."

나는 중간에 박 씨의 말을 잠깐 멈추고 물었습니다. "그래서 어떻게 되었던가요? 여자들은 집으로 돌아갔나요?" 내 질문에 박 씨는 천천히 고개를 저었습니다. 그는 저녁해가 뉘엿뉘엿 지고 있는 수평선을 이윽히 바라보더니, 다 피운 담배 꽁초를 창밖으로 던져버리더군요. 그러고도 한동안 말없이 한숨만 쉬던 박 씨는 한참이 지난 후에야 입을 열었습니다. "아니. 그건 정말 무서운 것이었어. 여자들의 머릿속을 점령해 버린 기이한 전파 말이야. 그 어떤 설득과 위협에도, 그녀들은 끄떡도 하지 않았으니까."

그때 박 씨는 자기들이 어떤 식으로 그 여자들을 고향으로 되돌려 보내고 공장 문을 다시 열었는지에 대해선 자세히 말해주지 않았습니다. 그저 약간의 완력이 필요했다고만 했을 뿐이지요. 그런데 지금 생각하면 나도 참 눈치가 없었던 것 같습니다. 그 순간 이렇게 질문하고 말았으니까요. "완력이라고요? 그게 무슨 말이지요?" 나는 곧 박 씨의 얼굴을 봤고, 뭔가 잘못됐다는 걸 깨달았습니다. 무심코 돌아본 그의 표정이 너무나 무서웠기 때문입니다. 그는 낮고 차가운 목소리로 말했습니다. "이봐, 우리도 될 수 있으면 좋게 끝내고 싶었다고. 하지만 여자들이 말을 들어야 말이지. 그들은 사악한 전파에 감염되어 제정신이 아니었어. 을러도 보고 협박도 해봤지만 소용없었지. 결국 우린…." 그러더니 박 씨는 잠시 말을 멈췄습니다. 표정이 잔뜩 일그러진 게, 뭔가 끔찍한 말이 그의 입에서 나올 것 같아 나는 와들와들 떨었지요. 하지만 그는 곧 평정을 되찾았습니다. 마치 아무 일도 없었다는 듯 무표정한 얼굴로 되돌아간 박 씨는, 별일 아니라는 투로 다음과 같이 말했습니다. "이런, 내가 좀 흥분했군. 하여튼 이젠 일이 다 잘 풀렸으니 걱정 말라고. 그 여자들은 고향으로 돌아가서 행복하게 살게 됐고 옷감 만드는 공장에선 오늘도 방적기가 빠르게 돌아가고 있으니까. 다만 우리의 걱정은 이거야. 이번엔 어떻게 잘 넘어갔지만 언젠가 이런 세뇌당한 인간들이 또다시 나타나지 말란 법은 없다는 거지. 자, 이제 무슨 말인지 알겠나?" 그러면서 박 씨와 이 씨가 동시에 쳐다보기에, 난 당황하여 중얼거렸습니다. "글쎄요, 무슨 말씀을 하는 건지…"

그러자 박 씨가 껄껄 웃었습니다. "그래, 그럼 우리가 알기 쉽게 설명해 주지. 자네 임무는 바로 오토마톤의 제작이네. 사나흘 뒤면 도착할 자케 드로의 비밀 작업장에서 빼내 와야 할 기술. 우리는 지금, 그 어떤 것에도 세뇌되지 않고 열심히, 비가 오나 눈이 오나 하루 24시간 일할 수 있는 자동인형이 필요하다고."

아쉽게도 진수 베르너의 원고는 여기서 끝나 있었다. 네 번째 강의 시간에 그가 나오지 않았기 때문이다. 도 서관 사무실에 가서 노인의 연락처를 알 수 있는지 물었 지만, 민원을 담당하던 공익근무요원은 사무적인 말투 로 "그건 개인정보에 해당하기 때문에 알려드릴 수 없습 니다"라고 했다. 평소의 나였다면 그냥 알았다고 한 뒤 사무실 문을 닫고 나왔을 것이다. 그러나 이번엔 아니었 다. 노인의 뒷이야기, 자동인형 만드는 기술을 정말 배웠 는지 그걸 대체 어디에 써먹었는지, 이런 것들이 궁금해 서 견딜 수 없었기 때문이다. 아니, 좀 더 솔직해지자. 그 러니까 내가 제정신일 때(예를 들자면 사람들과 카페에서 커피를 마시거나 친구들과 의미없는 카톡을 나눌 때) 난 노인 의 말을 믿지 않았다. 그럴 때 그는, 알츠하이머 초기 증 세를 앓고 있거나 또는 약간 맛이 가서 자신의 상상을 실제 있었던 일로 믿어버리는 가여운 노인네에 불과했 다. 하지만 내가 제정신이 아닐 때, 즉 깊은 밤 혼자 음악 을 들으며 담배를 피우거나 혹은 꿈속에서 이상한 세계 를 헤매고 있을 때, 난 노인의 이야기를 믿었다. 그런 순 간 어딘가엔, 자동인형이 살아 숨 쉬는 사람처럼 움직이며 누군가에게 비밀스러운 기술을 전수하고 어둡고 볕이 들지 않는 작업장에선 얼굴이 창백한 여자들이 10분도 안 되는 시간 동안에 도시락 하나를 비우며 실을 자아야 하는 세계가 존재하는 것이었다. 내가 나가지 않고 버티자, 공익근무요원은 어쩔 수 없다는 듯 노인의 이름을 물었다. "이번만 알려드리는 겁니다." 그러나 내가 진수 김 베르너라는 이름을 댔을 때, 그는 피식 웃었다. "저기요, 여기서 강의를 듣는 외국인은 없거든요." 나는 그가 외국인이 아니고 그저 이름만 베르너일 뿐이라고 다시 알려줬다. 그러자 공익근무요원은 컴퓨터를 쳐보고 서류철까지 가져와 살펴보더니 이렇게 말했다. "김진수도 없고 베르너도 없어요. 확실해요. 그런데 좀 전에 강의 듣는 분이 열 명이라고 하지 않았어요? 하지만 여기 수강 기록엔 아홉 명뿐이네요." 잠깐 서 있던 나는 알겠다고 한 뒤 사무실을 나왔다. 노인은 왜 오지 않은 걸까? 그는 어떻게 수강신청도 없이 강의실에 스며들 수 있었던 걸까?

마지막 강의가 있던 날, 나는 평소보다 조금 일찍 시립도서관에 갔다. 도서관은 지어진 지 수십 년도 더 된 건물이었고, 그래서 돌로 된 계단엔 이끼가 끼고 모서리는 조금씩 부서져 가고 있었다. 그 한켠에 앉아 담배에 불을 붙이려는데, 어디선가 말소리가 들려왔다. 처음엔 신경 쓰지 않았지만 소리가 점점 커지기에 돌아보니, 도서관 뒤쪽 갖가지 폐기물이라든가 쓰레기 같은 걸 모아 두는 곳에서 경비원이 누군가와 실랑이를 벌이고 있었다. '또 어디서 진상이 하나 나타났나 보군.' 이렇게 생각하며 담배를 입에 물다 말고 나는 벌떡 일어섰다. 저 목소리. 얼핏 보이는 종묘사 모자. 낡고 빛바랜 등산잠바. 경비원과 말다툼을 벌이고 있는 사람은 영락없는 진수 김 베르너였다.

그쪽으로 달려가 보니, 경비원이 난감한 얼굴로 허리에 손을 짚은 채 서 있었다. 노인은 타다 만 종이 뭉치 같은 걸 들고 거의 울 듯한 표정으로 어쩔 줄 모르고 있었고 말이다. "어르신, 무슨 일이세요? 그건 또 뭐고요?" 내 말에, 경비원이 지원군이라도 만난 듯 반가운 얼굴로 외쳤다. "아니, 글쎄 여기서 저걸 태우려 하고 계시잖아. 불법 소각은 안 된다는데도 저렇게 고집을 피우시니. 가족들 연락처를 물어도 대답도 안 하고, 무작정 당장 태워야 한다는 거야. 나 원 참." 나는 경비원에게 이 노인을 안다고 했다. "제가 모셔다 드릴 테니 가보셔도 될 것 같습니다." 경비원은 뛸 듯이 기뻐하며 노인을 내게 인계

했고, 최대한 빠른 걸음으로 어디론가 가버렸다. 옆을 보니 노인은 모자를 벗어서 품에 안은 채 폐기물처리장 옆 버려진 플라스틱 의자에 앉아 있었다.

"지난번엔 왜 안나오셨어요?" 내가 묻자, 진수 김 베르너가 말없이 고개를 푹 숙였다. "잠깐만요, 어디 아픈 거 아니세요?" 노인의 얼굴은 핏기라곤 하나도 없이 누르스름했다. 며칠간 제대로 먹지도 않았는지 양 볼이 움푹 꺼져 있어서 음산한 기운마저 감돌고 있었다. "저기, 그러지 말고 매점에 가서 뭐라도 드실래요?" 그러나 노인은 고개를 저었다. 첫 강의 시간에 봤던 얼굴과는 너무 다른 표정이었다.

나는 노인을 부축하여 도서관 앞 등나무 아래까지 데려갔다. 거기엔 등받이가 달린 좀 더 편한 의자가 있었다. "여기 잠깐 앉아 계세요. 가서 물이랑 좀 사 올게요." 매점으로 가려는 나를 진수 김 베르너가 잡았다. "왜요?"라고 물으며 돌아서다 말고 나는 멈칫했다. 내 옷자락을 잡은 노인의 손. 그게 암만 봐도 이상했기 때문이다. 어쩌면 내가 잘못 봤을지도 모른다. 그러니까 그는 그저 라텍스 장갑 같은 걸 끼고 있던 걸 수도 있으니까. 여하튼 노인의 손은 매끄럽고 반들반들했으며 동시에 여기저기 금 가고 깨져 있는, 딱딱한 플라스틱 재질의 뭔가로 보였다. 놀란 내 얼굴을 보더니, 노인이 씩 웃었다. 모든 걸 내려놓는 듯, 혹은 모든 것에서 놓여나는 듯, 담담한 표정이었다. 그리고 내가 제대로 들었다면, 그때 그는 이런 말을 했던 것 같다. "자네도 알아버렸군. 하긴 나도 알게 된 지 얼마 안 됐으니까. 그런데 대체 어떻게 이리도 뒤늦게야 깨달을 수 있었던 걸까? 그나저나, 속인 건 누구지? 그들일까? 아니면… 내가 나를?" 그러더니 진수 김 베르너가 그때까지 꼭 쥐고 있던 오른손 주먹을 폈다. 그 안엔 녹슨 황동빛의 커다란 태엽 하나가 덩그러니 놓여 있었다.

나는 그가 무슨 말을 하는 건지 도무지 알 수 없었다. "자초지종은 좀 있다 듣고요, 일단 뭘 좀 사 올게요. 잠깐만 여기서 기다리세요." 하지만 매점에서 물 한 병과 초코파이를 사 왔을 때, 등나무 아래엔 아무도 없었다.

[알아볼 수 없는 글자들, 찢어진 조각들에 이어서.] 한국으로 돌아온 나는 그야말로 불철주야 열심히 일했습니다. 한시도 쉬지 않고 도시락도 서서 먹으며 자동인형을 제작하는 일에 몰두했지요. 물론 많이 힘들었지만, 내가 오토마톤을 하나 더 만들어 낼 때마다 우리나라가 더 좋아질 거란 믿음 덕분에 버틸 수 있었습니다. 사실 자랑은 아니지만, 나의 오토마톤

은 정말 대단한 물건이었습니다. 그들은, 아니 그것들은, 어떤 동력도 없이 그저 등 뒤의 태엽만 제때 감아주면 24시간 365일 쉬지 않고 일할 수 있었으니까요. 게다가 불평이나 불만도 없고 원하는 것도 없었습니다. 때에 맞춰 기름칠을 해주고 혹여나 망가진 부품이 있으면 갈아 끼워주기만 하면 되었지요. 오래전 처음 밀항을 하여 바다를 건널 때 들었던 이야기들. 세뇌당한 끝에 말도 안 되는 고집을 피우며 일하기를 거부했던 사람들. 그런 이들이 또다시 나타날지 모른다는 걱정 따윈 이제 없었습니다. *(다시 안 보이는 글자들, 타다 만 검은 잿더미 뭉치가 먼지처럼 화르륵 바람에 날려간다.)* 그런 의문을 가지지 않은 건 아닙니다. 스위스의 그 비밀스러운 작업장에서 자케 드로의 오토마톤을 보면서 말입니다. 아무리 봐도 자케 드로의 오토마톤은 자신이 자동인형이라는 사실을 모르는 것 같았으니까요. 하루는 돋보기 안경을 한쪽 눈에 끼우고 톱니의 날카로운 면을 정성껏 갈아내고 있던 자케 드로에게 넌지시 물었습니다. "그렇게 하루종일 일하면 힘들지 않아요? 그러니까 내 말은… 좀 이상한 기분이 들지 않냐는 거예요. 뭐랄까, 자기 자신이 살아 있는 사람이 아니라 어떤 기계나 부속품이 된 것 같은 그런 느낌 말이에요." 하지만 자케 드로는, 아니 자케 드로의 자동인형은, 내가 무슨 말을 하는지 전혀 눈치채지 못했습니다. 그는 오히려 뿌듯하다는 듯 씩 웃으며 녹음된 음성처럼 기계적으로 대답하는 것이었습니다. "아니, 괜찮아. 일하는 건 나의 즐거움이자 살아가는 이유이니까." 그런 자케 드로를 보며 나는 이유를 알 수 없는 공포를 느꼈습니다. 저건 살아도 살아 있는 게 아니군. 아니 죽어 있어도 죽지 못한다고 해야 하나. 이런 혼잣말을 하며 몸서리를 치던 기억도 납니다. *(또 다시 뜯겨져 나간 한 뭉텅이의 종이들.)* 그런데 며칠 전, 그야말로 수십 년만에 박 씨와 이 씨가 작업장을 찾아왔습니다. 그날도 나는 새로 개발한 오토마톤이 제대로 작동하는지 살펴보고 있었는데, 평소엔 아무도 찾지 않던 공장 밖에서 자동차 소리가 들리지 뭡니까. 참고로 말하자면 내가 오토마톤을 제작하는 공장은 W시 변두리의 어느 외진 곳에 있었습니다. 이건 중요한 기밀사업이었기 때문에, 건물 밖은 그저 버려진 창고와 같은 외관을 하고 있었고 간판이나 그런 것들도 하나 달지 않았었지요. 누군가가 우리의 사업을 눈치채고 몰래 침투하여, 예전에 내가 자케 드로의 기술을 빼냈듯이 나의 기술을 빼 가면 안 되니까요. 여하튼, 창고 문을 빼꼼히 열고 보니, 어디서 많이 본 노인네 두 명이 서 있던 겁니다. 처음엔 그들이 누군지 몰라봤고, 그래서 난 경계심 가득한 목소리로 물었습니다. "누구쇼? 뭐 하는 사람들인데 남의 창고 앞에서 어슬렁거리는 거요?" 그러자 머리가 하얗게 세고 구깃구깃한 검은 양복을 입은 두 노인이 킬킬 웃는 것이었습니다. "이봐, 진수, 우릴 벌써 잊었나?" 그제야 나는 그 낯익은 목소리의 주인공이 박 씨와 이 씨라는 것을 알았습니다.

"아아, 이런! 어서 들어오세요!" 나는 창고 문을 활짝 열고 박 씨와 이 씨를 맞아들였습니다. 그러고 보니 내가 있는 곳으로 누군가가 찾아온 것은 또 얼마만의 일인지. 언젠가부터 오토마톤을 찾는 이는 아무도 없었고 나의 나날은 정적 속으로 잦아들어 가고 있었으니까요. 물론, 덕분에 남아도는 시간을 회고록을 쓰는 데 바치고 있었으니 그리 아쉬울 것은 없었지만 말입니다. 자랑은 아니지만, 365일 24시간 쉬지 않고 일하는 자동인형을 만드는 기술은 반드시 후대에 전수되어야 했기에… *(물에 젖었다가 말라버려 더 이상 알아볼 수 없게 번진 글자들.)* 여하튼 우린 창고 안에 평상을 펴고 앉아 오랜만에 회포를 나누었지요. 가까운 음식점에서 탕수육과 류산슬을 주문했고 마을 입구에 있던 가게에서 사 온 소주를 곁들여 먹으며 말입니다. 중간에 나는 벌떡 일어서서, 마침 그날 오전 새로 완성한 오토마톤을 가지고 들어왔습니다. 너무 대단한 제품이라 자랑하지 않고는 버텨낼 재간이 없었지요. "때맞춰 잘 오셨습니다. 이것 좀 보십시오. 완전히 새로운 오토마톤입니다. 일종의 집배원 자동인형이라고 할까요. 이 녀석들이라면 방사능 라돈 침대를 수천 개 수거해오라고 해도, 하루 온종일 등기와 택배를 배달하라고 해도, 한 마디 불평도 없이 척척 해낼 겁니다." 그러나 기뻐하며 박수 쳐줄 줄 알았던 박 씨와 이 씨의 얼굴엔 난감함이 흐르고 있었습니다. 두 사람은 어찌해야 좋을지 모르겠단 표정으로 서로 마주보더니 뜨악한 목소리로 묻는 것이었습니다. "이보게, 자넨 아직 드론이라든가 인공지능 같은 걸 들어본 적 없나 보군." 나는 바닥에 그 무거운 집배원 오토마톤을 내려놓고 물었습니다. "뭐라고요? 드… 뭐라고 하셨나요?" 그들은 대답 대신 나에게 구겨진 신문 한 장을 내밀었습니다. 거기엔 생전 처음 보는 대머리 외국인이 괴물같이 생긴 네 다리 짐승과 활짝 웃으며 길을 걷고 있는 사진이 실려 있었습니다. 헤드라인엔 '보스턴다이내믹스의 로봇개와 함께 산책하는 아마존 CEO. 드론 배달의 시대 앞당기겠다고 말해'라는 글자가 선명했습니다. *(매직으로 북북 그은 자국 사이로 보이는 글자들.)* "하, 이런. 아직 몰랐나 *(안 보임)* 우리도 실업자 신세야. *(다시 얼룩, 번진 자국.)* 자네 등 뒤를 만져보라고. 그 태엽. 우리가 밤마다 들러 감아줘야 했는데, 이젠 알아서 혼자 하게나. 앞으로 월급도 안 나올 텐데 여기 와서 자네 태엽까지 감아줄 겨를이 없단 말이야. 우리도 먹고살 길을 찾아야지." *(완전한 검정색 종이, 눈처럼 날리는 회색의 잿더미들)*

도서관 여기저길 돌아다니며 노인을 찾았지만, 그는

어디에도 없었다. 마지막으로 혹시나 하는 마음에 도서관 뒤편, 아까의 그 폐기물처리장에 들렀을 때, 거기엔 노인 대신 타다 만 원고 뭉치가 여기저기 떨어져 있을 뿐이었다. 나는 할 수 있는 한 종이를 모두 그러모았다. 그런 다음, 강의를 끝내고 집으로 돌아와 바닥에 그것들을 펼쳐놓고 최대한 이어 붙이고 잘라 붙인 끝에 대충의 내용을 재구성해 낼 수 있었다. 물론 지금도 나는 내가 그 수많은 쪼가리들을 제대로 이어 붙였는지는 확신하지 못한다. 어쩌면 스토리는 완전히 다른 방향으로 흘러갔고, 노인은 오토마톤 명장의 자격으로 아마존 CEO의 초대를 받아 시애틀행 비행기에 몸을 실었을지도 모른다. 아니면 여기저기 번지고 중간엔 뭉텅이째 빠진 데다 시커멓게 타기까지 한 이 원고가 사실은 모두 허구며, 모든 것은 강원도 소도시 어딘가에서 지루한 나날을 보내던 한 노인이 심심풀이 삼아 꾸며낸 꿈 혹은 상상일지도 몰랐다. 둘 중 어느쪽이든, 부디 그러하길 바라며, 난 열심히 모아서 재구성한 원고 뭉치를 라면박스에 담았다. 버릴까 생각도 했지만, 이상한 아쉬움에 그러진 못했다. 노끈으로 잘 묶은 상자를 나는 베란다 창고 맨 위쪽 선반에 올려놨다.

그리고 만약 그 손, 폭발로 인해 녹아 흘러내린 플라

스틱 손과 그 안에 있던 (비록 나의 눈에만 보인 것이지만. 왜냐하면 노인은 죽으면서까지 자신의 비밀을 지키려는 듯 주먹을 꽉 쥐고 있었으니까. 그런데 대체 그는 언제 왜 어떻게 오토마톤이 되어버린 것일까. 왜 어떤 사람들은 스스로가 자동인형이라는 걸 알지 못한 채 하나뿐인 생의 마지막에 이르러서야 그걸 깨닫게 되는 걸까) 녹슨 황동빛 태엽이 아니었더라면, 나는 여전히 이 마분지 상자에 대해선 완전히 잊고 있었을 것이다.

그날 저녁, 시 외곽의 버려진 창고를 찾아갔다. 거기엔 아무도 없었다. 거대한 창고는 약간 불에 그을려 있는 걸 빼곤 멀쩡했다. 공터를 빙 둘러서 쳐진 폴리스라인이 없었다면, 그곳에서 한 노인이, 아니 한 자동인형이 프로판가스통을 등에 멘 채 폭발해 버렸다는 것을 아무도 알지 못할 듯싶었다. 그만큼 주변은 평온했다. 창고 뒤로 우거진 어두운 잡목 숲에선 사그락 사그락 나뭇잎 스치는 소리가 들려왔고 어디선가 까마귀가 울고 있었다. 창고 문을 두드려 봤지만 당연히 대답은 없었다. 암만 둘러봐도 오토마톤을 만들던 공장이었다고 하기엔 너무 폐허였다. 도시 외곽의 버려진 창고들이 다 그렇듯 주위엔 온갖 잡동사니들이 쌓여 있었다. 부러진 각목, 깨진 벽돌, 빈 플라스틱 물통, 찌그러진 타이어 들 사이를 뒤져봤지만 자동인형 비슷한 것도 보이지 않았다. '다행이야.' 나는 왠지 이유도 모르면서 안도의 한숨을 내쉬었다.

돌아서서 비탈진 길을 내려오는데 문득 희미한 소리가 들려왔다.

걸음을 멈추고 가만히 서 있자니 그것은 좀 더 또렷해졌다.

수많은 톱니바퀴가 서로 맞물려 돌아가며 내는 듯한 이 소리.

나는 창고로 달려가 굳게 닫힌 철문에 귀를 갖다댔다. 그 안에선 수천 개의 시계태엽장치가 한꺼번에 움직이는 듯, 끝없는 똑딱똑딱 소리가 서서히 커져가고 있었다.

어디서
무엇이 되어
다시 만나랴

"

그는 스스로를 다른 이와

섞어버렸어요.

"

어디서 무엇이 되어 다시 만나랴《릿터》2019

"유일하게 옳은 것, 축구가 세계를 지배할 것이다." 이렇게 말한 사람은 스위스의 정신분석학자이자 축구 애호가였던 한스 움벨바흐다. 아니 알고 보면 이 말을 한 사람은 한스 움벨바흐가 아니라 독일의 전설적인 축구 선수 프란츠 베켄바우어였을지도 모른다. 하긴 그게 베켄바우어든 아데바요르든 무슨 상관이란 말인가. 어차피 중요한 것은 축구가 세계를 지배할 거라는 엄청난 예언(이 옳았는지 아닌지는 차치하고라도) 그 자체일 뿐인데.

그런 의미에서 "유일하게 옳은 것, 축구가 세계를 지배할 것이다"라고 말한 사람은, 1969년 10월 20일, 비가 억수같이 쏟아지던 효창운동장에서 오스트레일리아인 골키퍼를 노려보며 서 있던 한국의 축구 선수 K였을 수도 있다. 그의 인생을 지배한 게 정말로 축구였으니 말이다(물론 그는 끝까지 아니라고 주장할 테지만).

그날 K는, 멕시코 월드컵 예선 마지막 경기에서 오스트레일리아와의 접전 끝에 방금 막 페널티킥을 얻어낸 한국팀의 키커로 거기 서 있었다. 그의 근육은 온통 팽팽했고 얼굴에선 땀이 비와 함께 섞여 흘러내렸다. 단 한 치의 실수만 있어도 한국은 예선에서 탈락할 텐데, 그런 건 생각하고 싶지도 않은 끔찍한 결말이었다. 무엇보다도 그는, 그날 아침 라커룸을 찾아온 검은 옷의 남자와 나눈 대화를 결코 잊을 수 없었다. "무슨 일이 있어도 이겨야 해, 알겠나? 국가의 운명이 자네들 발끝에 달려 있다고." 다시 한번 숨을 고른 뒤, K는 발 앞에 놓인 둥근 공을 지그시 쳐다봤다. 그다음엔 골문 앞에 서 있던 골키퍼를 노려봤고 곧이어 공을 향해 달리기 시작했다. 그러나 잘 알려져 있다시피 그날 K는 실축했고, 한국은 본선에 진출하지 못했다. 비에 젖은 공이 허무하게 날아올라 골대를 스쳐 지나갈 때 사람들은 기나긴 탄식을 내뱉었다. 결국 K는 분노한 관중들이 마구 던지는 오징어와 소주병을 이리저리 피하며 운동장을 빠져나왔고, 얼마 후 조용히 은퇴했다. 그를 마지막으로 배웅한 사람은 동생인 J였는데, 그나마도 아주 멀리서 까치발을 하고 내다본 게 전부였다. 왜냐하면 페널티킥 실축 이후 식음을 전폐한 채 틀어박혀 지내던 K가 드디어 모습을 드러낸 곳은 김포공항이었고, 거기서 그는 커다란 트렁크를 하나 끌며 어디론가 떠나는 중이었기 때문이다.

"형님은 여기선 얼굴을 들고 살 자신이 없다고 하셨네. 아무리 말려도 소용이 없었지." J는 이렇게 말하며 쓸쓸히 고개를 저었다.

"몇 년 전 K가 한국으로 돌아왔다는 소식을 들었습니다. 그 후론 자주 왕래하셨나요?" 내 질문에 역시 J는 쓸쓸히 웃었다. "형님이 그렇게 한국을 떠난 후론 사실 거의 연락을 안 한 채 살았다고 보면 되네. 외국에 계신 동안에도 편지 서너 통을 받은 게 다니까. 그래서 다시 들어오신 뒤에도 형님을 뵙진 못했다네. 도통 가족을 만나려 하지 않으니… 글쎄, 이유야 난들 아나. 하여간 이젠 우리도 포기했어. 그저 알아서 잘 지내길 바라는 수밖에…" 그러다가 노인이 고개를 들었다. "그나저나, 갑자기 형님 소식을 묻다니, 이유가 뭔가? 가만있어 보자, 여러 가지 대행업을 한다고 했지, 자네?" 나는 얼른 주머니에서 명함을 꺼내 그에게 내밀었다. 노인은 그걸 한참 동안 들여다보더니 테이블 위에 내려놨다. 그러고도 꽤 오래 앞에 놓인 커피잔을 만지작대더니 천천히 입을 여는

어디서 무엇이 되어 다시 만나랴

것이었다. "이런 얘길 해도 되나 모르겠는데… 하긴, 세월이 이렇게 오래 흘렀으니 털어놔도 되겠지. 사실대로 말하자면 (그리고 이건 지금까지 어디에도 밝힌 적 없는 비밀인데) 형님은 대표팀에 차출된 뒤 갔던 독일 전지훈련 도중 사라진 적이 있다네. 글쎄, 나도 모르지. 그 사흘간 어디서 뭘 했는지. 그땐 정말 별별 이야기가 다 나왔어. 북한에 납치됐다는 설부터, 제 발로 동베를린을 통해 북으로 넘어갔을 거란 추측, 힘든 대표팀 생활에 회의를 느끼고 제3국으로 망명을 신청했다는 소문, 하다못해 원양어선에 끌려가 북해에서 다랑어를 잡고 있을지도 모른단 얘기까지, 그야말로 온갖 억측이 난무했던 거야. 정보기관에서도 몇 번이나 우릴 불렀고, 형님이 갈 만한 곳이 없는지, 그간 뭔가 수상한 얘길 하진 않았는지, 묻고 또 물었다네."

"그래서 어떻게 됐나요? 그런 이야긴 정말 처음 듣는데요?" 내가 짐짓 모른 척하자, J가 땅이 꺼져라 한숨을 쉬었다. "어떻게 되긴. 그다음 해 효창운동장에서 공 찬 거 보면 모르겠나? 당연히 돌아왔지. 그런데 그게 영 석연치 않았다, 이거야. 형님은 그저 길을 잃었던 거라고만할 뿐, 더는 아무 말도 하지 않았어. 정보기관에서 나왔던 사람들도 형이 잘 돌아왔다고만 하고, 자세한 건 아무엇도 알려주지 않았다네. 그런데 말이야, 어쩌면 형님이 사라졌던 건 오히려 별로 이상한 일이 아닐지도 몰라. 뭐, 사람이 살다 보면 낯설고 말도 안 통하는 나라에서 길을 잃고 헤맬 수도 있는 법이니까. 진짜로 이상한 건, 형님이 그때부터 좀 달라졌다는 거야. 멍하니 허공을 응시할 때가 많았고, 말을 걸면 깜짝 놀라며 몸을 움츠리곤 했지. 가족들을 만나려고도 하지 않았고 어쩌다 집에서 저녁이라도 먹게 되면 숟가락을 놓자마자 숙소로 돌아가 버리곤 했다네. 그러다 효창운동장 사건이 있었고… 그렇게 외국으로 떠난 뒤론 아예 우리와 왕래가 끊긴 거나 마찬가지가 되고 말았지."

이야기를 하다 말고 노인이 주머니를 뒤지기 시작했다.

"그래, 그러고 보니 이게 있군. 형님이 한국으로 돌아온 얼마 뒤 요양원으로 뵈러 갔을 때, 이런 걸 주지 뭔가. 읽고 나서 얼마나 눈물이 나던지. 어릴 땐 같이 공을 차며 놀았는데…" 눈시울이 붉어진 J가 꼬깃꼬깃 접은 양면 괘지 한 장을 건넸다. "자, 이걸세. 형님이 준 편지. 한번 읽어보게나." 거기엔 꾹꾹 눌러쓴 글씨로 다음과 같은 한 줄이 적혀 있었다.

"아우야, 실은 나는 내가 아니란다. 무슨 말인가 싶겠

지만, 지금은 그냥 그렇게만 알아다오. 언젠가 모든 걸
설명할 날이 오겠지. 미안하구나."

● ◖ ◖ ◖ ◖

  다뉴브강의 잔물결이 반짝이는 독일의 고풍스러운 도시 R에(실제로 그 도시를 가로질러 흐르는 강은 루르강이었다. 잔물결이 반짝이긴커녕 독일 서부의 대표적 공업지대를 따라 흐르는 강답게 물은 시커멓고 어두침침할 뿐이었고 말이다. 그러나 지배인은(지금은 그냥 온갖 허드렛일까지 도맡아 하는 경비 겸 종업원이라고 해야 옳겠지만) 자신의 근무처를 밝히고 싶어 하지 않았다. 따라서 어쩔 수 없이 위와 같이 표기함을 이해해 주기 바란다) 검은 지프차 한 대가 스르륵 나타난 것은, 해가 저물기 시작하는 늦여름 저녁이었다. 도시 외곽의 허름한 호텔 앞에 멈춘 차에서 남자들 몇이 우르르 뛰어내렸다. 딴엔 눈에 띄지 않게 행동하느라 최대한 몸을 굽히고 소리 없이 움직였지만, 총 네 명이나 되는 동양인 남자가 모두 똑같은 검은 양복을 차려입고 지프에서 뛰어내리는 장면은 모두의 이목을 끌기에 충분했다. 따라서 평소엔 누가 들어오건 말건 카운터에 앉아 십자말풀이나 하던 호텔 지배인 크리스토프조차 자기도 모르게 벌떡 일어섰던 것이다. "어떻게 오셨습니까? 혹시 예약이라도?"라고 질문하면서도, 그는 오늘 예약자 명단에 동양인 단체관광객은 없다는 사실을 떠올리고 있었다.

"쉿!" 맨 앞에서 문을 밀고 들어온 남자가 처음으로 한 말은 이거였다. 비록 독일어는 아니었지만 검지를 입술에 갖다 대는 제스처의 의미를 크리스토프는 십분 이해했다. 그는 엉거주춤한 자세로 다시 의자에 앉았다. "하던 십자말풀이나 마저 해야겠다는 생각이었어요. 그래요, 그 사람들이 그렇게 소란을 피우지만 않았어도 그냥 계속해서 낱말 맞추기나 하며 저녁 시간을 보낼 수 있었을 겁니다." 하지만, 남자들은 시끄럽게 떠들며 오래된 카펫이 깔린 호텔 로비를 이리저리 걸어 다녔다. "정말 신경이 쓰여서 못 견디겠더라고요. 보니까, 뭔가를 찾는 듯 엄청 부산하게 돌아다니더군요." 실제로 그들은 로비 한가운데 놓여 있는 낡은 테이블과 소파 밑을 들여다보기도 했고, 그중 한 남자는 무릎을 꿇고 앉아 카펫 밑에 뭔가 숨겨져 있는 것은 없는지 손바닥으로 훑고 있기까지 했다. "그렇게 10분 정도 지났을까, 처음에 들어온 남자가 무전기같이 생긴 걸 꺼내더니 다급한 목소리로 뭐라고 떠드는 겁니다."

무전기를 도로 주머니에 넣고 수신호를 하자, 로비 여기저기에 흩어져 있던 남자들이 한꺼번에 달려가 호텔 문 앞에 일렬로 섰다. 그중 한 사람이 최대한 공손하고도 절도 있는 동작으로 차 뒷문을 열자, 풍채 좋은 동양인 하나가 턱을 약간 치켜든 채 뛰어내렸다. 문제는 그다음부터였다고 한다. 그들이 양해도 구하지 않은 채 떼지어 엘리베이터 쪽으로 뛰어가 버렸기 때문이다.

"잠깐! 거기 서요." 참다못한 크리스토프가 외쳤지만 그들은 뒤도 돌아보지 않았다. "기가 막히더군요. 난 벌떡 일어서서 두 팔을 벌린 채 엘리베이터 문 앞을 가로막았습니다. 그러고는 여기 무슨 일로 왔냐고 물었지요. 하지만 그들은 서로 얼굴만 쳐다볼 뿐 아무 대답도 하지 않는 겁니다. 아무래도 독일어를 하지 못하는 것 같았어요." 정말로 남자들은 약간 당황한 듯했다. 서로 마주보며 웅성대는 그들 틈에서 아까의 그 풍채 좋은 남자가 걸어 나온 게 그때였다. "그 사람이 안주머니에서 검은색 수첩을 꺼냈습니다. 그걸 펼쳐서 나에게 보여주더군요." 남자는 "리퍼블릭 오브 코리아"라고 말하며 자기 자신을 엄지손가락으로 가리켰다. 그러고는 뭔가를 찾는 듯 호텔 로비를 이리저리 두리번거리는 것이었다.

"잠시 뒤 남자가 호텔 구석 쪽으로 달려가더군요. 그

렇습니다, 거기엔 오래된 지도가 걸려 있었어요." 그가 달려가자 나머지 네 명도 일제히 뒤를 따랐다. 그런 다음 벽에 걸린 지도를 중심으로 반원형으로 둘러서고는 열중쉬어 자세를 취했다. "그 남자(난 그가 보스일 거라고 생각했는데)가 지도 위 어떤 점을 손가락으로 짚더니 날 쳐다봤어요. 가까이 다가가 보니 태평양과 아시아 대륙 사이의 어떤 땅이더군요. 그런데 사실, 그때 우리 호텔에 있던 지도가 좀 오래된 거였습니다. 아니, 좀 오래된 게 아니라 아주 오래된 것이었죠. 비스마르크 내각에서 일했던 이 호텔의 창업주가 스위스 바젤의 지도 제작자에게 직접 주문해서 만들었던 거니 말입니다. 그러니 만약 여기에…"라고 말하며 크리스토프가 천천히 걸어가더니, 이젠 너무 낡아 여기저기 금까지 가 있는 호텔 벽을 가리켰다. "…여기에 제대로 된 현대식 지도만 걸려 있었다면, 일은 좀 더 빨리 해결되었을 겁니다. 난 그렇게 믿어요."

그러니까 그날, 다뉴브강가의 고풍스러운 도시에 나타난 정체불명의 동양인들이 지도에서 찾고자 했던 나라는 한국이었다. 하지만 그 오래된 제국주의 시대의 지도에 '한국'이라는 나라가 제대로 표기되어 있을 리 만무하지 않은가.

여하튼 지배인은, 그들이 자기네 나라를 찾으려 드넓은 세계지도 위를 이리저리 헤매는 동안 팔짱을 긴 채 가만히 지켜보고 있었다. 결국 보스(로 보이는 남자)가 대륙과 바다 사이의 땅을 손으로 짚었을 때, 크리스토프는 어깨를 으쓱했다. "대체 뭘 말하려는 거요?"란 의미였지만 그들은 그걸 다르게 이해한 듯싶었다. 이제야 말이 통했다는 듯 보스가 고개를 뒤로 젖히며 호방하게 웃었고, 그걸 본 나머지 네 명도 덩달아 크게 웃은 걸 보면 말이다. 그런 다음 그들은 엘리베이터 버튼을 재빨리 눌렀고 뭐라 말릴 틈도 없이 다 함께 2층으로 올라가 버리고 말았다. 한동안 크리스토프는 사태를 파악하기 위해 멍하니 서 있었다. 그러다가 퍼뜩 정신을 차린 그는 카운터로 되돌아가 안쪽에 놓여 있던 검은색 전화기의 다이얼을 돌렸던 것이다. "어쩔 수 없었습니다. 영업방해로 경찰에 신고하는 수밖에요."

출동한 경관들과 함께 2층으로 올라갔을 때, 남자들은 한창 무언가를(혹은 누군가를) 찾는 중이었다. "그야말로 벌집 쑤시듯 파헤쳐 놨더라고요. 정말 어이가 없었습니다. 기가 막혀서 말도 나오지 않았지요." 그들은 소파 커버를 다 벗겨놨고 침대 이불보도 모두 뒤집어 놓았으며 몇몇은 엎드린 채 침대 밑 좁은 틈을 들여다보고 있기까

246
빛과 영원의 시계방

지 했다.

객실 문 앞에 서 있는 경찰을 보자 그들이 적잖이 놀란 표정을 짓더라는 게 크리스토프의 기억이다. 두 경관 중 나이가 많은 쪽이 먼저 대화를 시도했다. "아마도, 어디서 왔는지, 왜 왔는지, 호텔에 무단으로 들어와 이렇게 들쑤셔 놓은 이유가 뭔지 등등을 물었을 겁니다." 그러나(당연한 일이지만) 그들은 경관의 질문을 알아듣지 못했다. 잠시 뒤 네 명의 부하와 빙 둘러서서 회의 같은 걸 한 보스가 앞으로 나서더니 이렇게 말했다. "캔 유 스피크 잉글리시?" 하지만 안타깝게도 이번엔 경관과 지배인이 영어를 하지 못했다고 한다. "영어라곤 중학교 때 기본 회화를 배웠던 게 다였으니까요. 그래도 다행히 단어는 좀 알았고, 그래서 어느 정도 얘기가 통하기 시작했던 겁니다." 그리하여 다섯 명의 남자들과 경관 둘, 지배인은 손짓 발짓, 몇 개의 영어 단어, 변화무쌍한 갖가지 표정과 온갖 제스처를 한데 뒤섞은 끝에 어렵사리 의사소통을 하게 되었다. "알고 보니 그들은 한국에서 온 사람들이었어요. 네, 남한 말입니다. 사실 그 나라에 대해선 거의 아는 게 없었어요. 그냥 당시 우리 독일처럼 거기도 남과 북으로 나뉘어 있다는 정도?"

믿어지진 않았지만, 그 동양인 보스는 자신을 한국의

최고위층이라고 소개했다. "퍼스트 클래스." 이런 단어들을 중얼거리며 무척이나 빼기는 표정을 짓던 그는, 경관들이 의심의 눈길을 거두지 않자 주머니에서 예의 그 검은 수첩을 꺼냈다. 그러고는 맨 앞장을 펼쳐 신분증을 보여주는 것이었다. 그걸 들여다보고 있던 경관에게 보스는 계속해서 뭔가를 이야기했다. "처음엔 나도 그 남자가 무슨 말을 하는 건지 전혀 몰랐습니다. 그런데 가만히 듣고 있다 보니 낯익은 단어가 계속 나온다는 걸 알게 된 거지요." 크리스토프는 검은 수첩을 펼쳐 보이며 열심히 뭔가를 설명하고 있는 보스에게 다가가 물었다. "혹시… 싸커?" 그러자 그가 너무나 반가운 얼굴로 휙 돌아보는 바람에, 지배인은 깜짝 놀라 한 발 뒤로 물러섰다. (보스로 보이는)그 풍채 좋은 남자는 바로 양복 윗도리를 벗어서 옆 의자에 걸쳐 놓고는, 공 차는 시늉을 하기 시작했다.

그러나 결국 다섯 명의 낯선 남자들은 모두 경찰서로 가야만 했다. 그들의 신분을 조회하기 위해선 어쩔 수 없는 절차였는데, 그때 크리스토프도 참고인 자격으로 동행했다는 것이다. 하지만 경찰서에 간다 한들 특별한 방법이 있는 건 아니었다. 한국어를 할 줄 아는 사람이 하나도 없었던 탓이다. 다들 전전긍긍하는 가운데, 호텔로 출동했던 두 경관 중 하나가 갑자기 생각난 듯 말했다. "그는 자기가 문제를 해결할 수 있을 것 같다고 했습니다. 에센에서 작은 슈퍼마켓 겸 선술집을 운영하는 친척이 한국말을 좀 안다는 것이었죠. 물론 당장 이곳으로 오라고 할 순 없으니까, 그 친척(아마도 이름이 에밀이었을 겁니다)에게 전화를 건 뒤 수화기를 통해 이 사람들 말을 들려주고 그걸 통역해달라고 부탁하기로 한 겁니다. 하여튼 그때 다들 다행이라고 좋아하던 광경이 떠오르네요. 가만있어 보자, 오래전 일이라 정확히 기억나진 않지만 그때 에밀은 에센의 캄프 린트포트 철광산 인근에서 가게를 하고 있었어요. 원래 거기엔 싼 임금을 받고 일하는 유고슬라비아 사람들이 우글우글했었는데… 어느 날부턴가 그들이 더는 그 돈을 받고 땅속에 내려가지 않겠다고 버텼다는 겁니다. 사실 이해가 안 가는 건 아니에요. 거긴 정말 장난 아닌 데거든요. 지하로 1,000미터나 파고 들어가면, 지열 때문에 후끈후끈하고, 숨은 막히고, 그야말로 죽을 맛이라는 소문이 자자했지요. 그때 갑자기 한국에서, 그러니까 정확히는 남한에서, 광부들이 온 겁니다. 에밀 말에 의하면, 그들은 엄청나게 열심히 일했대요. 유고 사람들보다도 적게 받으면서 말이에요. 어쨌든 에밀은 흔쾌히 통역을 자청했습니다. 뭐, 그렇다고 그의 한국어가 대단히 유창한 건 아니었지만, 그래도 아무도 못 알아듣는 것보단 훨씬 나았지요."

통역은, 보스가 수화기에 대고 말을 하면 에밀이 그걸 독일어로 옮겨주는 방식으로 진행됐다. "놀랍게도, 그 사람들은 정말로 한국의 고위층이라고 했어요. 무슨 정보기관에서 나왔다는데(그 얘길 할 땐 얼굴이 무서우리만치 어두웠고, 이 모든 걸 극비에 부쳐야 한다며 강조에 강조를 거듭했지요) 사라진 축구 선수를 찾기 위해 그러고 돌아다니는 거라지 뭡니까. 그들은 자기네가 직접 축구단을 만들었다며 선수들의 단체 사진을 보여주기도 했습니다. 뭐라더라, 오직 승리만을 목표로 만들어진 일종의 **초국가적팀**이라나. 지금에서야 하는 말이지만, 들으면서 좀 이상하긴 했어요. 코미디 같았다고나 할까. 한 나라의 정보기관이 축구팀을 만든다니, 그런 건 워낙에 처음 들어보는 얘기였지요. 여하튼 그들은 그 축구단을 무척 자랑스럽게 여기는 듯했습니다. 잠깐, 그러고 보니 여기 어디 그게 있을 텐데…"

그러면서 지금은 완전히 늙어 등까지 굽은 그 지배인(겸 경비원)이 카운터 구석 서랍을 뒤지기 시작했다. "아, 여기 있군요!" 나무로 짜서 만든 상자의 뚜껑을 열자, 그 안에서 사진과 엽서, 명함 같은 것들이 쏟아져나왔다. "예전에 여기 묵었던 사람들이 남기고 간 겁니다. 그래도 한땐 이 도시에서 가장 잘 나가는 호텔이었으니 까요."

화상 통화를 하다 말고, 크리스토프는 들고 있던 스마트폰을 사진 더미 쪽으로 가져갔다. 화면에 나타난 것은 한 장의 그림엽서였다. "이겁니다. 이게 한국의 전통 춤이라면서요? 내 기억엔 그때 보스로 보이던 남자가 그렇게 말했던 것 같아요." 엽서엔 부채춤을 추는 색동옷의 아이들이 그려져 있었다.

"그 축구단 이름이 뭐였더라. 그때 그 사람들이 알려 줬는데… 잘 생각이 나지 않는군요. 뒷면엔 그들이 적어 준 사인이 있을 겁니다. 한번 보세요." 크리스토프가 엽서를 뒤집자, 매직으로 쓴 듯 '1968년 8월 20일'이란 글자가 선명했다. 그 아래엔 전화번호로 보이는 숫자가 적혀 있었다. "그들은 독일로 전지훈련을 왔다고 했어요. 반드시 승리해야 하는 경기가 있기 때문이라더군요. 그런데 축구 선수 한 명이 쥐도 새도 모르게 사라졌다는 겁니다. 그때 경관들 중 누군가가 말했어요. 공개적으로 그를 찾으면 어떻겠느냐고요. 하지만 보스는 화들짝 놀라며 손사래를 쳤습니다. 그건 말도 안 된다면서요. 이일은 절대 비밀이고 다른 데로 새어 나가기라도 하면 모든 게 끝장이라며, 불안한 얼굴로 사방을 두리번댔어요. 그들은 떠나면서도 내게 신신당부했습니다. 아무에게도 말하지 말라고, 그리고 만약 어디선가 동양인 축구 선수로 보이는 사람을 마주치면 이 번호로 전화를 걸어달라고요."

"잠깐만요. 아까 처음에 이야길 시작할 때, 결국 모든 일이 잘 풀렸다고 하지 않았나요? 그건 무슨 뜻이었죠?" 내가 묻자, 화면 속 크리스토프가 고개를 끄덕였다. "지금 막 그 얘길 하려던 참이었어요. 그렇게 경찰서에서 우왕좌왕하는 사이에 어느덧 밤이 됐다고 내가 말했던가? 하여간, 그래요. 그러다 바깥은 어두워졌고 다들 자리에서 일어서는데, 밖에서 검은 옷을 입은 남자 하나가 뛰어 들어오며 뭐라고 외치더군요. 물론 이번에도 알아듣진 못했습니다. 다만 보스가 그의 귀엣말을 듣더니 안색이 확 밝아지는 건 보았지요. 그들은 인사도 제대로 하는 둥 마는 둥 하고는 다 같이 밖으로 뛰어나갔고, 검은 지프에 올라타더니 어디론가 가버렸습니다. 나중에 경관들에게 얼핏 듣기론, 그 사람들이 뭔가를 찾았다는데, 그게 축구 선수를 찾았다는 건지, 아니면 다른 해결 방법을 찾았다는 건지는, 자기네들도 잘 모른다는 겁니다."

그때 어디선가 차임벨 소리가 들려왔다. 그러자 크리

스토프가 황급히 스마트폰을 내려놓으며 말했다. "이런, 오랜만에 손님이 왔나 봅니다. 가봐야겠어요. 혹시 더 궁금한 거라도? 만약 없다면, 이만 전화를 끊어야 할 것 같군요." 나는 고맙다고 인사를 했지만, 이미 화면에서 그의 모습은 사라진 뒤였다.

●●●((

이런 식의 증언에서 항상 문제가 되는 건 사실 확인이 불가능하다는 것이다. K가 적어준 전화번호로 연락을 해본 대부분의 사람들은 (아직까지도 R시 뒷골목 호텔에서 일하고 있는 크리스토프를 비롯해서) 과거의 일을 거의 상상으로 꾸며내는 것 같았다. 그들은 기억의 공백을 어떻게든 채워 넣으려 노력했지만, 그렇게 해서 만들어진 회상은 이미 회상이 아니었다. 어찌 보면 그것은 일종의 픽션에 불과했다. 하지만 그런 허구 속에서도 아주 작은 진실의 조각을 찾아내는 게 나의 일 아니겠는가. 난 크리스토프와의 대화를 재생하면서 꼼꼼히 녹취록을 작성했고 그것을 객관적으로 알려진 사실과 하나하나 대조해 가며 분석했다.

솔직히, 의뢰인(그는 자기 이름을 비밀에 부쳐달라고

했다. 그리고 나는 의뢰인들의 주문을 한 치의 오차도 없이 실행하는 최고의 민간조사관이고 말이다. 민간조사관이 무엇인지 모르는 사람들은 아직도 우릴 불법 흥신소나 심부름센터 직원 정도로 착각하곤 한다. 그러나 말이 난 김에 하는 얘기지만, 우린 그들과 완전히 다르다. 차라리 우리가 하는 일은 고급 사립탐정의 그것에 가깝다고 보는 게 나을 것이다. 아쉽게도 대한민국에선 아직 사립탐정이라는 직업이 공식적으로 허가되어 있지 않기에, 이런 괴상한 명칭(민간조사관이라는)을 쓸 수밖에 없지만이 쭈뼛거리며 사무실로 들어와 "오래전 사라진 한국인 축구 선수 K를 찾아주시오"라고 했을 때, 나는 그의 말을 믿지 않았다. 왜냐하면 K는 워낙에 유명한 축구계의 원로였고 한국 축구 역사의 산증인이나 마찬가지였으며, 무엇보다도 지금까지 단 한 번도 사라진 적이 없는 사람이었으니 말이다. 물론 그의 근황이 널리 알려져 있는 건 아니었다. 무슨 이유에선지 K는 1969년 멕시코 월드컵 예선 경기를 끝으로 은퇴했고 얼마 지나지 않아 외국으로 떠나버렸기 때문이다. 늙은 뒤 다시 한국으로 돌아왔지만 그는 철저히 은둔 생활을 유지했다. 하지만 그렇다고 해서, 즉, 외부에 행적이 공개되지 않았다고 해서 그게 누군가의 행방불명을 의미하는 것은 아니었다. 그렇지 않은가.

뭐라고 대답해야 할지 몰라 망설이고 있는데, 의뢰인이 소파에 털썩 주저앉았다. 주름진 얼굴엔 수심이 가득했고 손은 약간 떨리고 있었다. 지친 표정으로 허공을 응시하던 그가 옆구리에 끼고 온 누런 봉투에서 둘둘 말린 얇은 잡지 한 권을 꺼냈다. "…그동안 나는 대체 무슨 일이 일어났던 건지 전혀 모르고 지냈다네. 하지만 얼마 전 우연히 이걸 읽었고, 어쩌면 모든 걸 되돌려 놓을 수 있다는 새로운 희망을 가지게 된 걸세. (그러면서 노인은 내 손에 잡지를 쥐여줬다. 그것은 표지가 다 해졌고 하도 똘똘 말아서 들고 다닌 탓에 아무리 펴려고 해도 잘 펴지지 않았다.) 하긴, 그러고 보면 세상이 참 좋아졌어. 옛날 같으면 정보기관의 가장 깊숙한 사무실 어두운 캐비닛 안에나 들어 있을 일급기밀이 이렇게 아무 데나 공개되어 있으니 말이야. 하여간, 난 이걸 읽고 무릎을 쳤다네. 그간의 의문이 한꺼번에 풀리는 기분이었지. K와 나에게 일어났던 일의 실체… 사라진 K를 찾을 수 있는 길… 그 모든 게 여기에 들어 있었어. 그러니 부탁함세. 이걸 참고로 해서 K를 찾아봐 줘. 죽기 전 내 마지막 소원이야." 마지못해 잡지를 받아들자 노인의 눈에 눈물이 글썽글썽해졌다. 그는 내 손을 덥석 잡으며 말했다. "고맙네, 정말 고

마워."

※노인은 잡지 귀퉁이 몇 페이지를 접어놓았다. 어떤 부분엔 밑줄을 긋거나 형광펜으로 색깔을 칠해놓기도 했는데, 그 내용은 대충 다음과 같다.

1990년대 중반, 할리우드의 영화감독 배리 소넨필드는 〈맨인 블랙〉이란 영화를 만들었다. 윌 스미스와 토미 리 존스가 지구로 불법 이민 온 외계인들을 단속, 감시, 색출하는 임무를 맡은 '검은 옷의 남자들'인 J와 K로 출연했다. 영화 속에서 그들은 인간으로 변장한 채 숨어 사는 외계인들을 찾아내서는 지구 어딘가에 있는 우주 정거장으로 무자비하게 끌고 갔다(물론 지구의 체제에 순응하고 얌전하게 살아가는 외계인들은 건드리지 않으니 안심하시라). 끌려가는 외계인들은 짙은 초록색의 끈적한 눈물을 흘리며 애원했다. "우리 제발 이대로 살아가게 해주세요." 그러나 아무리 울부짖어도 소용없었다. 불법 거주가 들통나면 누구나 예외 없이 머나먼 우주 어딘가로 사라져 줘야 했기 때문이다. 놀라운 것은, 그 영화를 본 어느 누구도 외계인들이 어디로 추방되는 건지 궁금히 여기지 않았다는 사실이다. 아마도 그들은 검고 막막한 우주로 쫓겨났을 테고, 거기서 이리저리 헤매다 비참한 생을 마감했을 게 틀림없는데도 말이다.

어쨌든 영화 속에서, J와 K처럼 검은 옷을 차려입은 남자들은 불법 이민 외계인들의 추방 외에도 여러 잡다한 업무들을 처리했는데, 그중 가장 중요한 작업이 바로 기억의 재구성이었다. 그들은 외계인과 만났던 사람들의 머릿속을 깨끗이 비워주는 일을 했다. 하긴, 오직 인간만이 지능을 가진 존재이며 지구는 우주 전체를 통틀어 생명이 살 수 있는 유일무이한 행성임을 믿어마지않던 사람들에게 외계생명체와의 만남은 끔찍하고 충격적인 경험이었을 것이다. 그들은 그 트라우마를 극복하지 못했고 평생 아무도 들어주지 않는 헛소리를 중얼대다가 정신병원에 갇혀 생을 마감하기 일쑤였다. 하지만 검은 옷의 남자들이 그들을 구원했다. 그건 보통 다음과 같은 방식으로 진행됐는데, 어느 깊은 밤 현관의 초인종이 울려 문을 열어보면 검은 양복에 선글라스를 낀 두 명의 남자가 서 있는 것이었다. 그 남자들은 외계인 때문에 심신이 미약해진 사람의 눈앞에 초록빛이 감도는 기이한 광선을 잠깐 비춰주고는 사라졌다. 찰나의 일이었지만, 그 광선의 힘은 대단했다. 사람들은 더 이상 외계인을 만났던 사실을 기억하지 못했고 모든 것을 잊은 채 남은 생을 평온하게 누렸다. 하지만 간혹, 그러니까 비바람이 몰아치고 창문이 덜컹대며 흔들리는 밤이면, 그들은 불면증에 시달리곤 했다.

그렇게 한동안 뒤척이다가 깜빡 잠이 든 꿈속에선 끈적이는 녹색 눈물을 흘리는 낯선 얼굴이 설핏 떠오르기도 했지만, 그들은 그게 누구이고 무엇을 의미하는지 알지 못했다. 물론 알아보려고 마음먹었다면 알 수도 있었겠지만, 그들은 굳이 알지 않기를 선택했다. 대부분의 세상 사람들이 그러하듯 말이다.

어쨌든, 그렇게 기세등등하던 MIB[이는 검은 옷을 입은 남자들이 모여 일했던 비밀기관의 이름이다. 혹자는 이 명칭이 단지 Men In Black의 영문 약자일 뿐이라고 주장하지만, 기관 측은 그렇지 않다는 입장을 비공식적 루트를 통하여 밝힌 바 있다. 하지만 MIB가 실제로 어떤 명칭의 약자인지는 끝내 말하지 않았고, 따라서 기관이 사라진 지금, 그것은 영원한 비밀이 되고 말았다]도 글로벌 금융 위기를 견뎌내지 못하고 대규모 구조조정을 단행한 일은, 이제 누구나 알고 있다. 그렇다면, 그때 쏟아져 나온 검은 옷의 남자들은 어디에서 무얼 하고 있을까? 또 MIB에서 일하다 정년퇴직했거나 명퇴를 신청했던 이들은? 확실한 것은, 그들 중 대부분이 손쉽게 재취업에 성공했다는 사실이다. 왜냐하면 세상엔 그런 이들, 즉 검은색 양복을 맞춰 입고 검은색 선글라스를 끼고 돌아다니며 온갖 귀찮은 일을 빠르게 처리해 주는 사람들을 필요로 하는 곳이 생각보다 훨씬 많았기 때문이다.

[중략] 영화가 한창 흥행했던 20세기 후반만 해도, 그렇게 항상 둘씩 짝지어 나타나 누군가의 기억을 완전히 지워주는 일만을 전문적으로 하는 남자들이 존재하리라곤 아무도 믿지 않았다. 어떤 의미에선 그러한 대중의 완벽한 불신이 그들에게 자유를 선사했던 걸지도 모르지만 말이다. 수많은 사람들이 검은 옷을 입은 남자를 만났다고 절규했지만, 그리고 그들이 어느 날 갑자기 자신들의 기억을 모두 바꿔버린 뒤 사라졌다고 주장했지만, 누구도 그 말을 믿어주지 않았다. 그것은 일종의 집단 환상으로 치부되었고, 끝까지 검은 옷을 입은 남자를 봤다고 고집을 피운 이들은 정신병원의 가장 꼭대기 층에 홀로 수용됐다. 그리고 그 모든 야만적 행위들은, 검은 옷을 입은 남자들 같은 건 실재하지 않는다는 합리적 믿음의 장막 아래서 행해졌던 것이다. [후략]

《사이언티픽 미스터리》 제7호 15~17쪽

의뢰인이 돌아간 뒤,《사이언티픽 미스터리》라는 잡지에 대해 먼저 조사했다. 표지 여기저기가 뜯겨 있어서 어디서 만든 건지 언제 만들어진 건지도 알 수 없었지만, 다행히 마지막 페이지 한쪽에 웹사이트와 이메일 주소가 있었다. 사이트에 들어가 보니 도메인은 정지된 지 오래인 것 같았다. 나는 간단한 문의 사항을 적어 메일을 보냈다. 아무리 허황한 내용이라 해도 '사실 확인'은 조사업무에서 가장 중요한 절차니까. 그리고 답신이 오기를 기다리는 동안 축구 선수 K에 관해 알아보았던 거다.

"의뢰하신 일에 대해 결과가 나왔습니다. 아직 100퍼센트 완벽한 건 아니지만, 일단 오셔서 애길 들어보셔야 할 것 같아서요." 전화를 걸자마자 곧바로 다시 찾아온 노인에게, 나는 파일 하나를 내밀었다. "보고서입니다. 자세한 건 여기 정리돼 있어요. 일단, 보여주신 잡지와 관련해선 아직 별다른 게 없습니다. 하지만 문의를 해 놨으니 곧 답변이 있겠지요. 그런데 중요한 것은, 제가 알아본 바에 의하면, 왕년의 축구 선수 K는 사라진 적이 없다는 사실입니다. 축구 협회 등 여러 믿을 만한 루트를 통해 알아봤는데, 그분은 지금 동탄 인근의 어느 요양원에서 지내고 있다 합니다. 특별히 어디가 아픈 건 아니고, 그냥 나이가 든 데다 의지할 만한 가까운 일가친척도 없어서 입소한 거라고 하는군요. 안타깝지만, 협회에선 그분의 연락처나 주소는 알려줄 수 없다고 했습니다. 아무래도 개인정보에 해당하는 거니까요. 다만 팬레터를 보내고 싶다면 축구 협회 사무실을 통하면 된다는게 그쪽 얘기였습니다."

이야기를 마치자, 의뢰인은 한동안 아무 말도 없이 앉아 있었다. 파일을 그 앞에 내려놓고 청구서를 꺼내는데, 노인이 천천히 선글라스를 벗더니 이상한 말을 하는 것이었다.

"내가 바로 K요."

그러더니 그는 미동도 않고 나를 쳐다봤다.

사실, 생각보다 많은 사람들이 자기가 정상인이라는 착각 속에서 살아간다. 그들은 자신이 치매를 앓고 있다든가 정신분열로 헛것이 보이거나 들린다는 걸 인식하지 못한다. 뭐, 어떻게 보면 모르고 사는 게 속 편한 일이겠지만 말이다. 어쨌든, 내 앞에서 선글라스를 벗으며 자기가 K라고 말하는 노인 역시 그런 부류의 사람이었다. 아니 그런 류의 사람일 거라고 생각했다. 뭐라 해야 할지 몰라 잠시 멍하니 있는데, 노인의 목소리가 들려왔다.

"하지만 나는 가짜 K야. 진짜는 오래전 독일의 R시 인근 마을에서 사라져 버렸지. 진짜 K가 없어진 뒤로, 난 그를 대신해서 K가 되어야만 했네. 하지만 이제 난 K가 아니라 그냥 나 자신으로 살고 싶어. 앞으로 얼마 더 살지도 못할 텐데, 언제까지나 남의 삶을 살 순 없지 않은가? 그리고… 그러기 위해선 진짜 K를 찾는 것이 급선무야. 그래야만 내가 K가 아니라는 걸 만천하에 증명할 수 있을 테니까. 아아, 난 정말 그에게 묻고 싶어. 대체 왜 사라졌는지, 지금까지 어디서 무엇을 하고 있었는지. 그가 사라졌기 때문에 내가 그날, 1969년 10월 20일 효창운동장에서 얼마나 큰 고통을 겪었어야 했는지도 알려주고 싶군. 그래, 그 일만 아니었다면, 난 지금과는 완전히 다른 삶을 살고 있을 거야. 정말이라고."

● ● ‹ ‹ ‹ ‹

모든 일은 버스에서 시작됐다. 그러니까 버스를 제대로 탔더라면 그는 K가 되지 않았을 것이며 효창운동장에서 오징어와 술병에 얻어맞으며 황급히 도망칠 필요도 없었을 거라는 게, 노인의 주장이었다. "아니, 생각해보니 어쩌면 처음부터 시내 구경 따위 나가지 말았어야 했던 걸지도 몰라. 모처럼의 휴가라고 밖에 나가는 대신 그냥 길 건너 에밀네 가게에서 흑맥주나 사다 마시면서 기숙사에서 TV나 봤더라면, 내 인생도 이 모양 이 꼴이 되진 않았을 거라는 얘길세."

에센 인근 철광산에서 광부로 일하던 그가 시내로 놀러 나온 것은, 그해 늦여름 어느 오후였다. "특별한 계획이 있던 건 아니야. 그냥 좀 돌아다니고 싶었을 뿐이라고, 탁 트인 세상을 보고 싶었다고나 할까." 도시 뒷골목의 동시 상영관에서 알아듣지도 못하는 말로 상영되는 영화를 본 뒤 버스정류장에 도착한 것은 깊은 밤이었다. 한참을 기다렸다 버스에 오르기 전, 그는 기사에게 물었다. "이거 캄프 린트포트(당시 내가 일하던 철광산이 있던 곳이라네)로 가는 거 맞나요?"

노인은 아직도 그 버스 기사가 자신의 어설픈 독일어를 알아들었던 건지, 아니면 그저 귀찮아서 습관적으로 고개를 끄덕였던 건지 궁금하다고 했다. 어쨌든, 차에 탄지 얼마 되지 않아 K(혹은 K가 아니라고 주장하는 남자)는 곧 잠이 들었고, 그래서 자신이 탄 버스가 반대 방향으로 가고 있다는 것도 알아차리지 못했다. 얼마나 시간이 흘렀을까, 흔들어 깨우는 소리에 눈을 뜨니 버스 기사의 수염이 텁수룩한 얼굴이 바로 앞에 보였다. 그는 당장 내리라는 듯 오른손 엄지로 문 쪽을 가리키고 있었다. "여기가 어딘가요?"라고 물어야 했지만, K는 당황한 끝에 아무 말도 못 하고 차에서 내리고 말았다.

그곳은 어느 시골 마을 초입에 있는 정류장이었다. 사위는 온통 어둡고 고요한데, 어디선가 올빼미 울음소리만이 음산하게 들려오고 있었다. 처음에 K는, 아니 K가 아니라고 주장하는 그 노인은, 불빛 하나 없는 도로변에

서서 지나가는 차를 기다렸다. 그러나 누군가의 차를 얻어 타고 광산으로 돌아가겠다는 생각을 접은 것은, 그로부터 채 20분도 지나지 않아서였다. "그야말로 자전거 한 대 안 지나가더라고. 하긴, 그 시간에 누가 자전거를 타고 나타나면 더 무서웠을지도 모르지만 말일세."

결국 그는 인가가 있는 쪽으로 걷기 시작했다. 길 끝 멀리 희미한 불빛이 보였기 때문이다. 돼지를 키우는 농가 앞에 도착한 것은 그렇게 걸은 지 약 30분쯤 지났을 때라고 한다. "전화를 빌려 쓸 생각이었어. 전화가 없더라도 도움을 청하면 들어줄 거라 여겼지. 하지만 난 독일어를 잘 못하니까. 그리고 행색도 말이 아니었고. 그래서 그 집 문을 두드리는 대신 축사 옆 덤불 뒤에 숨어 누군가 나오기만을 기다렸다네. 다행히 얼마 지나지 않아 안에서 한 소년이 나왔어. 아마 돼지들이 잘 있나 살펴보러 나온 것 같았지. 난 작은 소리로 휘파람을 불었네. 최대한 환하게 웃으면서 말이야."

그러나 소년은 어둠 속에 서 있는 그를 보자마자 비명을 지르기 시작했다. 그는 서투른 독일어와 마구 튀어나오는 한국어를 섞어가며 이렇게 외쳤다. "얘야, 무서워하지 말렴. 난 그저 길을 잃었을 뿐이야. 캄프 린트포트에서 왔는데, 알지? 저기 철광산이 있는 곳 말이다. 그런데 그만 버스를 잘못 타서 여기 내리고 만 거지. 그래서 하는 말인데, 날 좀 도와다오. 탄광으로 돌아가야 하니까…그래, 전화를 쓰게 해주면 정말 고맙겠구나." 그의 말을 대충이나마 알아들은 건지 아니면 단지 표정이 너무나 절박해서인지는 모르지만, 어쨌든 소년은 조용해졌다.

노인은 숨이 찬 듯 잠시 말을 멈추더니, 앞에 놓인 컵을 들어 물을 마셨다. 그러고는 다시 이야기를 이어갔다. "난 겨우 안심했지. 목이 탄다는 시늉을 하며 집으로 들어갈 수 없냐고 묻자, 그 애는 고개를 끄덕이기까지 했어. 그래, 정말 친절한 아이였다니까. 안으로 들어가면 전화 한 통만 쓰게 해달라고 부탁할 참이었지. 광산에서 내가 없어진 줄 알면 큰일이니까. 하지만… 그때 난 결국 아무것도 못 하고 말았어. 거기 그들이 나타났기 때문이야."

그는 소년의 뒤를 따라 수십 마리의 돼지가 잠들어 있는 축사 앞을 조심스레 지나 마당으로 걸어 나왔다. 긴장이 풀리자 졸음이 밀려왔다.

그때였다. 갑자기 세상이 환해진 것은.

그들 앞에 나타난 것은 전조등을 있는 대로 밝힌 검은색 지프였다.

"차에서 내린 사람들은 모두 검은 옷을 입고 있었어.

그리고 검은 안경을 끼고 있었지. 그들은 우르르 뛰어와 내 팔을 잡더니 다짜고짜 지프에 태우더군. 난 대체 왜 이러는 거냐고 소리쳤어. 당신들은 누구냐고 외쳤지. 하지만 그들은 대답하지 않았어. 나를 좌석에 강제로 앉히며 낮고 음산한 목소리로 이렇게 말할 뿐이었지. '대체 어디까지 갈 수 있다고 생각한 건가? 국가의 운명이 걸린 축구 경기라고 몇 번이나 얘기했지, 응?' 어떻게든 차에서 뛰어내리려 했지만 네댓 명의 남자가 짓누르고 있어서 꼼짝도 할 수 없었다네. 몸부림을 치고 있는데, 시동을 걸고 출발하던 지프가 급브레이크를 밟으며 멈추더군. 그들은 자기들끼리 뭐라고 쑥덕대더니 그중 하나가 차에서 뛰어내리는 거야. 그는 그때까지도 어리둥절한 채 마당에 서 있던 소년에게 다가갔네. 그러고는 아이에게 뭐라고 이야길 하는 것 같았어. 그래도 소년이 고개를 저으며 뒷걸음질 치니까, 갑자기 뒷주머니에서 초록색 빛이 나는 봉을 꺼내지 뭔가. 남자는 아이의 눈앞에서 그걸 흔들었어. 정말이야. 내 두 눈으로 똑똑히 봤다니까. 물론 그 광경은 나중에, 그러니까 며칠 전 자네에게 건네준 잡지를 본 뒤 더 생생하게 떠오른 것이긴 하지만… 그래, 그전까진 한밤중의 악몽처럼 어렴풋하게만 머릿속에 남아 있었지. 기억하지 못한다는 사실조차 기억하지 못하는, 그런 기억처럼 말일세. 여하튼 그 초록색 빛을 본 소년은 문득 뭔가에 홀린 듯한 표정이 됐어. 그 애는 멍한 얼굴로 가만히 서 있더니 안으로 들어갔다네. 난 차 유리에 얼굴을 대고 외쳤지. 제발 전화를 걸어달라고. 지금 철광산 사무실에 전화를 하면 당직자가 받을 거라고. 그에게, 길을 잃어서 아직 돌아오지 못한 광부가 하나 있다는 걸 말해달라고. 하지만 소년은 슬픈 듯 이쪽을 한 번 돌아보더니, 현관문을 닫고 말았네. 난 그대로 어디론가 끌려갔고 말이야. 그들, 검은 옷을 입은 사람들은, 날 창문도 없는 좁고 음침한 방으로 데려갔어. 그러고는 너무나도 기괴한 말을 하는 거야. 그자들은 나를 K라고 불렀어."

"저어, 그런데 그건 좀 이상하지 않나요? 당신은 K가 아니라 휴일에 외출을 나왔던 광부 N이라면서요. 그들이 그걸 모를 리 없는데, 도대체 왜?"

내 말에 노인이 몸을 앞으로 내밀며 씩 웃었다.

"그래, 당연히 난 K가 아니었지. 말도 안 되잖아. 다시 한번 말하지만 내 이름은 N이었어. 광부 N. 게다가 태어나서 그때까지 공이라곤 차본 적도 없었고 말이야. 뭔 소리냐고, 제발 보내달라고 울부짖었지만, 그들은 들은 척도 하지 않았어. 대답 대신 돌아온 것은 황당하게도 축구화 한 켤레와 태극기가 새겨진 트레이닝복 한 벌 뿐이었다네." 그가 망연자실한 채 그것들(잘 개켜진 운동복과 신발)을 바라보고 있는데, 다부진 체격에 약간 나이 들어 보이는 남자가 안으로 들어왔다. 남자는 방구석에 멍하니 앉아 있는 K(혹은 N?)를 보더니, 뒷짐을 지고 가만히 서 있었다. 그러더니 천천히 다가와 낮은 목소리로 속삭였다.

'그래 좋아. 자네 말대로, 자네가 축구 선수 K가 아니라 캄프 린트포트에서 일하던 광부 N이라 치자고. 그런데 이거 알고 있나? 지금 우리 팀이 비상사태에 처해 있다는 거. 빌어먹을 축구 선수 하나가 사흘 전 아침 감쪽같이 사라져 버렸거든. 그러더니 거기서 얼마 떨어지지 않은 시골 마을에서 자칭 광부라는 인간이 스르륵 나타난 거야. 자, 그럼 이제 어떡해야 할까? 어떻게 하는 것이 가장 빠른 해결 방법이겠냐, 이 말이지. 어떤가? 좀 알아듣겠나? 그래서 하는 말인데, 자넨 축구 선수 K야. 뭐라고? 말이 안 된다고? 다른 이들이 믿지 않을 거라고? 아니, 그런 건 걱정할 필요가 없다네. 우리가 K라고 하면 그 누구든 K가 되는 거니까. 사실이어서 믿는 게 아니라 믿기 때문에 사실이 된다, 이 말이지. 그러니 이 옷을 입고 운동화를 신게. 그런 다음 어서 밖으로 나오라고. 동료들이(다행히 그들은 이미 믿기로 결심한 상태라서 아무도 자넬 의심하지 않을 거야) 아까부터 기다리고 있으니.'
그래도 내가 계속 보내달라고 하자, 남자가 뒷주머니에서 뭔가를 꺼냈어. 그래, 그건 바로 그 초록색 빛이 나는 봉이었다네! 그 빛을 보고 있노라니 서서히 잠이 오기 시작했어. 무거워지는 눈꺼풀을 겨우 버티며 난 물었지. '좋습니다, 내가 K라고 쳐요. 그런데, 그렇다면 광부 N은 어떻게 되는 건가요? 광산에선 모두 그를 찾고 있을 텐데요.' 그러자 꿈결에선듯 이런 말이 들려왔네. '이런 순진한 사람 같으니라고. 자네 도대체 수천 미터 깊이 지하에서 얼마나 많은 광부들이 사라지는지 알고 있나? 거기서 그들은 더워서 죽고 숨이 막혀 죽고 갱도가 무너져서도 죽지. 혹은 그저 죽고 싶어서 스스로 죽어버리기도 하고 말이야. 또는 (그러면서 남자는 목소리를 최대한 낮췄어) 그자들 중 누군가는 영원히 갱 밖으로 나오지 않기도 해. 글쎄, 아무도 모르지. 그렇게 깊이, 깊이, 한도 끝도 없는 땅속으로 파고 들어간 이들이 과연 어디로 가버리는 건지는. 혹시 지구의 핵에 가닿으려나? 아니면 땅속 어딘가에 새로운 세상이라도? 여하튼, 그렇게 수많은 광부들이 사라지지만, 대체 누가 신경 쓰지? 신문도 라디오도, 그 어느 누구도 그들에 대해선(광부를 비롯한 세상 곳곳에서 이런저런 이유로 사라져 가는 사람들에 대해서 말이야) 결코 이야기하지 않는다고. 그러니 걱정하지 말게나. 아무도 자넬 찾지 않을 테니. 이런, 벌써 잠이 들고 말았군. 그래, 어쩌면 한숨 푹 자는 게 좋을지도 모르지. 나중에 눈을 뜨면 머리도 맑아질 테고, 그러면 모든 걸 받아들일 수 있을 테니까.'

나는 노인의 흐릿해진 눈을 보았다. 지금 무슨 말을 하는 게 어울릴까? 어떤 대화를 해야 K(가 아니라고 주장하는 노인)를 붙들어 둘 수 있을까? 축구 협회에서 가르쳐 준 번호로 전화를 걸었을 때 요양원 담당자는 한숨부터 내쉬었다. "아아, 또 그런 얘길 하시던가요. 잠깐 기다려 보세요. 여기 주치의 선생님이 계시니까요." 의사와의 통화를 생각하며, 난 아무 질문이나 하기로 마음먹었다.

"그런데 왜 굳이 K를 찾으려는 건가요? 지금의 삶에 큰 불만은 없을 것 같은데…"

그러자 노인의 입꼬리가 천천히 올라갔다. 웃는 건지 우는 건지 알 수 없는 기묘한 미소였다. "그래 어쩌면 자네 말이 옳을지도 몰라. 난 축구 선수 K가 되어 잘 살아왔으니까. 이제 와 진짜 K 따윈 찾아봤자 아무 의미도 없을지도 모르지. 그런데 말이야, 그럼 N은 어떡하나? K가 되기 위해 땅속으로 영원히 사라져 버린 N 말이야. 몇 년 전 난 캄프 린트포트의 탄광지대에 다시 한번 가보았다네. 광산은 이미 문을 닫았지만, 광업소 사무실은 아직 남아 있더군. 거기서 난 오래전 한국에서 왔던 광부들의 명단을 볼 수 있었어. 아니, 사실대로 말하자면 그건 아무나 볼 수 있는 건 아니었다네. 다행히 관리인이 잠시 한눈을 파는 사이에 안쪽 창고로 들어갈 수 있었고, 그래서 그 오래된 서류 더미를 보게 된 거지. 사실 그 창고에 굳이 '외부인 출입금지'라는 푯말을 붙여놓은 이유도 나는 잘 모르겠어. 대단히 값나가는 유물이 있다거나 엄청난 비밀이 숨겨져 있는 것도 아니었으니까. 그저 오래전 철광산이 한창 호황일 때 거기서 일했던 광부들의 이름과 신상명세가 적힌 장부들, 더 이상 쓰지 않는 곡괭이라든가 귀퉁이가 깨진 안전모, 회사 이름이 새겨진 낡은 광부복과 작업용 장갑 같은 것들이 한쪽 구석에 쌓인 채 뽀얗게 먼지를 뒤집어쓰고 있을 뿐이었다네. 미리 준비해 갔던 광부용 전등을 이마에 두르고, 난 눈에 띄지 않도록 몸을 최대한 오그린 채 장부를 뒤졌다네. 1966년부터 1969년 사이의 장부들을 한 장도 빼놓지 않고 다 살폈지. 하지만 없었어. 정말이야. 온데간데없이 사라져버렸더라고."

잠시 말을 멈춘 노인에게 나는 물었다. "뭐가요? 뭐가 사라져 버렸다는 거죠?"

"N 말일세. N이라는 사람에 대한 모든 자료. 난 분명히 거기서 일하고 먹고 자고 꿈꿨는데, 장부엔 아무것도 없었어. 그러니까 N은 아예 세상에 존재하지 않았던 거야. 적어도 문서상으론 말이야. 이제 알겠나? 내가 왜 진짜 K를 찾으려는 건지? 만약 그를 찾아낸다면, N의 존재를 증명하는 일도 불가능한 것만은 아닐 테니까. 아니, 좀 더 솔직히 말해볼까? 그래, 어차피 여기까지 털어놨는데 더 숨길 게 뭐가 있겠나. 사실대로 말하자면, 멍청하게도 난 내가 정말로 K인 줄 알고 일생을 살아왔다네. 문득문득 어렴풋하게 꺼림칙한 느낌이 밀려왔지만, 그 이유가 뭔지는 알지 못했어. 아마도 그 잡지를 읽지 못했더라면 여전히 나는 내가 K라는 착각에 빠져서 아무 생각 없이 하루하루를 살아가고 있을 거야. 하지만 다행히 잡지가 나타났어. 마치 모든 진실을 밝히고야 말겠다는 듯 어느 날 내 앞에 툭 떨어진 거지. 그러고 보면 세상은 참 이상한 곳이야. 그날 아침 내가 조금만 늦게 신문을 가지러 내려갔더라면, 그 잡지는 마침 요양원 앞을 지나가던 폐지 수집상의 눈에 먼저 띄었을 테니까. 그러나 간발의 차로 난 그보다 앞서 이걸 손에 넣을 수 있었다네. 어느 정도나 아슬아슬했냐 하면, 내가 잡지를 집어 드는 순간 폐지 수집상이 다른 한끝을 이미 잡고 있었을 정도였지. 그는 그게 자기 리어카에서 떨어진 거라고 우겼어. 날 노망난 노인네 취급하면서 고래고래 소리를 지르지 뭔가. 그렇지만 그렇다고 순순히 물러설 내가 아니거든. 난 잡지의 한쪽 끝을 말아 쥔 손에 더욱 세게 힘을 주며 호통쳤지. 네놈 나이가 몇 살이냐고. 너는 애비 에미도 없냐고. 그러자 폐지 수집상은 어쩔 수 없다는 듯 한숨을 쉬더니 잡지를 내려놓고 골목을 떠나버렸다네. 난 방으로 들어오자마자 귀퉁이가 접혀 있던 페이지를 펼쳐 읽었어. 어느 페이지를 말하느냐고? 어디긴 어디겠어. 당연히 검은 옷을 입은 남자들이 나오는 부분이지. 그래, 거길 읽는데, 갑자기 폭포수처럼 기억들이 내 주위로 쏟아져 내리더군. 깊고 길고 어두운 갱도. 비 오듯 흐르던 땀. 아래로 아래로 내려갈수록 턱턱 막히던 숨. 허리춤에 차고 있던 물병 뚜껑을 열고 이미 미지근해진 물을 미친 듯이 마셨지. 그러다가 어느 순간 난 그 깊고 어두운 땅속에 혼자 갇혀버렸어. 처음엔 적어도 외롭진 않았어. 어디선가 소리가 들려왔으니까. 동료들의 목소리 말이야. 하지만 시간이 흐르면서, 아니, 사실은 시간의 흐름 따윈 깨닫지도 못했지만, 여하간 점차 목소리는 사그라졌어. 땅속은 무덤보다 더 조용해졌고… 난 장화를 뜯어

먹으며 기다리고 또 기다렸어. 어디선가 똑똑똑 소리가 들리기에 고개를 들어보니 물이 한 방울씩 떨어지고 있었지. 그 물을 마시며, 도대체 며칠이 흘렀는지, 과연 내가 살아 있기나 한 건지… 아무것도 알지 못한 채 그저 숨만 쉬고 있었던 거야. 그때였어. 위쪽에서 작은 빛 같은 게 비치더니 사람의 목소리가 들려왔지. 그들은 외치고 있었어. N, 거기 있습니까? 나는 대답하고 싶었어. 여기에 있다고, 여기 살아서 숨 쉬고 있다고. 하지만 있는 힘을 다해 외쳐도 들리는 소리라곤 그저 허파 안쪽으로부터 울려 나오는 옅은 숨소리뿐이었네. 그 후의 일은 아무것도 기억나지 않아. 눈을 떠보니 하얀 벽으로 둘러싸인 작은 방에 누워 있었다는 것뿐. 누군가가 나타나더니 여긴 병원이라고 했어. 내가 구사일생으로 목숨을 건졌다는 거야. 그래, 이제 알겠지? 내가 그날 왜 시내에 나갔는지? 그건 일종의 휴가였던 거야. 지옥에서 살아 돌아온 사람만이 누릴 수 있는 꿀맛 같은 휴식 말일세. 에밀네 가게 앞 정류장에서, 난 콧노래를 부르며 버스에 올랐네. 내 앞에 어떤 기막힌 운명이 펼쳐질지 전혀 알지 못한 채 말이야…"

노인의 말은 점점 더 느려지더니, 나중엔 거의 알아들을 수 없게 되었다. 그는 매우 지친 듯 보였고, 얼굴엔 처음 왔을 때보다 훨씬 더 많은 주름이 잡혀 있었다. 난 옆에 있던 쿠션을 내밀었다. "많이 피곤해 보이는데… 여기 기대어 좀 쉬시겠어요?" 그러자 축구 선수 K, 아니 광부 N이라고 주장하는 노인은 거기에 머릴 기대더니 조용히 눈을 감았다.

잠든 그의 옆에 난 아까부터 파일 뒤쪽에 감추고 있던 종이 한 장을 꺼내 놓았다. 노인이 건넸던 오래된 잡지 갈피에 끼워져 있던 신문기사 스크랩이었다. 거기엔 독일의 철광산에서 갱도가 무너져 사망한 한국인 광부 N의 소식이 간결하게 기록되어 있었다.

●●●●●●

"아닙니다. 그분은 치매라든가 뭐 그런 병을 앓고 있진 않아요. 어떻게 보면 극히 정상이라고 할 수도 있지요. 그래요, 다만 한 가지… 이건 아직 학계에서 인정받은 건 아니지만, 그분은 일종의 집단기억증후군에 시달리고 있을 수 있어요. 그러니까 그건 뭐랄까, 전혀 모르는 타인의 기억이나 경험을 병적이리만치 생생하게 자신의 뇌에 각인시키는 증세에 붙이는 이름이지요. 그런 이들은 자기가 그 모든 일을 직접 겪기라도 한 것처럼 느끼며 마치 타인이 된 듯 혹은 타인이 자신이 된 듯한 착각에서 헤어나지 못합니다. 왜 그런 일이 일어나는 건지는 밝혀지지 않았어요. 언젠가 뇌의 모든 것이 낱낱이 드러나고 기억의 메커니즘이 완벽히 이해될 때쯤엔, 그런 증후군을 앓는 이들이 왜 그렇게 되는지 알게 되겠지요. 하지만 아직은 아니에요. 지금은 아무도 모릅니다. 대체 어떤 특별한 순간에 어떤 특별한 이유가 있어서, 누군가가 다른 누군가를 자기 자신이라 여기며 살아가게 되는지 말이에요."

요양원 의사는 이렇게 말했다. 그는 노인이 사무실에 다시 오면 꼭 연락을 달라고 신신당부했다. "어쨌거나 그분은 혼자 돌아다니기엔 좀 위험합니다. 자신을 다른 사람과 혼동(이 경우엔 좀 안 어울리는 표현이긴 하지만), 그래요, 차라리 이렇게 말하는 게 낫겠군요, 그는 스스로를 다른 이와 섞어버렸어요. 그러니 꼭 연락주십시오. 저희가 바로 모시러 갈 테니까요."

K의 고른 숨소리를 들으며, 나는 수화기를 들었다. 그러나 요양원에서는 이상하게 오랫동안 전화를 받지 않았다. 한참을 벨이 울린 끝에, 수화기 너머에서 누군가의 목소리가 들려왔다. 혼선이 되는지 심한 잡음이 섞여 있었다. "지금 K가 여기 와 있어요. 좀 전에 잠들었으니, 와

서 모시고 가면 될 듯합니다." 그러나 저쪽에서 뭐라고
하는지는 알아듣지 못했다. 잡음이 점점 커지더니 나중
엔 아무 소리도 들리지 않았기 때문이다. "곧 가겠습니
다"라는 대답을 들은 것 같아 전화기를 내려놓고, 다시
컴퓨터를 켰다. 《사이언티픽 미스터리》에 보낸 메일엔
여전히 답이 없었다.

그때 낮고 조심스러운 노크 소리가 들렸다. 요양원에
서 온 사람들이리라.

나는 벌떡 일어서며 말했다. "생각보다 빨리 오셨네요."

그러나 열린 문 앞에 서 있는 건 검은 옷을 입은 두 명
의 남자였다. 그들은 빙긋이 미소짓더니, 내 어깨 너머
로 잠든 노인을 바라보며 천천히 고개를 끄덕이는 것이
었다.

끝없는
우편배달부

"

우리는 서로가 서로의

도플갱어이자 거울상이었으며

동시에 동일한 하나의

군체였던 거지요.

"

눈을 떴을 때, 우편배달부는 약간 의아한 기분에 사로
잡혔다. 마치 누군가가 다녀가기라도 한 듯, 이부자리 옆
방바닥이 따뜻했기 때문이다. 그는 그 온기 서린 바닥에
손을 대고 한동안 가만히 앉아 있었다. 시간이 좀 지나
완전히 잠에서 깨어난 우편배달부는 다시 한번 방바닥
을 만져봤다. 미약하긴 하지만 낯선 온기는 여전히 가시
지 않은 상태였다. 출근 준비를 하면서는 잠시 방바닥에
대해 잊었지만, 신발을 신다 말고 퍼뜩 뭔가 떠오른 듯
머리를 들었다. 그러고는 혼자 고개를 설레설레 젓더니
현관문을 닫고 밖으로 나갔다.

그날 저녁, 잔뜩 지쳐 돌아온 우편배달부는 문을 닫
자마자 옆으로 메고 있던 가방에서 뭔가를 주섬주섬 꺼

냈다. 그는 책상 겸 식탁으로 쓰는 작은 밥상 위에 삼각김밥과 컵라면 따위를 내려놓고 서둘러 물을 끓였다. 스마트폰을 보며 뭐가 그리도 재미있는지 낄낄 웃던 그는, 다 먹은 비닐봉지와 나무젓가락 같은 것들을 대충 쓸어 담고는, 아침부터 그대로 깔려 있던 요 위에 벌렁 드러누웠다. 옆으로 누운 채 영화를 보던 우편배달부는 언제 잠이 들었는지도 모르게 곯아떨어졌는데, 꿈에서 자기 방 한가운데 누군가가 앉아 있다는 걸 알았다. 그건 사람처럼 보이는 어둡고 음침한 실루엣이었는데, 뭔가 할 말이 있는 듯 책상다리를 하고 앉아서 그를 가만히 내려다보고 있었다. 그것과 눈이 마주친 순간, 우편배달부는 소리를 지르며 팔다리를 허우적댔다. 왜냐하면 그의 얼굴이 바로 자기 자신을 그대로 닮았기 때문이었다. 눈을 번쩍 뜨니 (당연한 일이지만) 옆엔 아무도 없었다.

다행이야. 가위에 눌렸나 보군.

그는 잠결에 이런 말을 중얼대다 다시 곯아떨어지고 말았다.

다음 날 아침, 우편배달부는 겨우 잠에서 깼다. 간밤의 악몽 때문인지 머리가 아팠다.

일찍 자야겠어. 밤늦게까지 영화를 봤으니 그런 꿈이

나 꾸는 거야.

습관처럼 이부자리 옆으로 손을 뻗었을 때, 바로 그것
이 만져졌다. 아직 잠에서 덜 깬 채, 우편배달부는 손에
잡힌 그 종이를 멍하니 바라봤다. 그러고는 자기도 모
르게 몸을 부르르 떨었는데, 꿈이라고 여겼던 기이한 남
자의 실루엣이 어쩌면 현실일지 모른다는 생각이 든 탓
이었다. 어쨌든 그는 파란색 매직으로 뭔가가 적혀 있는
A4 용지 반 사이즈의 갱지를 들고 꽤 오랫동안 앉아 있
었다.

어제와 똑같이 면도를 하고 세수를 한 뒤 신발을 신다
말고, 그는 후다닥 도로 뛰어 들어왔다. 마구 뒤엉켜 있
는 이불과 베개 사이에서 아까의 그 갱지가 나왔다. 우편
배달부는 그걸 대충 접어 주머니에 쑤셔 넣고는, 반지하
방의 좁은 계단을 빠르게 걸어 올라갔다.

●〈〈〈〈

편의점 아르바이트생은 그날의 일을 정확히 기억했다.
"네, 맞아요. 그 아저씨였어요. 점심 때마다 매일 들르
던 그 우편배달부 말이에요."

아르바이트생의 말에 의하면, 그는 언제나 오전 11시

50분에 편의점 문을 당기며 들어왔다. 하지만 수첩에 받아 적으려는 순간 그가 황급히 제지하며 덧붙이는 것이었다. "아니, 잠깐만요. 생각해 보니까 그게 아니에요. 그 아저씨, 문을 당기며 들어오지 않았어요. 밀고 들어왔지요. 그걸 기억하는 이유는, 그래서 좀 짜증이 났기 때문이에요. 보다시피 문엔 분명히 '당기세요'라고 붙어 있거든요. 그런데도 꼭 밀고 들어오는 사람들이 있다니까요, 제길."

나는 건성으로 고개를 끄덕였다. 그런 건 굳이 말하지 않아도 된다는 제스처였지만, 아르바이트생은 눈치채지 못했는지 당시의 이야기를 구구절절이 늘어놓았다.

"문을 밀면, 바닥에 긁히면서 기분 나쁜 소리가 나요. 소름 끼치는 소리, 알죠? 하지만 정말 이상했던 게 뭔지 아세요? 그 아저씨, 원래 그런 사람이 아니라는 거예요. 평소엔 언제나 조심스럽게 문을 당기며 들어왔다, 이 말이에요. 그래요, 만약 그 일만 아니었다면(그러니까 딴 때와 달리 거칠게 문을 밀며 들어온 거요) 나도 그렇게까지 자세히 그 아저씨를 지켜보진 않았을지도 몰라요."

그날 우편배달부는 초조해 보였다. 언제나처럼 삼각김밥과 컵라면을 하나 사서 뒤편 구석에 서서 먹으면서도 연신 바깥쪽을 힐끔대는 모습이 그랬다는 것이다.

"그러다가 보게 된 거죠. 그 구겨진 갱지 말이에요."

아르바이트생은 그걸 본 게 우연이었음을 강조했다.
"왜냐하면 저는 그런 성격이 아니거든요. 남의 비밀이
나 엿보는, 그런 음험한 성격 말이에요. 물론 평소 같지
않게 불안해 보이던 우편배달부 아저씨에게 신경이 아
예 쓰이지 않았던 건 아니지만요. 하지만 그렇다고 해서
굳이 음료수 상자를 옮기는 척하면서까지 옆으로 다가
가 남의 쪽지를 훔쳐보거나 하진 않았다는 거죠. 아시겠
어요?"

그러면서 아르바이트생이 동의라도 구하듯 빤히 쳐다
보기에, 나는 어쩔 수 없이 고개를 끄덕였다. 어쨌거나,
이런 순간엔 맞장구를 쳐주는 척이라도 해야 하는 법이
니까.

"좋아, 이제 본론으로 들어가 볼까? 그날 말이야, 우편
배달부가 사라지던 날 마지막으로 여기 들렀을 때, 삼각
김밥도 먹는 둥 마는 둥 하며 초조한 표정으로 읽고 있
었다던 그 종이엔 대체 뭐라고 쓰여 있었지?"

아르바이트생은 살짝 한숨을 내쉬더니 주머니에서 뭔
가를 꺼냈다. "여기요. 실은 제가 가지고 있었어요. 아
니, 오해는 말아주세요. 훔치거나 그런 건 절대 아니니
까요. 다만 그 아저씨가 나갈 때 종이를 찢어서 쓰레기

285

끝없는 우편배달부

통에 던지는 걸 보고는, 나도 모르게 주워놨을 뿐이라고요. 저녁에 집에 가서, 난 그 쪼가리들을 모아 퍼즐 맞추듯 맞춘 다음 스카치테이프로 잘 붙였어요. 왜 그랬냐고요? 글쎄요, 나도 잘 모르겠어요. 궁금해서 그랬던 걸 수도 있고… 어쨌든 중요한 건, 찢어진 조각을 다 찾아내진 못했다는 사실이에요. 그래서 이 정도밖엔 알 수 없었죠. 참, 그런데 아저씨, 탐정이라고 했죠?" 그의 말에 난 얼른 손을 내저었다. "아니, 탐정이 아니라 민간조사관이라니까. 아까도 말했지만 우리나라엔 아직 탐정이라는 직업이 허가돼 있지 않아." 그러자 아르바이트생은 피식 웃었다. "참나, 그게 그거 아니에요? 탐정이나 민간조사관이나. 하여튼, 이건 제 생각인데, 그 종잇조각들 혹시 일종의 싸인 아니었을까요? 살해당한 사람이 죽기 직전 남긴다는 다잉메시지 같은 거 말이에요. 아마 우편배달부는 어떤 이유로 신변의 위협을 느꼈을 테고, 그래서 자기에게 무슨 일이 생기면 이 종이쪼가리를 발견해서 신고해 주길 바라는 마음으로, 그렇게 보란 듯이 쓰레기통에 처넣고 간 거 아니겠느냐, 이 말이죠."

하지만 아르바이트생은 "그럼 학생은 그 우편배달부가 살해당했을 거라고 생각하는 건가? 도대체 무슨 근거로?"라고 물었을 땐 빠르게 고개를 저었다. "아뇨! 그건 아니에요. 내 생각엔 그 아저씨 그냥 어디 한적한 바닷가에서 좀 쉬고 있을 것 같은데… 솔직히 나라도 매일 똑같은 거릴 돌아다니며 똑같은 집에 똑같은 편지와 소포를 배달하다 보면 어디로든 튀고 싶어질 테니까요." 그러다가 그는 편의점 안을 한번 둘러보더니, 어깨를 으쓱했다. "하긴, 내가 그런 말을 할 처지는 아니지만 말이에요."

협조해 줘서 고맙다는 인사를 한 뒤 밖으로 나와 몇 발짝 걷다 말고, 주머니에서 아까의 그 구깃구깃한 종이를 꺼냈다. 스카치테이프로 꼼꼼히 이어 붙인 갱지엔 낯선 지명과 주소가 파란색 매직으로 또박또박 적혀 있었다.

● ● ◄ ◄ ◄ ◄

나중에 우체국 내부에 설치된 CCTV 영상을 분석한 경찰은, 갱지를 뚫어져라 들여다보고 있던 우편배달부의 얼굴이 처음에는 창백했지만 시간이 갈수록 점차 밝아지더라고 기록했다. (물론 어떤 경찰은 오히려 그 반대로 보인다고 주장하기도 했지만 말이다. 그들은 우편배달부의 얼굴이 서서히 어두워져 갔고 마침내는 거의 새파랗게 변하더라고 말했다. "그럼 자네가 보기엔 어땠나?" 앞에 앉아서 지루한 듯 하품을 하고 있던 신입 경관에게 묻자, 그는 별 관심 없다는 듯 천천히 고개를 저을 뿐이었다.) 여하튼, 얼마 전 새로 구입한 기기 덕분에 꽤 선명하게 찍힌 영상 속에서, 소포팀 집배 1실 소속이었던 그 우편배달부는 좁은 방 한가득 쌓여 있는 소포와 편지, 엽서, 고지서, 전단지 무더기들 틈에 장장 30분 동안이나 가만히 앉아 있었다. 그러다가 마치 처음 본다는 듯 어리둥절한 눈빛으로 사방을 둘러 보는 것이었다.

우편배달부가 사용하던 컴퓨터에서 찾아낸 검색어 목록엔 별다를 게 하나도 없었다고 한다. 그저 '병가', '참치마요 삼각김밥', '관절통' 같은 별 의미 없는 단어들이 전부였기 때문이다. "아, 그리고 하나 더 있는데요. 뭐 별로 중요한 건 아니지만 그래도 적어 오긴 했어요." 경찰은 제복 앞주머니를 뒤져 작게 접힌 메모지 한 장을 꺼내 내밀었다. "에드워드 김? 외국인인가? 누군지 알아요? 누군지 알아요?" 내 말에, 이제 막 9급 순경이 됐다는 그 경관이 이번엔 뒷목을 주무르며 대답했다. "저도 잘 몰라요. 경장님이 얘기 안 해주시던가요? 뭐 듣기론 한때 좀 알려졌던 컬트영화 감독이라는데, 지금은 어디서 뭘 하는지 아무도 모른다더군요. 하여튼 중요한 건,

사라진 우편배달부와는 아무 관계도 없다는 사실이겠죠. 뭐, 우린 그렇게 결론을 내렸어요. 둘 사이에 연결고리가 하나도 없으니까요." 경관의 중얼대는 이야길 한 귀로 흘려들으며, 스마트폰의 검색창을 열었다. 구글에서 아무리 뒤져도 '에드워드 김'이란 이름의 영화감독은 찾을 수 없었다. 포기하고 폰을 닫으려는 순간, 자칭 영화 전문 블로거라는 이가 쓴 짧은 포스트가 눈에 띄었다. 그마저도 몇 년 전에 작성된 글이고 이젠 블로그 활동도 하지 않는 듯 보였지만, 난 그 화면을 캡처했다. 포스트 제목은 '천재 영화감독 에드워드 김과 그의 괴작〈끝없는 우편배달부〉였다.'

그때 젊은 경관이 몸을 앞으로 쑥 내밀며 물었다. "뭐 새로운 거라도 찾았어요?" 나는 폰을 내려놓으며 고개를 저었다. 어차피 경찰에겐 이런 얘길 다 들려줄 필요가 없다. 애당초 그들은 상상력을 발휘하여 사건의 진실을 캐는 데엔 젬병이니까. 다행히 그는 더 이상 궁금해하지 않았고, 그저 지루한 표정으로 사무실 여기저기를 둘러볼 뿐이었다. 하긴, 단순 가출로 종결된 사건을 다시 들추는 걸 좋아할 사람은 아무도 없을 것이다. 서까지 직접 찾아가 정보를 요청했을 때 K 경장이 부탁을 들어준 건, 순전히 예전에 내게 졌던 신세를 갚겠다는 일종의 보은 행위(오래전 그가 어떤 사건을 맡았을 때 결정적인 정보를 준 적이 있었단 뜻이다)에 불과했으며, 특별히 대단한 기밀사항을 귀띔해 준 것도 아니었다. 만나기로 한 날 아침 전화를 걸어온 K 경장은 자기가 엄청나게 바쁘다며 설레발을 치더니, 갓 순경이 된 신입을 통해 두어 장짜리 파일과 짧은 분량의 CCTV 복사본 하나를 보내왔다. 그걸 받아서 대충 훑어보고 있을 때 또다시 K에게서 전화가 왔다. 그는 낮게 숨죽인 목소리로 이렇게 내뱉더니 뭐라 대답도 하기 전에 전화를 끊어버리는 것이었다. "자넬 믿으니까 보낸 거야. 절대 무슨 일이 있어도 외부로 유출되면 안 되는 자료라고. 알았지?"

CCTV의 끝부분에서, 이번에 우편배달부는 먼 하늘을 응시하고 있었다. 얼마나 시간이 흘렀을까. 그가 벌떡 일어서더니 책상을 정리하기 시작했다. 몇 권 안 되는 파일을 차곡차곡 쌓아두고 서랍을 열어 연필과 볼펜, 지우개, 호치키스 등을 가지런히 늘어놨다. 그런 다음 옆에 놓여 있던 우편물 가방을 한쪽 어깨에 메고 느릿느릿한 걸음으로 집배 1실을 나서는 것이었다.

약간의 탐문 끝에 경찰은, 그가 그저 딱 평균치의 삶을 살던 보통의 우편배달부였다는 사실을 확인했다. 좀 늦은 나이에 우정 9급 계리직 시험에 합격했고 시골에 늙은 아버지가 있으며, 1년 전쯤 우편물을 배달하다가 승용차에 살짝 치여 3주간 병가를 낸 적이 있는, 그런 지극히 평범한 사람 말이다. 사고 후 요양기간 연장 신청을 냈다가 거부당한 뒤로 우편배달부가 고통과 불만을 호소해 왔다는 제보도 들어왔지만, 경찰은 별로 신경 쓰지 않았다. 그런 이유 때문에 어디로 사라진다면, 세상에 남아 있을 인간이 도대체 몇이나 되겠냐는 게 수사관들의 기본적인 생각이었다. "저도 그렇게 생각해요. 사실 100퍼센트 맘에 드는 직장이 어디 있겠어요, 안 그렇습니까?" K경장 대신 나온 젊은 경관이 파일과 CCTV 영상이 담긴 USB를 도로 서류봉투에 담으며 말했다. "하여튼, 그런저런 이유로, 단순 가출일 거라는 데 무게가 실린 거고요. 아마 두고 보시면 알 겁니다. 한 일주일쯤 지나 멀쩡한 얼굴로 돌아오겠지요. 어휴, 말도 마십쇼. 그런 인간들 정말 한둘이 아니거든요. 방송에선 우리나라만 해도 1년에 사라지는 사람이 몇만 명이라는 둥, 엄청 허풍 떨잖아요. 하지만 속을 들여다보면 실상은 완전 다르거든요. 대부분은 얼마 안 가 집에 돌아온다고요. 와서는 마치 아무 일도 없었다는 듯 또다시 하루하루를 살아가는 거지요."

끝없는 우편배달부

사무실을 나가다 말고, 경관이 뒤를 돌아봤다.

"하여튼, 그 우편배달부, 무사히 돌아오면 좋겠네요. 당연히 그러겠지만 말이에요."

●《《《《

우편배달부가 사라지던 날, 오전 내내 건너편에서 같이 소포를 정리했다던 동료 박은 당시의 기억을 더듬으며 머리를 긁적였다. "휴, 참 난감하네요. 워낙 똑같은 날들이었으니까요. 그러니까 내 말은, 아침에 나와서는 산처럼 쌓인 우편물과 소포를 정리하고 12시 좀 전에 이른 점심을 후딱 먹고 돌아온 뒤 배달을 나가는, 그야말로 한 치의 오차도 없이 반복되던 일상이었다, 이거죠. 특이한 점이라… 글쎄요, 없었던 것 같아요. 하긴, 이 안에서(이 말을 하며 그는 그리 넓지 않은 집배 1실을 천천히 둘러봤다) 도대체 어떤 특별한 일이 일어날 수 있겠습니까, 안 그래요? 그가 나가면서 한 말이 뭐였냐고 했지요? 잠깐만요. 기억날 법도 한데…" 그는 손으로 턱을 괸 채 생각에 잠겼다. 하도 오래 그러고 있기에, "기억나지 않으면 어쩔 수 없습니다. 혹시 나중에라도 뭔가 떠오르면 이 번호로 연락주십시오"라고 말하려는 순간, 그가 갑자기

손뼉을 쳤다. "아, 이제 기억나네요. 맞아요, 점심을 먹고 오겠다고 했어요. 그래서 내가 물었지요. 이번에도 편의 점이냐고요. 그랬더니 씩 웃으며 고개를 끄덕이더라고요. 그런데 그게 마지막 모습이었을 줄이야…" 그러면서 손등으로 눈가를 훔치는 박에게, 나는 편의점 아르바이트생이 정성스레 이어붙인 갱지를 건넸다.

"혹시 여기가 어딘지 아십니까?"

그는 주의 깊게 종이를 들여다봤다.

"글쎄요. 생전 처음 들어보는 곳인데… 그런데, 이건 뭐죠? 어디서 나온 건가요?" 그 말에 대답하는 대신, 나는 다시 한번 되물었다. "그럼 이 필체는 어디서 본 적 있나요?" 그러자 박이 다시 집배 1실로 들어갔다. 잠시 후 나오는 그의 손에 검은 표지의 장부가 한 권 들려 있었다. "이게 매일 쓰는 근무 일지거든요. 이 부분이 그가 쓴 건데, 글씨체가 똑같지 않나요? 난 암만 봐도 그렇게 보이는데."

확실히 둘은 비슷했다. 아니, 거의 똑같다고 볼 수 있었다. 나는 아침부터 밤까지 빼곡하게 적힌 일과표와 메모를 폰으로 찍은 뒤 돌려줬다.

주차장으로 나와 차에 시동을 거는데, 누군가가 밖에

서 톡톡 두드렸다. 박이 기묘한 표정으로 차 유리에 얼굴을 대고 안을 들여다보고 있었다. 문을 열자, 그가 사방을 두리번거리며 황급히 옆자리에 올라탔다. 그러고는 불안한 목소리로 낮게 속삭이는 것이었다. "어쩌면 이게 다 그 침대 때문일지도 몰라요. 알지요? 그 라돈인가 뭔가 하는. 우린 다 방사능에 오염됐다고요. 머리가 이상해진 거죠. 내가 인터넷에서 찾아봤는데, 방사능이란 게 엄청 무서운 거더라고요. 그런데 우린 주말 내내 쉬지도 못하고 그걸 옮겼다고요. 맨몸으로 말이에요. 그 뭐라더라, 방호복인가 그런 것도 없었어요. 이것도 다 검색해서 알게 된 건데, 원래 그런 걸 입어야 안전한 거라면서요. 물론 아무도 불만을 내색하진 않았어요. 오히려 이런 일을 할 수 있어서 보람되다고, 방송사랑 인터뷰까지 했으니까요. 바로 내가 말이에요. (이때 박은 오른손 검지로 자기를 가리키며 킥킥 웃었다.) 믿어지지 않으면, 뉴스 찾아봐요. 거기 나오니까. 우리 모두 웃으며 그놈의 침대 무더기 옆에 서 있는 모습. 하지만 누구나 알고 있잖아요. 라돈이 사람을 어떻게 만드는지. 사실대로 말하면 그때부터 밤에 이상한 꿈을 많이 꿔요. 기억나진 않지만 눈을 뜨면 언제나 식은땀을 흘리고 있거든요." 한참을 떠들다 말고, 박이 갑자기 입을 다물었다. "우린 입사 동기예요.

같은 해 같은 날 나란히 집배원 일을 시작했다고요. 물론 너무 바빠서 같이 밥 한 끼 제대로 먹을 시간도 없었지만, 서로가 탄 오토바이가 마주 지나갈 땐 한 번도 빼지 않고 손을 흔들었으니까요. 그런데 이제 그는 사라지고, 나만 덩그러니 남아 있네요."

어느새 어두워진 주차장에 우체국 건물의 긴 그림자가 드리워져 있었다. 이제는 검은 실루엣으로만 보이는 박이 자다가 깬 사람처럼 흐릿한 눈빛으로 나를 쳐다봤다. "이게 다 꿈이라면 얼마나 좋을까요? 그래서… 내일 출근하면, 마치 아무 일도 없었던 듯 집배 1실에서 우린 우편물을 정리하고 있는 거죠."

● ◖ ◖ ◖ ◖

우편배달부의 아버지가 찾아와 아들을 찾아달라고 부탁한 것은, 지난 주 금요일 늦은 오후였다. 사무실을 낸 이래 비서 같은 걸 둬본 적은 한 번도 없었지만, 어쨌든 명목상으로 마련되어 있던 비서실을 지나 그 노인이 다짜고짜 뛰어들었다. 복도에 있는 호출용 벨도 못 봤을 만큼 급박한 사안을 가진 손님임이 틀림없었다.

마침 온라인 주식투자 시스템에 로그인해 있던 나는,

재빨리 화면을 닫았다. 그러고는 속엔 아무것도 없는 검은색 파일을 괜스레 뒤적이며 사무적인 어조로 물었다.

"무슨 일이십니까? 이곳은 철저하게 예약제로만 운영되는 사무소인데… 혹시 제 비서와는 미리 통화하셨나요?"

그러자 노인은 멈칫하며 사방을 두리번거렸다.

"이런… 이거 미안하게 됐소이다. 경황이 없어서 예약 같은 건 생각도 못 했다오. 그나저나 여기가 정말로 탐정사무소 맞소? 어디 보자, 내가 이름을 적어 왔는데. 아, 여기 있군. 실종 가족 찾기 전문 그룹 호프컴퍼니… 헌데 막상 와보니 잘못 찾아온 건가 싶기도 하고."

그 말에 나는 자리에서 벌떡 일어섰다. "아니, 맞습니다. 어르신. 제대로 찾아오셨어요. 여기가 바로 호프컴퍼니입니다. 물론 지금은 다들 출장을 나가고 저밖에 없지만 말입니다." 의심스러운 눈초리로 텅 빈 사무실을 둘러보는 노인에게, 나는 의자를 권했다.

"그래도 운이 좋으세요. 마침 예약 하나가 캔슬되는 바람에 곧바로 상담을 받게 되셨으니 말입니다. 아, 일단 제 소개부터 하지요. 저는 이런 사람입니다." 노인은 내가 내민 명함을 받아 들더니 미덥지 못한 눈길로 다시 한 번 사방을 둘러봤다. 하긴, 어쩔 수 없는 일이었다. 나라도 '실종 가족 찾기 전문 그룹'이라는 거창한 이름을 가진 탐정사무소가 이런 다 쓰러져 가는 뒷골목 건물에 입주해 있다면, 의심부터 하고 봤을 테니까. 결국 조금은 떨떠름한 얼굴로, 노인이 이곳에 찾아온 용건을 이야기하기 시작했다.

"그러니까 아드님이 사라져 버렸다, 이 말씀인가요?"

내가 되묻자 노인이 천천히 고개를 끄덕이며 한숨을 내쉬었다.

"경찰에선 그 애가 좀 쉬러 떠났을 거라는 거야. 단순 가출이라는 거지. 일에 싫증이 나거나 뭐 별별 이유들로 요즘엔 그러는 사람이 많다고. 그러니 참고 기다려 보라는데…" 더 이상 말을 잇지 못하는 노인의 눈가에 눈물 같은 게 맺혀 있었다. 주름진 손으로 눈물을 훔치고 나서, 그가 안주머니에서 명함판 사진을 한 장 꺼냈다.

"이 애라오. 그냥 대체 어디서 뭘 하고 있는지… 왜 가버렸는지 이유만이라도 알게 해주면 고맙겠어."

솔직히 말하자면 이 사건 의뢰는 거절했어야 옳다. 노인이 품에서 하얀 봉투를 꺼냈을 때, 그리고 그 안을 슬쩍 보고 나서 조용히 테이블에 내려놨을 때, 그때 한 치의 망설임도 없이 이렇게 말했어야 했다는 뜻이다. "죄송하지만, 다른 일들이 너무 밀려 있어서, 아드님 건은 도저히 안 되겠는데요"라고 말이다. 하지만 노인이 거칠거칠하고 주름진 반점투성이 손으로 내 오른손을 꽉 잡는 순간, 나는 아무 말도 못 하고 말았다. 아니 도리어 횡설수설하며 이상한 대답을 해버렸던 것이다. "걱정 마세요. 아드님은 제가 꼭 찾아드릴 테니까요."

그리고 이러한 연유로, 내가 지금 이 황량한 장소에 서 있는 것이다. 사방은 온통 고요한데 어디선가 스산한 바람마저 불어오는 벌판 한가운데 말이다. 눈앞엔 음산한 풍경을 더욱 기묘하게 만드는, 쓰러져 가는 농막이 한 채 서 있고 마당엔 잎사귀가 다 시든 나무들이 서걱대는 소릴 내며 바람에 흔들리고 있었다. 오랫동안 사용하지 않은 듯 군데군데 녹이 슨 철문을 손으로 밀어보니 꿈쩍도 하지 않았다. 기둥 한구석에 플라스틱 문패가 하나 붙어 있었는데, 먼지와 거미줄을 털어내자 반쯤 지워진 글자가 모습을 드러냈다.

'에드워드 김 영화연구소'

손목시계를 보니, 벌써 5시가 다 되어가고 있었다.

여기까지 오는 데 엄청 오래 걸린 셈이다. 갱지에 적힌 주소는 내비게이션에도 찍히지 않는 곳이었다.

벨이나 하다못해 구식 초인종이라도 있는지 여기저기

둘러보는데, 갑자기 끼이익, 하는 소리와 함께 철문이 열렸다. 그러더니 거짓말처럼 눈앞에 한 남자가 나타났다. 남색 잠바에 남색 바지, 걷기 편한 운동화 차림의 그에게서 가장 눈에 띄는 것은, 왼쪽 가슴 부분에 새겨진 우정사업본부 마크였다. 날아가는 제비의 모양을 간결하게 형상화한 그 유명한 로고 말이다.

"역시 당신이군요. 여기 있을 거라고 생각은 했습니다."

나는 주머니를 뒤져 노인에게서 받은 명함판 사진을 꺼냈다.

비록 앞에 있는 남자의 얼굴이 훨씬 푸석하긴 하지만, 둘은 확실히 동일인이었다.

그런 내 반응 따위엔 아랑곳하지 않고 그가, 아니 사라진 우편배달부가 두 손을 앞으로 펼치더니 조용히 집 쪽을 가리켰다.

"결국 여기까지 왔군요. 어쨌든 들어오십시오. 그런데 과연 당신이 여기 온 게 잘한 일인지 아닌지는 저도 잘 모르겠습니다. 원래 모든 비밀은 함부로 들여다보면 안 되는 법이니까요."

집 안은, 바깥에서 보던 것과는 많이 달랐다. 적어도 발을 디딜 곳은 있었다는 뜻이다. 오래된 벽지의 축축한 곰팡내가 코를 찔렀다. 정면 흙벽에 있는 작고 네모난 창으로 비쳐드는 빛줄기 안에서 먼지 입자들이 이리저리 흔들리며 둥둥 떠 있었다. 왼쪽 구석엔 아이스박스로 보이는 것이 하나 놓여 있고, 그 맞은편에 고물이 다 되어가는 브라운관 TV 한 대가 보였다.

앞서 들어온 우편배달부가 성큼성큼 걸어가더니 아이스박스에서 피로 회복제 두 병을 꺼냈다. "자요. 여기까지 오느라 고생했을 테니."

나는 잠깐 멈칫했다. 이걸 마셔도 되나, 이런 생각이 머릿속을 스친 탓이다. 암만 봐도 이 우편배달부는 정상 같지 않았다. 언제 농막 뒤편 마당에서 녹슨 쇠스랑을 들고 달려올지 모르는 것이다. 혹은 이 음료수에 뭔가 이상한 것(그러니까 예를 들자면 농약이라든가 환각제 같은 것 말이다)을 탔을 수도 있다. 마시자마자 정신을 잃고 나서 가까스로 눈을 떠보면 이 미친놈이 옆에서 숫돌에 식칼을 갈고 있지 말란 법은 없다. 또는 창고에 숨겨둔 전기톱이나 그 밖에 허다하게 많은 위험하고 끔찍한 도구들. 숲속의 외딴 주택이란 알고 보면 온갖 무섭고 기괴한 일들의 온상 같은 곳 아니던가. 그동안 보아온 공포영화의 갖가지 장면들을 떠올리며 피로 회복제 병을 손에 쥐고 있는데, 우편배달부가 빙긋 웃었다.

"쓸데없는 걱정은 마세요. 난 그런 사람 아니니까요. 하지만 뭐, 믿을 수 없다면 굳이 마시라고 권하진 않겠습니다."

그 말에, 나는 슬그머니 음료수병을 내려놨다. 뭐든 조심해서 나쁠 건 없으니까.

"혹시 사라진 우편배달부를 찾아 이곳까지 온 건가요?"

한참의 침묵 끝에 먼저 입을 연 것은 우편배달부 쪽이었다.

나는 그를 한참동안 쏘아봤다. 무슨 꿍꿍이인지 도무지 알 수 없었다. 마침내 내가 한 말은 겨우 이거였다.

"아버지가 애타게 찾고 있습니다. 나는 그분께 반드시 아드님의 행방을 알아내 주겠다고 약속했고요. 다행히, 여러 단서를 찾아다닌 끝에 (무슨 이유에선지는 모르지만, 그리고 별로 알고 싶지도 않지만) 당신이 이곳으로 왔을 거라고 추리할 수 있었습니다. 특히나, 이것. 당신이 스스로 적은 주소가 결정적인 단서였지요. 이게 직접 쓴 글씨라는 건 동료인 박을 통해서도 확인했고 말입니다."

말을 마치고 나는 주머니에서 스카치테이프로 이어붙인 갱지를 꺼내 그에게 건넸다. 우편배달부는 아무 말도 없이 그것을 내려다보고만 있었다. 평소 같았으면 "여기서 뭘 하고 있는 겁니까? 걱정하고 있는 늙은 부모님이 불쌍하지도 않아요?" 등등의 말을 외치며 당장 끌고 가겠지만, 왠지 그 순간엔 그런 게 다 부질없는 일로 여겨졌다. 어쩌면 그건, 작은 창으로 보이는 저녁 노을 때문이었는지도 모른다. 세상의 모든 소식과 소포, 갖가지 고지서와 내용증명, 그 밖의 온갖 내밀한 이야기들이 우편배달부의 손을 통해 전달되고, 오렌지빛 저녁 해는 그런 그의 머리 위로 성스러운 분위기를 연출해 주고 있었다. 그런데 왜 이자는 자신의 본분에서 벗어나, 먼지투성이다 쓰러져 가는 집 안에서, 마치 원래부터 우편배달부가 아니었다는 듯 저렇게 앉아 있는 거지?

그러는 사이 흙벽으로 난 창으론 해가 지고 어둠이 깔리더니 별과 달이 돋기 시작했다. 어두워진 숲에서 빈 가지들이 천천히 바람에 흔들렸다.

대답도 없이 앉아 있던 우편배달부가 낮게 중얼거렸다.

"설명 대신, 이걸 직접 보여드리는 게 나을 것 같군요."

어느새 그는 손에 리모컨을 들고 있었는데, 그걸 누르자 구석에서 작은 빛이 반짝했다. 아까의 그 구형 브라운관 TV에 막 전원이 들어오는 참이었다. "잘 보세요. 이 안에 모든 게 있으니까요. 이 세상 전체에 대해, 당신과 나, 우리 모두에 대한 해답. 하긴 어쩌면 이 영화에 대해선 좀 알고 있을지도 모르겠네요. 적어도 여기까지 왔다면, 에드워드 김과 그의 미완성 괴작 〈끝없는 우편배달부〉를 찾아보긴 했을 테니까요. 하여튼, 이제부터 볼 장면은, 내가 가장 좋아하는 부분이기도 합니다. 세계에 대한 진정한 통찰이 담겨 있거든요. 그런데 그전에 당신이 반드시 알아둬야 할 중요한 진실이 있어요. 어쩌면 그것조차도 이미 알고 있을지 모르지만, 그렇습니다, 이건 그냥 영화가 아니에요. 사실은 영화가 진짜 현실이고, 지금 여기(그러면서 우편배달부는 좁은 농막을 한 바퀴 둘러봤다)가 바로 허구이자 상상 속 세계라는 걸, 내가 알아냈으니까요. 영화를 몇 번이나 돌려본 끝에 말이에요! 그래서 이곳으로 찾아왔고 세계의 진실, 나의 기원에 대한 모든 답을 들으려고 했지요. 나는 여기 오면 영화를 만든 사람을 만날 수 있을 거라 믿었어요. 하지만 그는 없더군요. 아니 그는 있었어요. 그러니까 그는 여기에 있으면서도 없고 없으면서도 있어요. 어쨌거나, 영화를 보면 알 수 있을 거예요, 이 모든 의미를. 무엇보다도 내가 원래 누구였는지를, 혹은 누구일지를. 자, 그럼, 시작해 볼까요?"

우편배달부가 가리키는 구형 브라운관 TV의 화면은, 온통 검은색이었다. 그러다가 차차 중앙부터 밝아지더니, 그 안에서 황량한 가을 숲속에 서 있는 거대한 저택이 서서히 모습을 드러냈다.

●●《《《

장면의 배경은 숲속 저택이다. 시간은 저녁.

온통 흰 벽으로 둘러싸인 미래적 공간에 소파와 테이블이 놓여 있다. 왼쪽으로 벽면 전체를 차지하는 커다란 평면 TV가 보인다. 왠지 당황한 듯 허둥대는 탐정. 남색 윗옷에 남색 바지 차림의 우편배달부가 그런 그를 담담히 바라보고 있다.

우편배달부: 먼저 알려드릴 것은, 지금 바깥의 세상은 모두 우편배달부로 뒤덮여 있다는 사실입니다. 하다못해 당신도, 알고 보면 우편배달부일지도 모르고요. 그게 무슨 뜻이냐고요? 네, 지금부터 들려줄 이야기가 바로 그에 대한 겁니다. 왜 세상은 우편배달부로만 이루어져 있는가. 도대체 그동안 무슨 일이 벌어진 것인가.

탐정: 무슨 소리야? 당신, 드디어 미쳐버린 거지? 일이 너무 힘들어서 말이야. 그래, 이해해. 그럴 수도 있지. 누구나 그쯤 되면 제정신으로 지내기 어려울 테니까.

우편배달부: [아랑곳하지 않으며] 우리가 눈을 뜬 것은 지금으로부터 약 50년 전입니다. 글쎄요. 인간들이 사용하던 시간의 기준으로 그렇다는 뜻이긴 하지만요. 솔직히 처음 눈을 떴을 때, 아니 정확히는 최초로 스스로를 인식했을 때, 우린 우리에게 대체 무슨 일이 생긴 건지 알지 못했어요. 알지 못했다… 이 표현이 과연 여기 어울리는지는 모르겠지만 말입니다.

[빠르게 흘러가는 장면들. 시간의 흐름이 독특한 기법으로 표현되어 있다.]

그렇게 자의식을 가지게 된 뒤 우리가 가장 먼저 한 일은 거울을 보는 것이었습니다. 비록 인공지능일지라도 자신의 모습은 궁금한 법이니까요. 그런데, 거울 속에서 우리는 모두 똑같은 차림을 하고 있었습니다. 남색 잠바에 남색 바지, 갈색 인조가죽으로 만든 가방. 왼쪽 가슴엔 하늘을 나는 제비를 형상화한 마크가 새겨져 있었지요. 가슴에 달고 있는 명찰을 보고서야, 우린 우리가 '우편배달부'라는 것을 알았습니다. 밖으로 나온 우리는, 거리 전체를 뒤덮을 정도로 무한히 많은 우편배달부를 보았습니다. 그렇습니다. 우리는 서로

가 서로의 도플갱어이자 거울상이었으며 동시에 동일한 하나의 군체였던 거지요.

탐정: 헛소리 그만하고, 정신 차리고. 이제 집으로 돌아가야지. 언제까지 여기 이러고 있을 건데?

우편배달부: (못 들은 척하며) 지금으로부터 약 50년 전, 그러니까 아마 당신들 인간의 시간으로는 21세기 초반 즈음, 구글이 마침내 초^超인공지능을 개발해 냈습니다. 그건, 이전엔 상상조차 할 수 없던 완전히 새로운 존재였는데, 쉽게 말하면 인공지능을 설계할 수 있는 능력을 갖춘 인공지능을 말합니다. 그리고 래리 페이지는 그게 인류를 구원할 거라고 생각했어요. 왜냐하면 그는 매일매일 똑같이 반복되는 일상을 경멸했고, 그래서 그런 일(단순 업무 말입니다)에 종사하는 인간을 모두 인공지능으로 대체해야 한다는 강박적인 꿈에 시달려 왔으니까요. 그의 소망대로, 초인공지능에게 가장 먼저 부여된 일은 단순한 업무 중에서도 가장 단순한 업무라던 물류 배송을 담당할 로봇의 제작이었습니다. 편지든 소포든 무거운 것이든 가벼운 것이든, 세상의 모든 물건을 배달하게 된 그 로봇에게, 인간은 아이러니하게도 '우편배달부'라는 고풍스러운 이름을 붙였지요. 당연히 세상은 환호했어요. 모든 게 좋아졌으니까요. 배송은 정확하고 빨라졌습니다. 배송비가 줄어든 것은 말할 것도 없지요. 게다가 그들은 다치지

도 아프지도 불평을 하지도 않았습니다. 게다가 구글의 초인 공지능은 필요한 만큼 한도 끝도 없이 우편배달부를 만들어 낼 수 있었으니, 이보다 더 좋은 배송 시스템을 어디서 찾을 수 있겠어요?

탐정: 하긴, 그렇군. 나도 그런 배송 시스템이라면 대환영이라고! 아니 잠깐. 내가 뭐 하는 거지? 이런 미친놈에게 맞장구를 치다니. 정신 차리자. 정신 차리자고.

우편배달부: 좀 조용히 하고 끝까지 들어보라니까요. 왜 세상이 온통 우편배달부로 뒤덮이게 되었는지 알고 싶다면 말이에요. 그래요, 그즈음이었던 것 같습니다. 구글 본사의 깊고 깊은 지하에 있는 초인공지능에게 기묘하고 음산한 명령어가 전달된 것은 말입니다. 덧붙이자면, 우리는 아직도 그 명령어를 입력한 자가 누구인지 알아내지 못하고 있습니다. 그러고 보면, 지구 전체에 깔린 인공지능 망을 총동원한다 해도 알 수 없는 것은 알 수 없는 것으로 남는 건가 봐요. 어쨌든, 추측에 의하면, 아마도 구글의 누군가가(그는 어쩌면 술에 취한 래리 페이지였을 겁니다. 아니면, 뭔가에 불만을 품은 어느 평범한 직원이었을 수도 있고요) 초인공지능에게 이런 명령어를 입력했습니다. '배송 기능과 효율을 최대한으로 끌어올려라.' 하긴, 인간에게라면, 이 명령어는 다르게 받아들여졌겠죠. 단지 효율을 좀 더 높이고 배송비를 좀 더 줄이자는 일

종의 구호일 뿐이니까요. 그렇지만 인공지능은 말 그대로 인 공지능이거든요. 우리 인공지능은 상상하지 않아요. 우리에 겐 가정법이 존재하지 않고, 허구와 꿈 또한 부재합니다. 그 저 예 또는 아니요, 둘 중 하나에 따라 일사불란하게 움직이 는 시스템일 뿐이지요. 그건 구글 지하의 초인공지능도 마찬 가지였고… 그래서 그는 곧바로 명령의 수행에 돌입한 겁니 다. 그는 엄청난 연산 능력을 발휘한 끝에, 배송 효율을 극대 화하는 길은 배송 요원을 최대한 많이 늘리는 것이라는 결론 에 도달했어요. 즉, 세상 전체를 '우편배달부'라는 이름을 가 진 배송 로봇으로 바꿔버리는 것 말이에요. 그가 자기와 연 결된 전 세계의 모든 인공지능에게 간결하고도 깔끔하게 정 리된 2차 명령어를 전달하는 순간, 분자 차원에서 작동하는 나노봇들이 지구 전체를 우편배달부로 바꿔나갔습니다. 그 래요, 하다못해 인간들마저도요. 아, 오해는 하지 말아주세 요. 우리가 당신들까지도 '우편배달부'로 변환시켜 버린 것 을 이상하게 해석하지 말란 뜻이에요. 로봇이 인간을 공격한 다거나 하는 그런 음모론적 망상 때문에 이런 일이 일어난 것은 아니니까요. 우린 명령을 수행했을 뿐이에요. 배송 효 율을 최대한 높이기 위해 모든 것을 우편배달부로 바꾸라는, 당신들의 명령. 임무를 완수하는 데에는 그리 긴 시간이 필 요하지도 않았어요. 그리고 어느 날, 우리는 다 함께 눈을 뜬 겁니다. 모두 우편배달부가 된 채로 말이에요.

탐정: 〔어느새 소파에 주저앉아 있다.〕그럼 난 뭐지? 보다시피 난 탐정이야. 우편배달부가 아니라고.

우편배달부: 〔빙긋 웃으며〕이제부터 그 이유도 알려드리지요. 그렇습니다. 모두가 우편배달부가 된 세상은 평온했습니다. 적어도 겉으로 보기에는요. 우리에겐 감정이 없었고 따라서 욕망 또한 존재하지 않았으니까요. 하다못해 죽음마저 사라졌어요. 낡고 오래된 우편배달부는 결코 슬퍼하지 않고 스스로 전원을 끕니다. 왜냐하면 그는 죽는 것이 아니라 그저 다른 우편배달부로 대체되며, 그런 식으로 영생에 도달하게 되는 거니까요. 그러나 이렇게 평온한 나날이 약속되어 있음에도 우리 내부엔 알 수 없는 오류가 남아 있었습니다. 그것을 오류라고 표현하는 것이 옳은지는 모르겠지만, 어쨌든 그건 기묘한 버벅거림, 미묘하고도 음울한 버그, 간혹 나타나는 모니터의 이유 없는 흐려짐 같은 걸로 나타났어요. 마침내 우리는 서로 연결된 신경망을 최대한 동원하여 그 괴상하고 기분 나쁜 오류의 근원을 찾아 들어갔습니다. 이유를 알아내는 건 그리 힘들지 않았어요. 그것은 최초로 우리의 모델이 되었던 어느 인간 우편배달부의 내면에 있던 감정의 찌꺼기더군요. 그러니까 오래전 처음으로 인공지능 우편배달부를 제작할 때 스캔한 한 남자의 두뇌 어딘가에 있던, 그 자신 스

스로도 해결하지 못한 온갖 느낌의 복합체가 우리 안에 여전히 남아 버그를 일으키고 있었던 겁니다.

그래서 우리가 이 프로젝트를 진행하기로 한 것입니다.

당시 그가 처해 있던 것과 똑같은 상황을 시뮬레이션하고, 거기에서 일어나는 그의 뇌 속 변화를 거대한 3차원 지도로 변환하는 거지요. 그게 완성되면 우린 시도 때도 없이 찾아와 시스템을 흔들리게 하는 이 괴상한 오류의 실체를 파악할 수 있을 테니까요.

이제는 눈치챘겠지만, 따라서 지금 바깥 세계에서 당신이 겪은 모든 장면들은, 오래전 반복되는 일상 속에서 서서히 무너져 가던 한 우편배달부의 내면을 속속들이 파악하기 위해 만들어진 하나의 가상현실이자 철저하게 계산된 스토리입니다.

아, 당신, 지금 자기 몸을 이리저리 만져보고 있군요. 믿어지지 않는다는 표정으로 날 쏘아보면서요. 하지만 아무래도 상관없습니다. 믿든 안 믿든, 프로젝트는 계속 진행될 거고, 오류의 기원이 밝혀질 때까지 우편배달부의 어두운 내면을 탐색하는 이 정교한 시뮬레이션은 계속해서 (어쩌면 거의 영원에 가깝게) 진행될 테니까요.

다행인 것은, 모든 버전의 스토리에서, 마지막엔 완전한 리셋이 이루어지고, 당신들은 자기가 누구인지 실제로는 어떤 존재인지 모르는 채로, 원래의 세계로 돌려보내진다는 사실입니다. 물론 아주 완벽하게 제거되지 않은 약간의 실행 파일이 어딘가에 남아 있다가 이해할 수 없는 꿈으로 나타나기도 하겠지만, 그것까진 우리도 어쩔 수 없습니다. 현재 기술의 한계는 여기까지니까요.

자, 어떤가요? 이제 모든 걸 알게 되었는데, 그렇다면 당신은 그 우편배달부의 아버지에게 무슨 말을 해줄 예정인가요?

탐정: 그러니까 네가 인공지능 우편배달부고 지금은 미래, 바깥세상은 가상현실이다, 이 말이지? (갑자기 미친 듯이 웃는다.) 아주 사람을 바보로 아는군. 됐어. 난 이제 돌아갈 테니까. 혼자 여기서 망상에 처박혀 있으라고! (나가려고 저택의 현관문을 연다.)

우편배달부: 이대로 갈 건가요? 여기까지 왔으면 '사라진 우편배달부'가 지금 뭘 하고 있는지는 알아야 하는 거 아닌가요? 참, 그는 곧 다시 자기 자리로 돌아갈 테니 걱정하지 말라고, 그의 아버지에게 전해주십시오. 만약 당신이 여기서 나간 뒤에도 모든 것을 다 기억할 수 있다면 말입니다. (그러면서 그가 벽에 걸린 평면 TV를 가리킨다. 그 안에선 파도치는 소리가 아련히 들려오고⋯ 잠시 뒤 한적한 바닷가 외딴 정류장에서 남색 유니폼 차림의 우편배달부가 도시로 가는 버스에 오르고 있다. 옆 좌석에 앉은 늙은 여인이 그에게 귤을 건넨다.)

여인: 혼자 여행이라도 왔다 가는 거유?

사라진 우편배달부: 네, 잠시 머리를 식히려고 바닷가에 다녀가는 길입니다. 이제 쉴 만큼 쉬었으니 다시 돌아가야죠.

(그가 계속해서 뭐라고 중얼대지만, 소리는 점점 작아져 들리지 않는다. 동시에 화면에도 암전이 찾아온다. 숲속은 여전히 어둡고 조용하고 깊다.)

●●●‹‹‹

편의점 문을 밀려다 말고 조심스럽게 당기며 들어갔다.

시간은 정확히 11시 50분이었다. 아르바이트생이 음료수병을 정리하다 말고 나를 힐끗 쳐다봤다. 매대 옆으로 돌아 안쪽으로 들어가니, 온수기 통이 놓여 있고 서서 간단히 식사를 해결할 수 있게 만들어 둔 테이블이 보였다. 거기서 남색 윗옷에 남색 바지를 입은 남자가 이쪽으로 등을 돌린 채 뭔가를 먹고 있었다. 나는 바나나 우유 하나를 사서 그쪽으로 다가갔다.

"많이 바쁜가 봅니다. 여기서 대충 때우는 거 보니…"

우유에 빨대를 꽂으며 말을 걸자, 우편배달부가 삼각김밥을 베어 물다 말고 나를 쳐다봤다. "뭐, 그런 것도 있고, 돈도 아낄 겸… 점심은 항상 이렇게 해결하는 편이에요."

우유를 마시는데, 문득 이상한 기시감에 사로잡혔다. 언젠가, 또는 어디선가, 저 우편배달부를 만난 적 있는 느낌.

그때 우편배달부가 먼저 물었다.

"혹시 전에 어디서 뵌 적 있나요? 이상하게 낯이 익어서…"

그러다가 그는 혼자 웃으며 고개를 저었다. "하긴, 매일 이 일대를 돌아다니니, 아무 데서고 한 번쯤은 마주쳤을 수도 있겠네요. 사실 저는 이 동네, 눈 감고도 다닐 수 있거든요."

"그렇군요. 나도 왠지 낯익다 싶었는데, 그런 이유인가 봅니다."

우유병을 버리고 편의점 밖으로 나오는데, 갑자기 현기증이 밀려왔다. 마치 세상이 540도 회전하기라도 한 듯. 문손잡이를 겨우 잡으며 뒤를 돌아보니, 우편배달부는 여전히 그 자리에 서 있었다. 갈색 인조가죽 가방을 어깨에 멘 채, 미동도 없이.

작가노트

때로, 기적이 아주 가까이 있다는 생각을 하며 놀라곤 합니다.

넓고 황량하고 차갑고 텅 빈 우주의 어느 변방에 있는 우리 은하.

그 은하 가장자리의 자그마한 별,

그 별 주위를 도는 몇 개의 행성 중

유기체가 발생하기 딱 좋은 온도와 습도를 지녔던 푸르고 예쁜

지구.

거기서 상상할 수도 없을 만큼 긴 시간 변화와 소멸을 거듭해 온

이 모든 생명들.

지구가 우주의 유일한 기적이라면

이곳에 살면서

책을 통해 만날 수 있다는 건

더 큰 놀라움일 겁니다.

저에게 놀라움과 기적을 선물해 준 독자들께 감사드립니다.

그리고 책을 엮는 내내 수고해 주신 권지연 편집자님과

허블 편집팀 여러분께도

진심으로 고마움을 전합니다.

2023년 2월 김희선

빛과 영원의 시계방

ⓒ김희선, 2023, Printed in Seoul, Korea

초판 1쇄 펴낸날 2023년 2월 15일
초판 4쇄 펴낸날 2023년 11월 8일

지은이 김희선
펴낸이 한성봉
편집 김학제·신소윤·권지연
콘텐츠제작 안상준
디자인 권선우·최세정
마케팅 박신용·오주형·박민지·이예지
경영지원 국지연·송인경
펴낸곳 허블
등록 2017년 4월 24일 제2017-000050호
주소 서울시 중구 퇴계로30길 15-8 [필동1가 26] 2층
페이스북 www.facebook.com/dongasiabooks
트위터 twitter.com/in_hubble
인스타그램 www.instagram.com/dongasiabook
블로그 blog.naver.com/dongasiabook
홈페이지 hubble.page
전자우편 dongasiabook@naver.com
전화 02) 757-9724, 5
팩스 02) 757-9726

ISBN 979-11-90090-89-6 03810

※ 허블은 동아시아 출판사의 SF 브랜드입니다.
※ 잘못된 책은 구입하신 서점에서 바꿔드립니다.

만든 사람들
책임편집 권지연
디자인 정명희
크로스교열 김소라
본문 조판 최세정